Sophia, der Tod und ich

THEES UHLMANN

Sophia, der Tod und ich

Roman

Kiepenheuer
& Witsch

Verlag Kiepenheuer & Witsch, FSC®-N001512

3. Auflage 2015

© 2015, Verlag Kiepenheuer & Witsch, Köln
Alle Rechte vorbehalten. Kein Teil des Werkes darf in irgendeiner Form (durch Fotografie, Mikrofilm oder ein anderes Verfahren) ohne schriftliche Genehmigung des Verlages reproduziert oder unter Verwendung elektronischer Systeme verarbeitet, vervielfältigt oder verbreitet werden.
Umschlaggestaltung: Rudolf Linn, Köln
Umschlagmotiv: © Olav Korth
Autorenfoto: © Ingo Pertramer
Illustrationen: © Olav Korth
Gesetzt aus der Sabon
Satz: Felder KölnBerlin
Druck und Bindung: CPI books GmbH, Leck
ISBN 978-3-462-04793-6

Für Uta und Lisa und für Uwe Podratz

»Long may you run!« – Neil Young

1

Es klingelte an der Tür, und im Treppenhaus roch es nach frisch gebrühtem Kaffee.

Das tat es eigentlich gar nicht, aber ein Freund von mir meinte einmal, wenn er einen Roman schreiben würde, würde er genau mit diesem Satz anfangen: »Im Treppenhaus roch es nach frisch gebrühtem Kaffee.« Weil irgendeine Jury den besten Romananfang aller Zeiten prämiert hatte, der da lautete: »Ilsebill salzte nach.«

Er meinte, wenn das stimmen würde, wäre er mit »Im Treppenhaus roch es nach frisch gebrühtem Kaffee« so weit vorne, dass der Rest des Romans fast egal wäre. Es klingelte an der Tür, und ich wusste noch gar nicht, wie es im Treppenhaus roch, denn das riecht man erst, wenn man die Tür geöffnet hat.

Dass ich die Tür öffnete, kam eh eigentlich nie vor. Das lag erstens daran, dass bei mir fast nie jemand klingelte. Und zweitens daran, dass ich nach dem Klingeln erst mal darüber nachdachte, wer warum ausgerechnet bei mir klingeln könnte, und ich dann deswegen die Tür nicht öffnete.

Es gab mehrere Möglichkeiten, warum man bei mir klingeln könnte:

a) Ein Freund kam überraschend vorbei.

Analyse: Kein Mensch über achtunddreißig kommt einfach so überraschend vorbei. »Die Wohnung sieht zwar aus wie nach einer Hausdurchsuchung, aber wir haben uns echt lange nicht mehr gesehen. Schön, dass du zufällig in der Gegend bist. Klar, komm doch rein!«, sagt kein Mensch.

b) »Guten Tag, wir würden gerne Ihren Zähler ablesen.«

Analyse: Ich habe alles auf meinen Konten so eingerichtet, dass eigentlich niemand mehr vorbeikommen muss. Ich ÜBERWEISE. Und wenn es zu viel ist, ist es mir egal, denn ... Hauptsache, es klingelt keiner.

Es klingelte, und in der Hoffnung, es könne im Treppenhaus nach frisch gebrühtem Kaffee riechen, ging ich zur Tür, freute mich darüber, dass ich gleich die Tür öffnen würde, freute mich über diese Freude, drehte den Schlüssel im Schloss und erinnerte mich daran, dass man früher Familienmitglieder anhand des Schlüsselgeklappers auseinanderhalten konnte. Erinnerte mich daran, wie mein Vater nach der Trockenrasur den Rasierkopf im Waschbecken sauber ausschlug, dreimal »tack tack tack«, was ich im Kinderbett hörte und was nur das Startsignal dafür war, dass gleich mein Vater kommen würde, um mich an der Hand ins Bad zu führen, während ich vergeblich sechs Jahre lang versuchte, meine Morgenlatte zu verstecken. Nach sechs Jahren ging ich schließlich alleine ins Bad, ohne von meinem Vater auch nur irgendwann einmal ein norddeutsches »Issnormal« gehört zu haben, was mir Dutzende von Monaten der Scham genommen hätte.

Ich dachte daran, dass früher Türklingeln so schön wie Orchester waren und es heute nur noch zwei Arten von Türklingeln gab. »Düdüdüü« und »düdüdüd«. Und dachte einfach den normalen Scheiß, den man denkt, wenn man eine Tür öffnet.

2

Es klingelte an der Tür. Ich drehte den Schlüssel im Schloss, und die Tür quietschte beim Öffnen, und ich erinnerte mich daran, wie einmal wirklich Zeugen Jehovas an meiner Tür geklingelt hatten. Sie waren zu dritt und unter achtundzwanzig und waren ungeschminkt und gutaussehend und weiblich.

Die: »Guten Tag. Wir gehen durch die Nachbarschaft und suchen Menschen, die an Gott glauben.«

Ich: »An welchen?«

Die: »Na ja, an Jesus und an Gott!«

Die Einschränkung war relativ wichtig, wegen der Tatsache, dass ich in einer Gegend wohnte, in der die Menschen entweder an Allah glaubten oder gar nicht glaubten, weil sie nach 1971 geboren worden waren.

Die Frauen vor meiner Tür sahen irgendwie scharf aus beim Religiössein.

Ich: »Na ja, ich glaube nicht so richtig an Gott!«

Die: »Schade!«

Ich: »Ja, finde ich auch!«

Die: »Warum nicht?«

Ich: »Ich hab an Gott geglaubt nach meiner Konfirmation. Bekam ein Klassenkamerad von mir Krebs. Hab ich gebetet, dass er überlebt. Ist er gestorben. Hab ich nicht mehr geglaubt.«

Die: »Die, die Gott liebt, nimmt er als Erstes zu sich.«

Ich: »Dann liebt Gott die Sahelzone ja mal so richtig!«

Die: »Lesen Sie die Bibel?«

Ich: »Nur die brutalen Stellen und die Verwandtschaftsverhältnisse im Alten Testament. Zu welcher Kirche gehört ihr eigentlich?«

Die: »Zu den Zeugen Jehovas.«

Ich: »Krass, ihr seid die?«

Die: »Ja.«

Ich: »Find ich gut, dass ihr hier durch die Gegend geht. Anstrengend für euch, oder?«

Die: »Ja.«

Ich: »Ich bin leider nicht der richtige Ansprechpartner für euch, aber echt alles Gute. So hugenottisch gemeint. Gott liebt die, die den harten Acker pflügen.«

Die: »Wollen Sie uns verarschen?«

Ich: »Ich meine das ernst. Wenn selbst die Zeugen Jehovas an Ironie glauben, dann geht es wirklich mit der Welt zu Ende. Darf ich dann mit euch mit?«

Die: »Beten Sie denn ab und zu?«

Ich: »Nur wegen Fußball!«

Die: »Ich glaube, das reicht nicht.«

Ich: »Glauben, ne?«

Die: »Dürfen wir noch mal wiederkommen?«

Ich: »Ich glaube, das bringt nichts. Aber ich finde es toll, dass ihr das macht.«

Die: »Okay, dann bis bald!«

Ich: »Ja, dann bis bald!«

Ich schloss die Tür und freute mich über das erste ernsthafte Gespräch seit Wochen, hörte ihre Stimmen im Treppenhaus und hatte auf einmal extrem gute Laune.

3

Ich öffnete die Tür zu meinem Treppenhaus. Es roch nach frisch gebrühtem Kaffee. Vor mir stand ein Mann, der ähnlich groß war wie ich, ähnlich so alt zu sein schien wie ich und eine gewisse Ähnlichkeit mit mir hatte. Das Schönste, was ich jemals über mein Aussehen gehört hatte, war, dass ich aussehen würde wie eine Mischung aus Brad Pitt, Hape Kerkeling und einem unterklassigen Fußballspieler.

Ich: »Guten Tag. Kann ich Ihnen helfen?«

Hinter mir lag kein Paket, das ich für die Mitmieter meines Hauses angenommen hatte.

Er: »Guten Tag. Eigentlich können Sie mir gar nicht helfen. Ich bin der Tod, und Sie müssen jetzt mitkommen.«

Ich: »Ja, dann warten Sie kurz. Ich pack nur noch schnell meine Sachen und komm dann!«

Der Mann verdrehte die Augen, schaute mich an und sagte: »Oh, einer der Humorvollen! Wundervoll. Noch nie gehört den Witz. Sie haben jetzt noch drei Minuten Zeit, um über alles nachzudenken. Wenn

Sie jemanden anrufen oder schreien, sterben Sie sofort.«

Von allen abgedrehten Dingen, die ich je gehört und erlebt hatte, war das vermutlich eines der abgedrehtesten.

Andere abgedrehte Sachen, die ich gehört hatte:

1. Ich kannte mal einen Mann, der hatte vor langer Zeit einen Ford Fiesta 1, und ein Kfz-ler hatte ihm ins Ohr geflüstert, dass jeder zehnte Fiesta eigentlich das gleiche Schloss habe. Deswegen hatte er immer ein Mixtape mit seinen Lieblingssongs dabei. Probierte bei allen Fiesta 1 aus, ob sein Schlüssel passte, und wenn, dann legte er sein Tape in den Wagen und schrieb auf die Klebeetiketten der Kassette »Timos Lieblingshits« und auf die andere Seite »Viel Spaß!«

2. Ein anderer Freund von mir überfuhr auf seiner Jungfernfahrt nach Erwerb des Führerscheins eine Katze und konnte im Rückspiegel erkennen, nachdem es unter dem Auto gepoltert hatte, wie die Katze weiterrannte in Richtung eines Bauernhofes an der Straße. Er parkte, ging auf den Hof, sah die Katze schwer atmend auf dem Boden liegen, daneben stand der Bauer. Mein Freund sagte: »Es tut mir leid. Ich glaube, ich habe Ihre Katze gerade überfahren.«

»Das macht nichts!«, sagte der Bauer. »Wir haben genug davon!« Er nahm einen Spaten und schlug mit der Kante zweimal auf das Genick der Katze.

3. Ich stand in einer U-Bahn voller schlechter Laune und Menschen, und ich hatte einen leichten Schnupfen und musste hochziehen. Einfach nur ein akkurates Rinnsal, ungefähr so viel, dass man hoffen konnte, die anderen Fahrgäste würden nicht bemerken, wie das Ende des Nasenkanals glänzte. Ein Junkie reichte mir ein Taschentuch, lächelte mich an und sagte: »Gute Besserung.«

4

Wie die meisten anderen Menschen hatte ich eine angespannte Beziehung zum Tod. Aber fast noch angespannter war meine Beziehung zu Menschen, die versuchten, sich durch Negatives emotional unvergesslich zu machen. Ich war mal auf einer Hochzeit und eine Bekannte von mir sagte zur Braut: »Das Kleid steht dir wirklich überhaupt nicht!« Die Braut sah wundervoll aus, und außerdem ist es egal, wie man aussieht am Tag der Trauung. Es ist alles großartig auf einer Hochzeit. Das Essen, die Gäste, die Sitzordnung, die Geschenke, die Reden, die Spiele, ALLES. Das ist, wie wenn Fußball ist. Es ist erst mal großartig, dass Fußball ist. Der Rest kommt später.

Sie sagte: »Das Kleid steht dir gar nicht!«, und das nannte sie dann »Ich bin doch nur ehrlich!« – die überschätzteste aller Tugenden –, wollte sich aber nur einen Moment der Ewigkeit im Leben der anderen sichern und ergötzte sich an dem Wissen, dass die Eheleute, so es denn sein sollte, noch in fünfzig Jahren zueinander sagen würden: »Weißt du noch, was sie damals über mein Kleid gesagt hat!?«

Ich schloss die Tür und ließ das Schwein, das mir auf die Nerven gehen wollte, stehen, wo es nach frisch gebrühtem Kaffee roch, ging ins Bad, um zu pinkeln, öffnete die Hose und dachte an die Hochzeit und die fundamentale Traurigkeit, die die Braut befallen haben musste wegen diesem Satz über das Kleid, und daran, wie kaputt man sein musste, um bei fremden Menschen zu klingeln und ihnen mitzuteilen, dass man der Tod ist.

»Jetzt nicht erschrecken!«, sagte der Mann, der eben noch vor meiner Tür gestanden hatte und nun auf dem Rand meiner Wanne saß, während ich gerade pinkeln wollte.

Wenn man etwas erlebt, was wirklich seltsam ist, bleibt man seltsam ruhig. Am Anfang meiner Karriere im Altenpflegebereich war ich einmal für ein halbes Jahr zur Finanzierung meines unaufwendigen Lebensstils mobiler Altenpfleger und sah dort zum ersten Mal eine tote Frau. Sie war, als sie noch lebte, sehr nett und blind und rauchte 100er Zigaretten von Lidl, die sie aufgrund von fortgeschrittenem Parkinson und schwindender Sehkraft am Filter oder in der Mitte anzündete.

Der Teppich ihrer Wohnung war so von Brandflecken übersät, als ob der Vesuv in der Nähe ausgebrochen wäre, und irgendwann kam ich in die Wohnung und diese Frau war tot. Ich war nicht erschrocken. Ich war nicht verängstigt. Ich war einfach nur als Erster in einer Wohnung, über der eine fundamentale Ruhe lag.

Es war wie ein Date, zu dem man ein wenig zu spät gekommen ist. Man war traurig, dass der andere schon gegangen war, aber man hatte wenigstens ein Date gehabt.

Ich zog den Reißverschluss wieder zu und schaute den Mann an, der eben noch vor der Tür gestanden hatte.

Er: »Schön haben Sie es hier.«

Ich: »Oh, der Tod hat Humor. Das wusste ich auch noch nicht.«

Er: »Sie verstehen das nicht.«

Ich: »Der Tod siezt mich. Das wird wirklich immer besser. Einer der Chefs des Universums siezt mich.«

Er: »Nur wer sich siezt, kann sich später duzen.«

Ich: »Der Tod hat Humor. Okay, okay, wenn man darüber nachdenkt, hätte man fast selber draufkommen können. Und was soll jetzt schön sein an meiner Wohnung?«

Er: »Die Fülle der Gedanken. Die dunklen und die hellen.«

Ich: »Ich denke nicht! Ich habe schon seit Jahren nicht mehr gedacht!«

Er: »Das denken Sie.«

Ich: »Der Tod hat Humor, siezt mich und weiß mehr über mein Gehirn als ich. Wenn ich jetzt, in DIESEM Moment, wo ich das erleben darf, Lotto spielen würde, hätte ich sechs Richtige.«

Er: »Ja, hätten Sie. Aber das wäre auch egal, weil Sie ja in drei Minuten gehen müssen. Wir befinden uns im Endeffekt gerade in einem Alles-Egal-Areal.«

Ich: »Ein Alles-Egal-Areal? Jetzt habt ihr auch noch Marketingausdrücke!?«

Er: »Ja, hab ich mir einfallen lassen. Gut, ne? Sonst verstehen die Leute das ja nicht. Wenn sich jemand just vor seinem Ableben etwas wünscht, dessen Erfüllungswahrscheinlichkeit sich sonst im niedrigen Prozentbereich bewegt, dann klappt das jetzt. Hat ja auch keinen Veränderungswert für die Welt. Wir sind ja in drei Minuten tot.«

Ich: »WIR sind in drei Minuten tot?«

Er: »Na ja, ich bin es ja die ganze Zeit, und du kommst mit!«

Ich: »Okay, ich will eine Million.«

Der Tod verdrehte schon wieder die Augen.

Er: »Es gibt so viele schöne Dinge auf der Welt wie Moleküle, und jeder vierte Trottel wünscht sich eine Million.«

Ich: »Ja nu!«

Er: »Was, ja nu?«

Ich: »Ja nu, was soll man sich auch sonst wünschen?«

Er: »Ach, dieses Nachgedenke über die letzten Wünsche, die man sowieso nicht teilen kann mit den anderen. Das macht mich ganz depressiv. Das macht mich noch depressiver als diese ganze Abholerei.«

Ich: »Charmant, sarkastisch, humorvoll, ironisch, depressiv und sieht fast so aus wie ich. Was der Tod nicht alles ist. Man muss sich wundern.«

»Mooooment, das mit dem Aussehen kann ich nicht steuern! Ich sehe immer ein wenig so aus wie die Leute, die ich abhole. So, was wollen wir jetzt tun?«, fragte mich der Tod.

Ich: »Ich hab keine beschissene Ahnung!«

Er: »Weißt du, was das Gute ist an euch Menschen?«

Ich: »Ehrlich gesagt, habe ich in den letzten zehn Jahren genau darüber nachgedacht und bin nicht so richtig zu einem Ergebnis gekommen.«

Er: »Ich dachte, du denkst nicht ... Egal. Weißt du, was das Gute an euch ist? Dass ihr fluchen könnt.«

Ich: »Du kannst nicht fluchen? Kann doch jeder! Sind doch nur aneinandergereihte Wörter, die nicht im Duden stehen.«

Er: »Ja, aber es bedeutet mir nichts.«

Ich: »Kleinen Zeh im Dunkeln stoßen und dann fluchen?«

Er: »Nein.«

Ich: »Ausgleichstor in der 89. Minute?«

Er: »Nein.«

Ich: »Scheiße sagen, wenn man eine Frau zum ersten Mal nackt sieht und nicht glauben kann, wie hübsch sie ist?«

Er: »Mein Verhältnis zu Frauen und zu Menschen im Allgemeinen ist eher schwierig. Also, was sollen wir jetzt machen?«

Ich: »Mozarts Requiem hören? Das dauert wenigstens länger als drei Minuten.«

Er: »Oh, den kannte ich noch nicht. Aber ich höre keine klassische Musik. Klassische Musik macht mich traurig, und man muss sich Zeit dafür nehmen.«

Ich: »Und du hast ja immer nur so drei Minuten.«

Er: »Exakt!«

Ich: »Können wir eine grundsätzliche Frage klären?«

Er: »Ich liebe Grundsatzdiskussionen.«

Ich: »Was ist auf der anderen Seite?«

Er: »Oh, das weiß ich nicht.«

Ich: »Das weißt du nicht? Ist das dein Ernst? Das ist echt fast so gut wie die Antwort auf die Frage, die ich einmal einem Mädchen gestellt habe: ›Liebst du mich?‹ Und sie sagte darauf: ›Ich weiß es nicht.‹ Hallo, Herrgott, der Tod ist hier. Lässt fast mal eben eine Million auftauchen und behauptet, dass ich noch drei Minuten leben darf, aber er weiß nicht, was am anderen Ende auf einen wartet. Das Leben in der Mitte zwischen dem Hier und dem Danach ist wirklich noch nerviger als alles andere.«

Er: »Ich helfe nur beim Latschen. Ich bin wie ein Taxifahrer, der jemanden ins Bordell bringt. Und wenn du dann fragst: ›Was passiert hinter der Tür?‹, kann der Taxifahrer nichts sagen. Er kann hoffen oder vermuten, aber wissen tut er nichts.«

Ich: »Der Tod hört keine Klassik und bringt Bordell-Analogien. Dass ich das noch erleben darf.«

Er: »Dass du das noch ›erleben‹ darfst, ist ein wenig witzig in diesem unserem Zusammenhang und dem Zeitfenster, das wir noch haben. Was möchtest du jetzt noch machen?«

Ich: »Ich möchte nichts mehr machen. Ich möchte meine Ruhe. Ich möchte nur endlich meine Ruhe. Weißt du, meine Mutter hat mich neulich angerufen.

Sie war auf dieser Insel, wo sie immer hinfährt. Wie heißt die noch? Juist. Und sie hat mich angerufen von Juist. Und immer, wenn sie von da anruft, steht sie gerade zum ersten Mal am Strand, und dann sagt sie: ›Naaaa, rate mal, wo ich bin?‹ Und ich habe dann immer einen Ohrwurm von ›I just can't get enough‹, und ich denke, dass das echt ein guter Slogan wäre für Juist. Und dann möchte ich das denen vorschlagen und dann habe ich aber die Nummer nicht vom Juister Tourismusbüro. Und selbst wenn ich sie hätte, würde ich mit einem Typen telefonieren, der sagen würde: ›Nein, ich denke, dass der Slogan *Juist, die große Perle in der Kette der ostfriesischen Inseln* besser ist als *I juist can't get enough!*‹!« Und dann werde ich beim Denken ärgerlich und ich weiß nicht warum, und darüber werde ich noch ärgerlicher und dann höre ich die Stimme meiner Mutter am Strand und sie hat diesen Tonfall drauf, der mir nichts anderes sagt als: ›Wenn du einmal Hunger im Leben hattest, dann reicht dir ein Telefon, um deinen Sohn anzurufen, und der Strand einer verdammten Insel, um Ruhe zu spüren.‹ Und ich habe nie gehungert und werde auch nie hungern, und dann bekomme ich Herzrasen. Und wenn ich Herzrasen habe, möchte ich Weißwein trinken, was mich unruhig macht, und dann trinke ich mehr, weil es Spaß macht, Weißwein zu trinken, wenn man Herzrasen hat, und dann rast das Herz noch mehr, weil man schneller denkt, über alles, das Gute und das Schlechte, und dann ist es wie bei dieser Frau mit der Waage, dieser Justitia, dass es sich in Sekundenbruchteilen entscheiden kann, ob man gut gelaunt ist oder schlecht gelaunt beim Weißweintrinken. Und dann boxen im Kopf beide Gedanken gegeneinander. Und dann denkt man, dass der gute Gedanke in den Pausen der Boxrunden auch Weißwein trinken sollte statt Wasser, und plötzlich steht man da, angezählt nach zwölf Runden, und weiß immer noch nicht, ob man gut oder schlecht gelaunt ist, sondern man ist einfach nur RUHIG, weil es summt, weil die Synapsen schütten, weil man Gedankengänge logisch findet, die man sonst nicht denkt, und vor allen Dingen, weil man überhaupt nichts denkt, und darüber nachdenkt. Und am nächsten Tag ist alles egal, weil man unruhig ist, weil man einen Kater hat und die Synapsen sich zur Ins-Moloch-Herunterziehmaschine zusammengeschlossen haben und dann ... ich rede zu viel. Woran sterbe ich eigentlich?«

Er: »Irgendwas mit Herz.«

Ich: »Ich bin neulich noch gejoggt!«

Er: »Das war vor einem halben Jahr.«

Ich: »Ich weiß.«

Er: »Unentdeckter Herzfehler, Ader platzt, das war's!«

Ich: »Wie bei meinem Vater?«

Er: »Wie bei deinem Vater.«

Ich: »Alter, ist das scheiße traurig.«

Er: »Moment, der unentdeckte Herzfehler ist eine der besten Todesursachen. Er schont die Verwandten und Freunde. Es ist die Unauslöschlichkeit des Zufalls im Tode. Ein Auto hat jeder gesehen. Und dann diese

Gedankenspiele. ›Wäre er nur zehn Sekunden später aus dem Haus gegangen.‹«

Ich: »Alter, ist das scheiße traurig.«

Er: »Dann frag mal, wie ich meinen Job finde. Alle hassen den Boten, aber niemand hasst den König.«

Ich: »Wer ist denn der König?«

Er: »Der auf der anderen Seite der Pufftür.«

Ich: »Ach ja!«

Er: »Können wir jetzt so langsam?«

Ich: »Ich muss wohl keine Sachen packen.«

Er: »Nein.«

Ich: »Was zu trinken mitnehmen?«

Er: »Nein. Können wir jetzt?«

5

Ich weiß nicht, wie es bei anderen ist, bei mir war das Sterben so: Es fing an zu vibrieren. So als ob zwei Stockwerke über einem eine Waschmaschine schleudert und das ganze Haus anfängt zu wackeln und im unhörbaren Frequenzbereich so vibriert, dass einem ganz leicht schlecht wird.

Und es fühlte sich an, als ob man in die Länge gezogen wird, wobei die Füße den Boden nicht verlassen. Und es tut nicht weh, weil man keine Knochen im Körper hat, aber man weiß, dass man sich verabschieden muss, weil man noch nie gesehen hat, dass die Füße so weit von einem entfernt sind. Und es fühlte sich an, als ob es vor den Augen knistert. Was seltsam ist, da es vor den Augen nicht knistern kann, sondern nur in den Ohren. Als ob man hundert Stecker in hundert Steckdosen steckt und es diese kleinen Blitze in der Steckdose gibt und jemand Schlaues dann aus dem Off sagt: »Das ist aber nicht gut für das Gerät.« Und es fühlte sich an, als würde es klingeln. Und als würde es noch mal klingeln. Und als würde es noch mal klingeln.

Und dann war ich auf einmal ganz klar.

Der Tod sagte: »Es hat geklingelt.«

Ich: »Ich weiß. Ich hab's gehört.«

Er: »Niemand klingelt, wenn ich bei der Arbeit bin.«

Ich: »Soll ich ihn wegschicken? Ganz schön unhöflich.«

Er: »Niemand KANN klingeln, wenn ich arbeite. Das ist sozusagen ... nicht vorgesehen!«

Ich: »Nicht vorgesehen. Nicht vorgesehen ... herrlich. Der Tod hat etwas sehr angenehm Deutsches an sich.«

Er: »Was machen wir jetzt?«

Ich: »Der Tod fragt mich, was wir jetzt machen? Wahnsinn. Wir fragen, ob der da vor der Tür Skat spielen kann. Schließlich sind wir dann zu dritt. Kannst du Skat?«

Er: »Nein.«

Ich: »Ich auch nicht.«

Es klingelte wieder. Und zwar lange. Und zwar dringlich. Es ist komisch, das zu sagen, aber in mir regten sich Lebensgeister.

Ich: »Wir machen jetzt die Tür einfach auf.«

Er: »Das geht nicht. So was geht nie. So was passiert nicht. Ich töte dich gerade.«

Ich: »Du wolltest mich gerade getötet haben. So viel Konjunktiv der Vergangenheit aktiv muss sein.«

Er: »Weißt du was? Wir machen jetzt die Tür auf. Endlich mal Leben in der Bude. Ich hab schon viele Tode getroffen und davon gehört, aber ich hab noch nie einen Tod getroffen, dem das passiert ist. Wir gehen jetzt dahin und dann machen wir die Tür auf. Wouhou. So was ist seit Hunderten von Jahren nicht passiert, und jetzt passiert es genau mir. Ich weiß noch nicht, WIE schlecht das ist, dass es klingelt beim Sterben, aber das ziehen wir jetzt durch. Wir machen jetzt die Tür auf. ›Eh, Luzifer, alte Schwefellunge, kommst du auch mal wieder rum.‹ Oder: ›Erzengel Gabriel, top ondulierte Haare. Was machst du hier?‹ Los, wir machen jetzt die Tür auf. Das wird geil!«

Ich ging zur Tür und öffnete. Davor stand Sophia, starrte mich an und sagte: »Du hast nicht wirklich vergessen, dass du heute zu deiner Mutter wolltest und mich zwei Monate lang angefleht hast mitzukommen? Alter, du bist wirklich der kaputteste Typ, den ich kenne. Wer ist er eigentlich?«

»Willst du nicht wissen«, sagte ich, »das willst du echt nicht wissen!«

Sie: »Jetzt pack deine scheiß Sachen, hast du ja bestimmt noch nicht, oder? Dann bekommen wir vielleicht noch den Zug.«

Ich drehte mich zum Tod um und fragte ihn: »Was machen wir jetzt?«

Er: »Was hängst du hier noch rum? Zieh endlich deine Schuhe an. Hast doch gehört, was Sophia gesagt hat: Pack deine scheiß Sachen. Dann bekommen wir vielleicht noch den Zug.«

Sie: »Woher kennt der meinen Namen?«

Ich: »Haben gerade über dich geredet.«

Sie: »Du hast doch schon seit Monaten nicht mehr

über mich geredet und WENN, hättest du vielleicht mal mit MIR über mich reden sollen.«

Der Tod: »Punkt geht an sie.«

Ich: »Oh, Mann!«

6

Ich zog meine Schuhe an, packte meine Sachen, und wir rannten zu dritt, Sophia, der Tod und ich, die Straße hinunter. Der Tod lachte leise und gut gelaunt beim Rennen.

Ich: »Hör auf zu lachen!«

Er: »Ich kann nicht anders.«

Ich: »Das ist ernst!«

Er: »Ich weiß. Aber weißt du noch was?«

Ich: »Was?«

Er: »Du bist mir gerade von der Schippe gesprungen!«

Ich: »Ich weiß!«

Wir rannten die Straße hinunter, und ich erinnerte mich daran, dass man früher gerannt ist, ohne die Anstrengung des Rennens zu spüren. Man rannte, weil man rennen konnte, man ist gerannt und hat dabei gelacht und hat versucht, sich zu überholen, manchmal hat man sich überrannt, und man kann sich an das Gefühl der leichten Panik erinnern, wenn man schon drei Sekunden zuvor spürte, dass man gleich auf die Fresse fallen würde. Und wenn man als Kind hingefallen ist, war das immer ein wenig so, als wäre man gegen Gottes Mauer gelaufen: »Nicht so schnell, mein kleiner Freund«. Und wenn man Erwachsene laufen, rennen, joggen sieht, denkt man immer nur daran, dass entweder etwas Schlimmes passiert ist oder dass Urchristen sich offenbar zum Marathonlaufen berufen fühlen, wenn sie mit gekräuselten Haaren, die halb ihren Kopf bedecken, und Nickelbrille im Park an einem vorbeijoggen. Der gestandene Marathon ist dem Urchristen das, was dem Moslem das Mekka ist, oder, ach, was weiß ich. Ich dachte über Rennen und Erwachsensein nach und neben mir lief der Tod.

Der Tod sah gut aus beim Laufen. Er hatte ein freudiges Lächeln auf den Lippen. Es war das Lächeln, das man hat, wenn man eine Sache tut, die man nur ganz selten tut. Fast das Lächeln eines Kindes, wenn es ein Geschenk auspackt und ahnt, was unter dem Papier sein wird. Dieser zärtliche Moment der Freude vor der Gewissheit des Schönen.

Und dann fiel mir auf, dass ich mit meiner Ex und dem Tod auf dem Weg zu meiner Mutter war. Und dass das für alle Beteiligten womöglich zu viel war. Aber am meisten für mich.

Ich hörte auf zu rennen. Sophia bemerkte das und schnauzte mich an: »Was machst du denn jetzt?«

Ich: »Guck mal auf die Uhr. Hast du mal geguckt, wie spät es ist? Wir schaffen das nicht mehr zum letzten Zug, mit der Straßenbahn und so.«

Sie: »Du hast doch überhaupt keine Uhr!«

Ich: »Wir sind an einer vorbeigelaufen. Ich kann auch einfach nicht mehr.«

Sie: »Ich dachte, du joggst jetzt wieder?«

Der Tod: »Der ist vor einem halben Jahr das letzte Mal gejoggt.«

Ich: »Ich ruf nachher meine Mutter an und sage, dass ich morgen komme.«

Sie: »Beim kleinsten Widerstand, beim kleinsten Problem knickst du ein. Du bist so wahnsinnig bequem. Du würdest wirklich beim Aufstand im Ghetto sagen: ›Bitte etwas leiser und können wir erst ab zehn anfangen? Vorher muss ich noch den Sportteil studieren!‹ Weißt du, ich mochte dich mal. Früher warst du anders und schlechter gelaunt als die anderen. Heute bist du einfach nur noch ...«, Sophia überlegte pumpend, »wie eine hässliche Zeichnung, für die das Kind aber doch gelobt wird. ›Hassfeiiiiingemacht. Hassfeiiiiingemacht!‹, nur weil man nicht jeden Hang zur Kreativität sofort im Keim ersticken will. Oder wie ein Hund, den man nicht schlägt, weil er etwas Falsches apportiert hat, weil man schon froh ist, dass er überhaupt etwas gebracht hat!«

Der Tod hakte begeistert nach: »Du bist wie eine Mischung aus Hund und Kind?«

Sophia schaute ihn an und runzelte die Stirn.

Und ich gab mich der Opferrolle hin. Weil ich wusste, dass man bei Sophia in solchen Situationen mit Diskutieren überhaupt nichts erreichte, und weil die Diskussion nur eins garantieren würde: dass mir die ganze Situation vollends aus der Hand glitt. Und weil sie so unglaublich heiß aussah, wenn sie böse auf mich war.

Der Tod fragte: »Und was machen wir jetzt?«

Ich antwortete, nach Luft schnappend: »Du musst ein wenig darauf achten, dass du das Timbre deiner Aussprache der jeweiligen Situation anpasst, in der du dich gerade befindest.«

Er sagte: »Was meinst du?«

Ich: »Wenn man davon ausgeht, dass einen die Nachricht, man sei in drei Minuten tot, in einen emotionalen Ausnahmezustand versetzt, passt es nicht, freudig wie nach der Arbeit auszurufen ›SO, UND WAS MACHEN WIR JETZT?‹«

Sophia: »Was redest du eigentlich mit dem?«

Ich: »Das erkläre ich dir später.«

Sie: »Das hast du vorhin auch schon gesagt!«

Ich: »Könnt ihr nicht einfach aufhören, auf meinen Nerven rumzuspringen?«

Sie: »Können wir nicht einfach aufhören, auf seinen Nerven rumzuspringen?« Nachäffen ist immer noch die hinterlistigste Waffe, ein Gespräch eskalieren zu lassen.

Der Tod: »Können wir nicht einfach aufhören, auf seinen Nerven rumzuspringen?«

Ich: »Was bist du eigentlich so gut drauf, häh?«

»Warum ich gut drauf bin?«, fragte der Tod und wiederholte diesen Satz noch mal in einer höheren Tonlage: »Warum ich gut drauf bin? Weißt du, warum ich gut drauf bin? Mich gibt es schon so lange, dass ich noch nicht mal weiß, was ein Jahr ist. Ich bin auf so komische Weise hier auf deiner Welt, dass ich noch nicht mal weiß, was Zeit bedeutet – jenseits von drei Minuten. Alles, was ich normalerweise sehe, sind Menschen, die Angst haben, die nicht glauben können, was passiert, die bereuen, verfluchen, fliehen, schreien, weinen, resignieren, panisch werden, beten, verzweifeln, flehen. Menschen, die in – wie du eben so schön gesagt hast – emotionale Ausnahmezustände geraten, weil ich sie ABHOLE, weil sie STERBEN, weil ich etwas beende, was ihnen eigentlich ganz gut gefällt. Auch wenn sie sich das zu Lebzeiten nicht wirklich klarmachen. Ich bin der Schlachter. Ich bin der Beender. Ich bin das Ende des Lachens. Ich bin der Rasenmäher der Endlichkeit, der Auspuster der Kerze, die drei Minuten bis zur Geisterstunde. Ich, das unbeliebteste Wesen auf der ganzen Welt. Und weißt du, was jetzt hier gerade los ist?«

Ich: »Was?!«

Der Tod: »Nichts! Ich stehe hier, und es ist nichts los. Ich bin in der Welt. Ich bin auf der Welt. Ich bin an der Welt. Guck mal hier, ich fasse diese Mauer an. Oh, kalt, nass, Moos. Toll. Ich bin jetzt hier und das schon länger als drei Minuten. Ich bin gerade auf Urlaub und das zum allerersten Mal. Ich weiß alles über den Job, aber ich führe ihn nicht mehr aus. Der Ohrfeiger der Seelen hat frei, und er weiß das. Das ist hier los.«

Der Tod beendete seinen Monolog, den er für Sophia unhörbar wie das leiseste Maschinengewehr der Welt in mein Ohr geflüstert hatte, und Sophia schaute uns

an wie etwas, das die Katze nach dem Saubermachen
auf den Teppich gewürgt hat.

Sie: »Oh, Mann, ey, redende Männer. REDENDE
MÄNNER!!! Da kann man sich gleich verabschieden.
Da weiß man sofort, was dabei rauskommt. Nichts!
Und davon noch das Schlechte. Weißt du was? Ich hätte dir echt gerne geholfen mit deinem Kram. Aber
weißt du noch was? Scheiß drauf. Das Schöne an dir
war mal, dass du keine Geheimnisse hattest. Wer simpel ist, braucht keine Geheimnisse. Das ist klar. Geschenkt. Und plötzlich ist da dieser Typ bei dir, der
aussieht, als würdet ihr beim Lookalike-Contest der
Dummen antreten. Soll er doch den Scheiß machen.
Soll er auf diesen kruden Mist, den du dein Leben
nennst, aufpassen. Ich hau jetzt ab hier!«

Ich: »Ich erkläre dir das wirklich später.«

Sophia: »Ich will nichts mehr erklärt bekommen.
Hast du mich nicht verstanden? Ich hau jetzt ab hier!«

Der Tod vergriff sich zielsicher im Ton und fragte:
»Darf ich mitkommen?«

Sophia zu mir: »Ist der behindert, oder was?«

Ich: »Behindert ist kein Schimpfwort!«

Sophia bebte. »Nein, du darfst nicht mitkommen.«

»Warum nicht?«, fragte der Tod.

»Weil ich dich nicht kenne, weil du dich benimmst
wie ein Kind und weil ich jetzt da hingehe, wo Kinder nicht hindürfen. Ich gehe jetzt zu ›Johnny‹. Ich hal-
te das einfach nicht mehr aus. Ich will jetzt Bier!«

»Oh!«, sagte der Tod traurig.

»Johnny«. Ein Name voller Magie für mich. »Bei

Johnny« war meine Stammkneipe, in der das Einzige, was sich änderte, die Frage war, ob der Dartautomat gerade kaputt oder heil war.

Meistens war er kaputt.

»Herrgott, dann komm mit! Aber quatsch mich nicht voll.«

Ich hatte das beklemmende Gefühl, dass es keine gute Idee war, den Tod mit meiner Exfreundin ziehen zu lassen.

Ich log: »Dann komm ich auch mit. Ich hab keinen Bock alleine zu sein.«

Sophia: »Ich geh mit einem Kind und einem, den ich schon mal nackt gesehen habe, in eine Kneipe. In meinem Leben möchte ich auch nicht an der Seite stehen und zuschauen müssen.«

7

Wir gingen die Straße hinunter, und es war diese ganz bestimmte Luft im Herbst, in der man schon die Garstigkeit des Winters ahnen konnte, die meine Haut über den Fingerknöcheln aufspringen und die Gelenke schwellen ließ. Noch aber stand die Sonne am Himmel und spendete Wärme. Sie schien uns scharf in die Augen und strahlte die sich auftürmenden Regenwolken an. Dazwischen sah man einzeln die ersten Sterne blitzen, und der Mond sichelte sich langsam in Richtung hoher Himmel, und ich dachte: »Irgendwo hinter diesem Mond und diesen Sternen und der Sonne wohnt dieser Typ, der jetzt mit uns in die Kneipe geht.«

Sophia, der Tod und ich liefen in Richtung der Kneipe, in die Sophia und ich immer gingen. Früher gemeinsam – heute getrennt. Ich sagte: »Ich muss noch eine Postkarte einwerfen.«

Sophia: »Du immer mit deinen Postkarten. Du weißt doch gar nicht, ob sie ankommen.«

Ich: »Darum geht es nicht. Es geht darum, etwas zu tun, damit man sich sinnvoll fühlt im Meer des Unsinns.«

Sophia: »Du weißt doch überhaupt nicht, ob die Adresse noch stimmt.«

Ich: »Gott schütze die große Erfindung des Nachsendeantrags.«

Sophia: »So, wie ich die Mutter deines Kindes einschätze, ist sie die einzige Frau auf der ganzen Welt, die es schafft, vor ihrem Haus einen toten Briefkasten nur für deine Postkarten aufzustellen.«

Ich: »Lass es einfach. Ich schreibe meine Postkarten, und du hältst die Klappe!«

Sie: »Das ist so geil. Du denkst, du tust etwas für andere, und eigentlich tust du es nur für dich.«

Ich tat, als würde ich meine Nase mit der linken Hand in die Länge ziehen, und spielte mit drei Fingern meiner rechten Hand Lufttrompete und sagte: »Guck mal, ich spiel dein Lied. Immer dasselbe. Kannst du dir in deiner grauen tristen Welt, in der Beton das Farbenfrohste ist, vielleicht etwas vorstellen, das zwei Menschen gleichzeitig Spaß bringt, obwohl es nur von einem kommt?«

Sophia verdrehte die Augen und war offensichtlich nicht gewillt zu antworten, was in ihrer Welt aber nicht bedeutete, dass das Gegenüber das bessere Argument gehabt hatte, sondern nur, dass sie es für schwachsinnig hielt, auf das Gesagte eine Replik zu formulieren.

Der Tod: »Ich misch mich ja nur zu gerne ein. Worum geht es hier eigentlich?!«

Ich: »Darüber möchte ich nicht reden.«

Sophia: »Oh, darüber rede ich aber gerne. Schließlich haben wir ja kaum was anderes gemacht, als genau darüber zu reden, als wir noch zusammen waren.«

Ihr Wortwitz war wunderschön. Schnell und präzise. Und vernichtend, wenn er gegen einen selbst geführt wurde. Früher hatten wir über so was gescherzt. »Ich freu mich schon darauf, wenn wir uns nicht mehr verstehen, weil ich so viel über dich weiß, dass ich deine Seele und dein Sein innerhalb von Minuten in den Schwitzkasten nehmen kann.«

Das tat Sophia jetzt.

»Worüber redet ihr?«, fragte der Tod mit einer ein wenig zu gut gelaunten Stimme.

Sophia: »Wir reden über Folgendes: Der Experte da zu deiner Linken hat sich vor neun Jahren in eine Frau verliebt, bei der alle immer nur eines gesagt und gedacht haben: ›Beep beep beep beep‹.« Sophia imitierte das Geräusch, das Container-Ameisen im Hafen beim Rückwärtsfahren machen.

»Mann, was habe ich da für Geschichten gehört von Leuten, die ihn damals schon kannten. So was geht nie gut. Ihre Eltern Millionäre, er Altenpfleger. Sie Perlenohrringe, er Fußball-T-Shirt. Aber er wollte ja nicht hören. ›Die ist es! Ich bin der Einzige, der ihre Schönheit sehen kann‹, hat er offenbar immer gesagt. Dann hat er sie nach vier Monaten geschwängert. In dieser Zeit verwandelte sie sich von einer Schmeißfliege zur Furie. Da wurde mehr geschrien als geredet. Dass er nichts kann, dass er nichts ist. Dass er ihr nichts zu bieten hat. Das muss man sich mal vorstellen. Das ist wie zum Asiaten gehen und sich dann wundern ›Wie, hier gibt's keine Currywurst?‹«

»Vergleichst du mich gerade mit einer Currywurst?«, fragte ich Sophia, und sie warf mir einen so scharfen Blick zu, dass ich aus Angst schwieg.

Sie führte ihren Abgesang weiter fort: »Und dann ist sie nach einem halben Jahr wieder zu ihren Eltern in den Süden gezogen, in die schöne Millionärsvilla. Sie meinte, sie könne nicht in seiner Nähe leben, weil sie ihn nicht ertrage und weil das Kind sie an ihn erinnere. Was schon mal ein guter Satz ist, denn nach so einem Satz braucht man wenigstens keinen DNA-Test mehr, auch wenn er in seiner idiotischen Traurigkeit schon eine gewisse Wucht hat. Das muss man sich mal vorstellen. Ich kann nicht bei dir bleiben, weil dein Kind mich an dich erinnert. Das Kind kann ich nicht loswerden, dich aber schon.«

»Sie hatte postnatale Depressionen«, wandte ich ein.

»Sie hatte auch schon pränatale Dummheit!«, erwiderte Sophia.

»Und jetzt ist das Kind acht, und alles, wirklich alles, was der Held hier jemals von ihm bekommen hat, ist ein Anruf zum Geburtstag und eine Weihnachtskarte, an der das einzig Persönliche das gekrakelte »Papa« ist. Und nur, um sich ob seines Totalversagens in Sachen Menschenkenntnis keine Blöße zu geben, schreibt und zeichnet er jeden Tag eine Karte. Jeden Tag. Der schreibt sogar noch eine Karte auf den Knien, wenn er im Fußballstadion sitzt. Genug Briefmarken hat er eh immer dabei. Ich war schon mal auf der Post mit ihm.

Wenn der da auftaucht, holt der Postbeamte schon ohne Aufforderung diesen Block raus, den man bekommt, wenn man dort sagt: ›Ich hätte gerne schöne Briefmarken!‹ Er tut was für eine Sache, die nicht da ist, um auf etwas zu hoffen, das doch nicht kommt. Er ist wie dieser Steinschieber Sisyphos. Nur eben mit Postkarten statt Felsbrocken.«

Die niederschmetternde Stringenz, mit der Sophia gerade meine letzten neun Jahre wiedergegeben hatte, war in ihrer lyrischen Scharfzüngigkeit genauso wundervoll wie frustrierend, so peinlich wie wahr.

Im ersten Jahr der Postkarten hatte ich noch gedacht, dass durch das Wiederholen des guten Aktes eine Besserung eintreten und sich die Beziehung zur Mutter und Familie der Mutter meines Kindes normalisieren würde.

Aber es kam nichts. Ein Anruf zu meinem Geburtstag und eine Karte zu Weihnachten, für die sich die Großfamilie samt aller Verwandten in Trachten und mit Weihnachtsmannmützen auf dem Dorfplatz ablichten ließ. Nur mein Sohn Johnny wurde achtmal größer auf diesen Fotos, und ich wollte nichts so sehr auf der Welt, wie einmal mit auf diesem Foto zu sein.

Kinder waren mir früher immer egal gewesen, wie auch ich mir eigentlich immer egal gewesen war. Eine neue Seele in einer neuen Hülle. Nichts Großes, aber auch nichts Schlechtes. Und außerdem gab es Dinge, die mir wesentlich wichtiger waren als die Liebe. Fußball zum Beispiel. Ich hatte noch nicht mal einen Lieblingsverein. Es war das Spiel an sich, und anderen Menschen bei ihrer Liebe zum Spiel zuzusehen. Die Verzweiflung, die Freude, die ganze Komplettheit eines Lebens, abgebildet in neunzig Minuten. Die Möglichkeit der Erlösung nach Abpfiff eines Spiels. Dies führte dazu, dass ich, wenn es Geld und Zeit zuließen, durch die Gegend fuhr und mir Spiele von Vereinen anschaute, die mir nichts bedeuteten. Im Zug zu sitzen und zu sehen, wie sich das Land und die Gesichter der Menschen veränderten, das gefiel mir. Als stiller Beobachter des Verhaltens und der Riten anderer Menschen unerkannt Teil von ihnen zu sein, füllte meine Gedanken und mein Herz mit Freude.

»Wenn du dich weiter nur um deinen Fußball kümmerst, lernst du nie eine Frau kennen!«, hatte meine Mutter immer gesagt. »Du bist doch ein attraktiver Mann. Schau dich doch mal an! Du musst dich nur ein bisschen zurechtmachen.«

Erstens möchte man so etwas nie von seiner Mutter hören. Zweitens wollte ich überhaupt keine Frau kennenlernen. Ich fand das Leben ohne Frau zwar nicht grandios, aber zwischen Job, Gehirn, Geld und Fahrten zu Fußballspielen ohnehin schon so anstrengend, dass ich dachte, eine Frau würde mich in diesem Spannungsverhältnis völlig in die Irre treiben. Und drittens wünschte ich, meine Mutter hätte recht gehabt, denn ich lernte die Mutter meines Kindes natürlich auf einer Bahnfahrt nach einem Fußballspiel kennen.

Man erkennt die Menschen aus einer höheren Klasse

sofort. Sie bewegen sich anders, sie sprechen anders, ihre Haut ist besser, und ihre Kleidung passt und sitzt aus irgendeinem Grund, den nur sie kennen, besser als bei uns, den Durchhaltern.

Ich saß alleine in einem Abteil und las ein Fußballmagazin, als sie die Tür öffnete und eintrat. Schon dass sie nicht fragte, ob hier ein Platz frei war, zeugte von der Klasse, aus der sie kam. Die Etikette beim Bahnfahren ist so ausgefuchst und wichtig, dass man eigentlich selbst ins leere Abteil fragen muss, ob noch ein Platz frei ist.

Sie fläzte sich auf dem Sitz am Fenster und fing sofort an zu reden.

»Mann, habe ich mich gerade mit meinen Eltern gestritten!«, sagte sie.

»Was für ein undramatischer Einstiegssatz für ein Gespräch mit einem Fremden«, dachte ich und schrieb in das ewige, dünne Heft meiner größten Erfolge, das nur in meinem Kopf existierte: »Zum ersten Mal von einer hübschen, reichen Frau einfach so angesprochen worden.«

»Da kann man nichts machen. Sie denken, weil sie tausend Windeln gewechselt haben, sind sie im Recht«, sagte ich.

»So was hat noch nie jemand zu mir gesagt!«, sagte sie zu mir.

»Wo das herkommt, ist noch viel, viel mehr«, sagte ich und versuchte wie ein D-Zug-Kavalier rüberzukommen.

Ich war sofort verliebt. Vielleicht nicht in sie, aber in

die Idee, dass eine Frau aus einer höheren Klasse mich gut finden könnte. Die Idee, dass ich ihre Speisen und ihre Getränke würde kosten können. Die Idee, dass ihre Weine besser schmecken würden. Dass ihre Urlaubsziele, deren Namen und Besonderheiten ich nicht kannte, die meinigen werden würden.

Ich konnte den goldenen Löffel spüren, der in ihrem Mund steckte. Und ich zog ihn langsam heraus.

Ich merkte an jedem ihrer Sätze, dass sie noch nie jemanden wie mich getroffen hatte. Und wenn man so will, traf sie zum ersten Mal in ihrem Leben einen Schnupfen. Einen Schluckauf der arbeitenden Menschen. Sie fand mich gut, weil ich wie ein Tier war, das sie noch nicht kannte. Erst freut man sich über das Neue, um später festzustellen, dass es doch hässlich ist.

Ich erzählte ihr, dass ich gerade beim Fußball gewesen sei. Sie war total begeistert: »Beim Fuuuußball?«, quietschte sie. »Mein Exfreund hat immer gesagt, sein Lieblingsergebnis ist eins zu eins. Da müsse sich keiner ärgern.«

»Das ist die Einstellung der Leute, die Jesus ans Kreuz genagelt haben«, sagte ich.

»Jeeeeeesus?« dehnte sie das »e« in Jesus ins Unermessliche. Und ich war versessen in die Idee, ihr zu gefallen.

Ich gab mich Sophia und ihrer glasklaren Analyse geschlagen und beschloss, dem Tod das Ganze noch mal ausführlicher zu erklären, wenn Sophia nicht dabei war. Kurz darauf wunderte ich mich darüber, dass ich mich über diesen Gedanken, dem Tod bald etwas länger erklären zu wollen, nicht wunderte. Und während wir uns unterhielten, blieben wir stehen, wie man stehen bleibt, wenn eine Sache zu ernst ist, um dabei gehen zu können. Und der Wind polterte die Straße runter in einer Geschwindigkeit, die die noch nicht ganz blattlosen Bäume zum Tönen brachte, deren Namen meine Mutter mir immer beizubringen versucht hatte und die ich aus Trotz nicht hatte lernen wollen. Lieber hatte ich auf meinen Vater gehört, der mir die Namen von Fußballspielern beibrachte, die heute keiner mehr kennt.

»Die Bäume sind noch da. Die Fußballspieler nicht«, dachte ich. Wie viel lieber wüsste ich jetzt Dinge über die Bäume. Baumbestimmung durch Blätter. Baumbestimmung durch Rindenstruktur. Baumbestimmung durch das Wissen um die Artenansiedlung in der Stadt.

Wie irre das in jedem Frühjahr war. Ein erster grüner Schimmer. Knospen, die sich an den Enden der Zweige wie wachsende Larven durch die Zellmembran zwängten. Und dieses Grüne boxte sich durch. Kreuz und quer durch das Land, ohne dass jemand es aufhalten konnte. Die sanfte Faust der Natur. Die Verschiebung der Fruchtgrenze. Früher, als ich noch das Kind von Eltern war und wir in den Frühlingsferien manchmal in den hügeligen Süden fuhren und mein Vater auf den langen Strecken mit mir über Fußball reden wollte und meine Mutter nach hinten frag te, welcher Vogel denn dort am Himmel fliegen oder welcher Baum da am Rand der Autobahn wachsen würde, flossen ab und zu die Liebe meines Vaters und die Liebe meiner Mutter zusammen, wenn wir beim Entdecken des grünen Schimmers an den Bäumen alle zusammen, wie ein Biologiephänomene liebender Fußball-Fanclub rhythmisch im Auto riefen: »FRUCHTGRENZE! FRUCHTGRENZE! FRUCHTGRENZE!«

Und wenn glückliche Momente selten sind, erinnert man sich umso stärker an sie, dachte ich auf der Straße zwischen Sophia und dem Tod. Ich fragte mich, ob das nicht sogar besser war als ewiges Glück.

8

»Drei Bier, bitte. Was ihr trinkt, weiß ich nicht«, sagte der Tod und schaute uns freudig ins Gesicht, als wir am Tresen der fast immer leeren Kneipe »Bei Johnny« standen, und das, obwohl noch überhaupt kein Wirt zu sehen war. Die Laune des Todes hatte sich offensichtlich nochmals stark verbessert, denn seine Augen waren so weit aufgerissen und seine Mundwinkel so weit nach außen und nach oben gezogen, dass es wirklich schmerzen musste.

»Bei Johnny«. Eine der großen Errungenschaften in meinem Leben war es, dass ich es geschafft hatte, bei der Mutter des Kindes den Namen Johnny durchzubekommen. Ich hatte große Oden auf die Sinnlichkeit, die Lyrik dieses Namens gehalten, ihr Listen mit berühmten Johnnys geschrieben und sie mit dem Argument überzeugt, dass niemand außer unserem Kind so heißen würde.

Aber eigentlich wollte ich nur, dass mein Kind hieß wie ein Seemann vor hundert Jahren.

Und ich liebte diese Kneipe, ich liebte den Namen,

und ich liebte die Vorstellung, dass mein Kind wie eine Kneipe heißen würde, und ich liebte die Vorstellung, dass im Süden ein ganzer Ort dazu gezwungen sein würde, den Namen Johnny zu benutzen.

Und weil Sophia und ich zu lange ruhig geblieben waren, wiederholte der Tod seine Bestellung: »Drei Bier, bitte. Was ihr trinkt, weiß ich nicht!«

Ich: »Das ist der älteste und beste aller schlechten Tresenbestellsprüche. Danke, dass ich den endlich mal wieder hören durfte.«

Er sagte: »Gut, ne? Gut, ne? Gut, ne?«

Ich sagte: »Ja, fast so gut wie ›Hier arbeiten 450 Pferde und ein Esel.‹ Oder – und ich guckte ihm dabei tief in die Augen – ›Der letzte Wagen ist immer ein Kombi!‹«

Er: »Sehr gut, sehr gut, kenn ich.«

Ich: »Woher kennst du den denn?«

Er: »Na ja, ich kenn echt alle Sprüche.«

Sophia war genervt, denn sie verstand diesen Satz nicht als wahre Aussage darüber, dass der Tod wirklich alle Sprüche in allen Sprachen der Welt kannte, sondern nur als lattenmessende Idiotenkommunikation, und sagte: »Genau deswegen wollte ich euch nicht mitnehmen. Der Wirt guckt schon, ich habe noch nichts zu trinken, und ich weiß immer noch nicht, woher ihr euch kennt.«

Johnny guckte tatsächlich überrascht ob unserer seltsamen Kombination. Er war stolz darauf, dass sein Name mit einem weichen deutschen »J« ausgesprochen wurde, wie wenn ein Hafenarbeiter jemanden fragen würde: »Sach ma, welchä Johrgang bis du eigentlich noch mal, Johnny?«

Wich ein Gast, der zum ersten Mal die Kneipe »Bei Johnny« betrat, was wirklich sehr selten vorkam, da die Besucher der Kneipe sich so gut wie ausschließlich aus Stammkundschaft rekrutierten, auf die englische Variante aus und fragte: »Ist das hier die Kneipe ›Bei Johnny?‹, herrschte er ihn an: »ICH KOMM NICHT AUS DEM OSTEN. ICH HAB EINEN NORMALEN NAMEN! Johnny!!! Nicht Dschonnie. J wie in Jaguar. Das Tier, nicht das Auto.«

Johnny kam zu uns rüber und sagte: »Na, ihr beiden Exturteltäubchen? Was kann ich euch denn bringen? Dass ihr noch mal zusammen hier auftaucht. Ich dachte, dass eher der Weltfrieden ausgerufen wird. Und wer ist er? Dein Bruder? Ich wusste gar nicht, dass du einen hast?«

Ich sagte: »Nee, den habe ich heute erst kennengelernt, aber du bist auch nicht der Erste, der sagt, dass wir uns ähnlich sehen. Ein Bier, bitte.«

»Ich auch«, sagte Sophia.

»Ich auch«, sagte der Tod.

»Drei Bier? Na, dann machen wir mal die Cocktailbar für euch auf«, sagte Johnny, drehte sich um und holte die Biere.

Ich wusste nicht, ob es Johnny egal war oder nicht, aber der Elektronik-Dartapparat war schon seit Monaten wieder kaputt. Oder jemand hatte eine Million

Sonderspiele beim Dart gewonnen, was meiner Ansicht nach gar nicht möglich war. Unablässig warfen Gäste krumme kaputte Dartpfeile auf die Scheibe, die ihrerseits schon so zernudelt war, dass nur 0,3 von den drei zu werfenden Pfeilen stecken blieben. Also fielen neun von zehn nach dem Wurf runter, und immer wieder bekamen sich die nicht zahlreichen Gäste darüber in die Haare, ob »Dersrunnagefalln-ichdafnochma« oder ob »Innehn-internazionalendartschtatutenstehtdrin-dassmannichnochmalwäfendarf« zutraf, was zusammen mit dem Beepen und den Blubber-Melodien des Dartautomaten einen Grundpegel an Lautstärke in die Kneipe brachte. Die Muster der Glaskachelfenster waren im Laufe der Jahre unregelmäßig geworden, da schon der ein oder andere Kopf oder das ein oder andere Glas dagegengeflogen waren, und die Fenster dann nur notdürftig wieder repariert worden waren, mit dem, was gerade da gewesen war.

Unter dem Tresen waren Haken für die Jacken angebracht, und ich erinnerte mich daran, dass ich in meinem Leben nur an drei Plätzen meine Jacken regelmäßig aufgehängt hatte. Im Altersheim in meinem Garderobenspint, vor meiner Schulklasse und hier unter dem Tresen im »Bei Johnny«.

Die Biermarkenaufkleber hinter dem Tresen ließen darauf schließen, dass schon einige Brauereien versucht hatten, hier mit ihrem Bier große Rendite einzufahren, was sich aber aufgrund von Frequenz und Portemonnaie-Inhalt der Gäste Jahr für Jahr als unlösbare Aufgabe herausgestellt hatte. Und hinter dem

Tresen stand Johnny. Er sah aus, als sei er für eine große Aufgabe in seinem Leben vorgesehen gewesen: Wächter des Tores an den Kathedralen dieser Welt oder Bewacher aller Menschen, die einen Nobelpreis haben. Aber er war einfach nur ein großer, ruhiger Kneipenwirt geworden, der auf seine nicht zahlreichen Gäste aufpasste und ruhig und beständig Gläser befüllte und abwusch. »Einer muss sich ja um euch kümmern. Sonst sitzt ihr ja nur alleine rum!«, sagte er ab und zu, wenn Gäste, die keine Arbeit hatten, ihn fragten, warum er das überhaupt mache.

Und wenn gerade mal nichts zu tun war, spielte er gegen sich selber Kniffel und arbeitete versessen an einer perfekten Kniffelrunde: Alle Zahlen mindestens auf vier, Fullhouse mit fünf und sechs, Dreier-Pasch mit Sechsen, Vierer-Pasch mit Sechsen und Fünfer- oder Sechser-Pasch als Chance.

Er spielte so häufig, dass es ein Wunder war, dass er es noch nicht geschafft hatte.

»Der hat wenigstens was, was er sich wünschen kann als seinen Letzte-Drei-Minuten-Wunsch«, dachte ich.

Sophia schaute zum Tresen, an dem ein kopierter Zettel mit der Aufschrift »Männertourismus: Berge von unten – Kirchen von außen – Kneipen von innen« neben dem Klassiker »Kredit nur für Achtzigjährige in Begleitung ihrer Eltern« hing.

»Jetzt sag doch mal. Woher kennt ihr euch eigentlich?«, fragte uns Sophia.

»Das willst du nicht wissen«, erwiderte ich.

»Das willst du nicht wissen«, äffte der Tod mich nach. Er war auf eine seltsame Art und Weise angekommen in dieser Welt, oder er schaffte es zumindest, mit seinen fünf bis sechs Erlebnissen menschliche Verhaltensweisen erstklassig zu imitieren.

»Wenn ihr beiden Witzfiguren euch jetzt nicht auf eine ungefähre Normalität mir gegenüber einpegelt, dann war es das. Dann geh ich zu dem Typen da hinten, sabbel den an, und in zehn Minuten will der mich küssen. Das weiß ich!«, sagte Sophia.

Ich bereitete mich darauf vor, zusehen zu müssen, wie Sophia in zehn Minuten mit dem Typen knutschen würde. Aber wie sollte man den Verlauf meines heutigen Tages auch schon erklären, ohne dass jemand gleich losstürmte, um einen Krankenwagen zu rufen?

»Dann sag du!«, sagte ich zum Tod. Ich war perfekt darin, allen ernsthaften Gesprächen aus dem Weg zu gehen, und schämte mich noch nicht mal dafür, Sophia in ein Gespräch mit dem Tod zu verwickeln, nur um nicht selber etwas Konkretes sagen zu müssen.

»Das kann ich nicht«, gab der Tod zu.

»Du kannst diesen ganzen Durch-geschlossene-Türen-gehen-Kram und Drei-Minuten-Wünsche-erfüllen-Kram und diesen Ich-kenn-alle-Sprüche-Kram, aber du kannst ihr nicht erklären, wer du bist?«

»So circa würde ich das mit einem Exactemundo beantworten«, sagte der Tod.

»Exactemundo?«, fragte ich zurück, weil ich nicht glauben konnte, dass der Tod dieses Wort gerade benutzt hatte.

Neben allen anderen Sachen war unser Aufenthalt in der Kneipe also offenbar auch ein Treffen der schlechtesten und lange nicht mehr gehörten Sprüche der letzten zwei Dekaden.

Er: »Exactemundo!«

»Und warum nicht, wenn ich fragen darf?«, versuchte ich so leise zu fragen, dass Sophia es nicht mitbekam.

»Du darfst mich aufgrund unserer besonderen Beziehung alles fragen«, sagte der Tod flüsternd. Sein Tonfall wurde eindringlicher. »DU musst den Schleier lüften und Sophia die Wahrheit darüber sagen, wer ich bin. Wenn du sagst, wer ich bin, ist alles in Ordnung, wenn ich sage, wer ich bin, hat sie noch drei Minuten zu leben. So wie du eigentlich. Und ich gehe bis auf Weiteres davon aus, dass du nicht möchtest, dass sie nur noch drei Minuten zu leben hat.«

»Ich frag das jetzt zum allerletzten Mal. Woher kennt ihr euch?«, fragte Sophia.

»Jetzt hör mal auf zu drängeln. Okay!?«, sagte ich. »Sophia, darf ich vorstellen, das ist der Tod, oder besser gesagt, das ist mein Tod. Wollte mich eigentlich heute holen, aber dann hast du geklingelt, und deswegen hat das nicht geklappt. Tod, das ist Sophia. Exfreundin von mir.«

Ich freute mich, wie leicht mir die Wahrheit über die Lippen ging. Wie gut es sich anfühlte, ehrlich zu Sophia zu sein.

»Ihr seid echt einfach Idioten!«, sagte Sophia, stand auf, nahm ihr Bier, ging auf die andere Seite der Bar und sprach den Mann an, der sie bemüht unauffällig schon seit Minuten in Dutzenden Sekundenintervallen angeschaut hatte.

Der Tod sagte: »Oha, das hat ja schon mal super geklappt. Aber nett ist sie. Das muss man ihr lassen. So doll. So ...«, er suchte nach Worten, »sie ist so lebendig! In ihrer Einstellung zu allem.« Der Tod war ernsthaft begeistert von seiner Erkenntnis.

Ich sagte: »Sophia? Reden wir über dieselbe Person? Die, mit der wir gerade gerannt sind? Die, die die ganze Zeit auf mir rumhackt?« Ich reckte innerlich eine Faust, weil ich es geschafft hatte, drei Mal hintereinander in einem Satz das Wort »die« zu sagen.

Dem Tod konnte man nicht mit Ironie kommen: »Ja, über wen denn sonst?«

Ich: »Sophia ist der einzige Mensch, den ich kenne, der nur aus Protest lebt. Beschweren als Normalzustand. Sophia hat zu allem eine Meinung, und zwar eine schlechte. Und ich bin der Boxsack, der ihr manchmal die Laune erhellt. Ach, komm, ist auch egal. Ich sterbe ja eh bald.«

»Hehe, wer wird denn jetzt so fatalistisch werden!«, sagte der Tod, als Sophia mit dem anderen Kneipengast anstieß, was mir zeitgleich mit dem »Klonk« ihrer Biere einen Stich ins Herz gab.

»Sie will so doll leben, wie es geht. Es ist ihr egal, ob das gut oder schlecht ist. Sie will es einfach nur, so doll es geht. Merkst du das nicht? Sie fand es zum Beispiel gut, als du doller um sie warst. Das fand sie gut.«

»Du weißt wirklich alles, oder?«, fragte ich den Tod.

»Nein, das war jetzt wirklich Küchentisch-Psychologie«, antwortete er.

»Die beherrscht du jetzt also auch schon?«, fragte ich den Tod.

»Also, wenn ich mich nicht mit Küchentisch-Psychologie auskenne, wer denn dann?«, sagte er.

»Punkt geht an dich!«, sagte ich.

»Eins zu eins zu null!«, sagte der Tod. »Du verlierst!«

Die seherischen Fähigkeiten des Todes akzeptierend, dachte ich daran, warum es zwischen mir und Sophia nicht geklappt hatte. Wie schlecht gelaunte Kometen auf ihren elliptischen Bahnen hatten wir uns eine kurze Zeit glühend begleitet, nur um dann durch die jeweils wirkenden Anziehungskräfte wieder auseinandergetrieben zu werden. Wir waren in unserer Skepsis, mit der wir durchs Leben gingen, zu deckungsgleich. Wir hoben uns nicht auf in unserer konstant schlechten Laune, wir verstärkten sie ins Unermessliche. Unsere Beziehung war wie eine Mischung aus Mathestunde und Paartherapie, an deren Ende wir feststellen mussten, dass $(-1) \times (-1)$ vielleicht $+1$ ergibt, aber $(-1) + (-1) = (-2)$. Und das ist eine Sache, die man nicht lange aushalten kann, auch wenn die Zeit, die einem bleibt, ein Feuerwerk der Verneinung von Glück ist.

Als ich einmal mit ihr in einen Supermarkt gegangen war, sagte sie an dem Fahrradständer davor: »Wie viel Zeit meines Lebens ich dafür verschwende, mein Fahrrad an- und abzuketten. Was man in dieser Zeit alles tun könnte. Wie kann man nur ein Fahrrad klauen? Wie niederträchtig in jeder Faser seiner Existenz der Fahrradklau ist. Alle Leute, die von Anarchie reden, was für Arschlöcher! Ich sage es dir. Anarchie? Anarchie ist der Zustand, in der die Schlossindustrie vor die Hunde geht. Diese Arschlöcher! Da braucht keiner ankommen und mir was von Anarchie erzählen, solange es noch eine Fahrradschlossindustrie gibt und ich mich am Tag neunmal bücken muss, um mein Rad abzuschließen.«

Ich liebte es, dass Sophia es irgendwie schaffte, ganze politische Systeme anhand von Fahrradschlosstheorien zum Einsturz zu bringen. Aber ich war nicht in der Lage, ihr das zu sagen, sondern musste noch einen draufsetzen.

»Acht- oder zehnmal«, sagte ich.

Sophia fragte laut und streng: »Was?«

Ich sagte mutig: »Acht- oder zehnmal. Sonst hast du das Fahrrad immer offen irgendwo stehen gelassen, und dann bist du selber schuld, wenn es geklaut wird.«

»Kurwa, du bist wirklich verrückt!«, sagte sie zu mir und schloss ihr Rad ab.

Ich mochte sie so gerne, weil sie eine Frau mit vielen männlichen Hormonen war. Oder die Tochter eines wunderschönen Straßenarbeiters und einer schlecht gelaunten Soziologin. Ein Mensch wie nicht von dieser

Welt, was ja auch kein Wunder war, kam sie doch vom Planeten, der dem unseren am nächsten war, dem Planeten Polen.

9

Sophia war mit einer Wucht in mein Leben getreten, die ich bis dahin nicht gekannt hatte.

Sie war wie ein unvergessliches Fußballspiel, bei dem das Ergebnis egal war. Hauptsache, man war dabei gewesen.

Sophia war mit acht Jahren aus Polen gekommen. Sie war burschikos und weiblich zugleich. Ihre Hände waren fast größer als meine, und ihr Körper war so schön und wie aus Jade geschlagen.

Sie fiel mir auf, weil sie ihren alten Vater häufiger im Altersheim besuchte als andere ihre Eltern. Ihr Vater fluchte die meiste Zeit auf Polnisch und gab sich Mühe, auf Deutsch freundlich zu sein und nicht aufzufallen. Seine Beine hatten irgendwann nach zu vielen starken Zigaretten ihren Dienst versagt, und die Wohnung, in der er zeitlebens in Deutschland gewohnt hatte, war nicht behindertengerecht. Und so kam er zu uns. Ihre Mutter hatte den Schmerz der Heimatlosigkeit irgendwann nicht mehr ausgehalten und war zurück zu ihrer Schwester nach Polen gezogen. Am Tag, nachdem Sophia achtzehn geworden war.

»Ich mächte gärnä noch etwas zu ässen haben«, sagte Sophias Vater bei jeder Mahlzeit im Altersheim zu mir, und trotz seiner abstrus großen Portionen nahm er nie ein Gramm zu an seinem fettfreien Körper.

Sophias Vater hatte sein ganzes Leben als Klavierstimmer und Maurer gearbeitet, was mein Klischee von den Polen als ein arbeitstüchtiges und künstlerisch-melancholisches Volk extrem bestätigte. Früher, als Sophia noch mit ihrem Vater durch die Stadt gegangen war, hatte er ihr seine Deutsche-Kleinstadt-Genese durch Kommentierung ganzer Wohnblöcke auseinandergesetzt.

»Hier hab ich Klavier gestimmt. Yamaha MJ1! Sohn wollte nur Lego bauen, musste aber Klavier spielen wägen Eltern. Hat das Klavier selber verstimmt, um nicht spielen zu müssen. Schmiss immer Legosteine in das Klavier rein, die dann vibriert haben. Musst ich immer härausholen mit längstem Arm der Welt. Und ich fragte immer: ›Scheiße, Jungä, warum machst du das?‹ Und er hat immer zu mir gesagt: ›Ich hasse Musik.‹ Und ich fragte: ›Wie kann man Musik hassen? Musik ist das Tälefon Gottes, mit däm er uns anruft, um zu sagen, dass er an uns denkt.‹ Und der Sohn antwortete: ›Immer wenn meine Eltern streiten, machen sie die Musik ganz laut, weil sie denken, dass ich sie nicht hören kann. Deswegen hasse ich Musik!‹

Ich fragä dich, Sophia, hast du schon mal etwas Traurigäres gehört? Einmal im Monat kam ich dahin zum Klavierstimmen und immer: ›Guten Tag, meine Dame. Ist das Klavier schon wieder verstimmt? Ja? Kann man nichts machen!‹ Legosteine rausgeangelt und mit Sohn unterhalten und Geld kassiert.«

Oder: »Hier habe ich Garage gebaut. Gab es guten Kaffee und immer ein Stick Kuchen nachmittags!«

Oder: »Hier stand ganze Zeit der Mann näben mir, als wir sein Bad gefliest haben, und erzählte, wie faul Polen sind und wie schähn es in Osten war, als es noch doitsch war. Sophia, ich fragä dich, wie kann man als Doitscher Schäfferhund sich polnische Katze in Wohnung hollen? Das macht doch kein Sinn. Kurwa!«

Wenn Sophias Vater erzählte, liebte ich besonders die großväterlich anmutenden Fragen, die er zur Selbsversicherung der eigenen Wahrnehmung an Sophia stellte.

»Sophia, ich fragä dich: Ist es nicht schähn hier in Doitschland? Sophia, ich fragä dich: Darf man Mutter bähse sein, dass sie wieder nach Polen gegangen ist? Man darf nicht. Denn in der Liebä darf man nie bähse sein.«

Und wahrscheinlich hatte er recht. Wenn jemand all seine Brücken abgebrochen hatte, um seinem Kind eine bessere Zukunft zu bieten, brauchte man kein schlechtes Gewissen zu haben, wenn man nach achtzehn Jahren feststellte, dass Heimweh niemals stirbt.

Sophia kennenzulernen ging eigentlich recht schnell. Da ich der einzige männliche Pfleger im Altersheim war, hatte ihr Vater mich sehr schnell als den Seinen auserkoren.

»Scheißäh, Kolläge, mir ist Bästegg runtergefallen. Kannst du aufheben?«

Und ich antwortete mit: »Jawohl, mein General!«, und das tat ich so lange, bis das ganze Altersheim ihn nur noch »General« nannte.

»Oh, der General gibt sich die Ehre«, lachten die Pflegerinnen, wenn er mit seinem Rollstuhl in den Speisesaal rollte.

»General, nun mach mal Platz. Oder schlägst du hier ein Lager auf?«, hieß es, wenn er absichtlich den Weg durch die engen Gänge des Heims versperrte, um zu verhindern, dass Altenpflegerinnen ihn mit anderen Bewohnern im Rollstuhl zu überholen versuchten.

»Mich schiebt auch niemand! Lass das Arschloch alleine fahren, Kurwa.«

»General, der ist gelähmt!«

»Jaaaa, iech waiß, aber iech hab's vergässen!«

Ich weiß, aber ich hab's vergessen. Hatte schon mal jemand etwas ähnlich Schlaues über die menschliche Existenz gesagt?

Einmal meinte er zu mir: »Iech will einmal erläben, dass die Polen die Doitschen schlagän. In Fußball. Vorher stärbe iech nicht, Sparwasserinski, weißt du?!«

Er nannte mich manchmal Sparwasserinski, weil wir uns eigentlich immer über Fußball unterhielten.

Das Eis zwischen uns brach endgültig, als er mich eines Tages zehn Minuten nach Dienstschluss in sein

60

Zimmer rief und meinte: »Scheißäh, Kolläge, mir ist Fernbedienung runtergäfallen und gleich fängt Spiel an!«

Ich war genervt wegen eines zu langen Tages mit zu vielen gerontologischen Unannehmlichkeiten und sagte: »Scheiße, hört dieser Tag denn nie auf?«, hockte mich auf den Boden und suchte die Fernbedienung. Während ich mit meiner Hand tastend unter seinem Sofa hin und her wischte, sagte ich, mehr für mich: »Deutscher, knie nieder, der Pole ist zu Gast!«

Er fragte: »Uuuh, waas hast du gärade gesagt?«

Ich: »Ich sagte: ›DEUTSCHER, KNIE NIEDER, DER POLE IST ZU GAST!‹«

Er: »Uhahahahaha. Du hast gerade Zweiten Weltkrieg beendet für mich. Doitscher, chnie nieder, der Pole ist zu Gast. Das ist gud. Das ist sär, sär gud!«

Und dann lachte er dieses Zu-viele-starke-Zigaretten- und Zu-viel-erlebt-im-Leben-Lachen, das einen alles hören ließ, was er meinte. Das Wundern über die Situation, dass seine Eltern von den Deutschen durchs Land getrieben worden waren und dass ich ihn jetzt betreute. Dass ich mich beleidigen ließ, aber wusste, dass er das nicht ernst meinte. Dass ich vor ihm und für ihn kniete und er das genoss. Genugtuung und Wertschätzung.

Wir schauten das Spiel dann zusammen. Es ging 0:0 aus. Ich holte uns unerlaubterweise zwei Bier vom Kiosk um die Ecke, weil ich wusste, dass seine Medikation das zuließ.

Er schlief in der 65. Minute ein, und ich legte ihm

einen Zettel auf den Beistelltisch seines Bettes, auf den ich schrieb: »Endergebnis 0:0. Guten Morgen!«

Ab da war eigentlich alles klar. Immer wenn ich etwas aufhob, das ihm runtergefallen war, hörte ich ein: »Doitscher, chnie nieder, der Pole ist zu Gast!«

Und wenn es ihm an manchen Tagen nicht gut ging, weil es einen Wetterumschwung gab oder er seine Frau vermisste oder an den Krieg dachte oder weil er einfach mit dem Leben in seiner fundamentalen Härte und seiner Undurchdringlichkeit haderte, sagte er: »Ach, Doitscher, chnie nieder, der Pole ist eine Last!«

Ich brachte ihm immer meine Fußballzeitschrift mit, wenn ich sie ausgelesen hatte. Er bedankte sich und sagte jedes Mal: »Ah, erst mal polnische Tabelle gucken!«, obwohl ich wusste, dass er erst alles über seinen deutschen Lieblingsverein las.

Und irgendwann sagte er zu mir: »Am nächsten Samstag ist Sommerfest und meinä Tochter kommt. Die ist wie ich. Nur mit Busän. Wirst sie mögen.«

Ich sagte: »Pole, mäßige deine Sprache!«

Er sagte: »Wuhaaaaas? Sie ist wie ich. Nur mit Busän.«

Vielleicht war Busän für ihn einfach nur ein normaler Begriff aus seinem fünfhundert Wörter starken Vokabular und nicht so kulturell aufgeladen wie für mich.

Ein Sommerfest im Altersheim sieht so aus: Man hängt Ballons auf, schiebt, begleitet, schickt alle Kunden auf die Terrasse. Es laufen Schlager aus blechern klingenden Boxen. Die Männer, die noch Hüften haben, tanzen mit den Pflegerinnen. Die, die es aufgrund ihrer Medikation noch dürfen, bekommen ein Bier und einen Schnaps. Und wenn die Angehörigen Zeit haben, tauchen sie auf und versuchen sich etwas verkrampft um ihre Verwandten zu bemühen.

Ein Altersheim ist bei weitem kein homogener Ort, an dem nur alte Menschen leben. Es ist die Resterampe des Lebens. Die Mannigfaltigkeit einer Gesellschaft abgebildet in ihrer Krankheits- und Behinderungssituation. Wer früher Selbstständiger, Versicherungsfachangestellter, Arschprolet oder Industriekapitän war, ist jetzt der mit Demenz, der ohne Beine, der Neben-sich-Stehende, der Fluchende oder der In-sich-Zurückgezogene, der seinen Kontakt mit der Außenwelt nur über das Früher herstellt.

Eine gut durchmischte Party mit vielen Gastgebern.

Wir standen und saßen auf der Terrasse. Ein altes Pferdewagenrad lehnte an der Mauer, im Hintergrund war ein Springbrunnen, bei dem das Wasser aus einem Froschmund sprudelte. Dazu sang Hans Albers »Rolling Home«.

Ich versuchte, mich lässig auf dem Rollstuhl von Sophias Vater abzustützen.

»Da ist sie«, sagte er.

Sophia näherte sich uns mit einer Mischung aus Freude und Unsicherheit, gab ihrem Vater einen Kuss auf die Wange, schaute mich an und sagte: »Hallo! Du bist das also.«

Ich sagte: »Wer?«

Sie sagte: »Der Nette, der sich niederkniet.«

Ich: »Ja, das bin ich dann wohl!«

»Und, was meinst du, wie lange macht er es noch?«, kam Sophia relativ zügig zu einer ziemlich zentralen Frage im Kosmos Altersheim.

Ihr Vater schaute interessiert und amüsiert über seine linke Schulter nach oben und sagte: »Hab ich doch gäsagt, ist sie wie ich. Darf ich vorställen? Meine Tochter Sophia. Sie denkt iemer, sie hat keine Zeit. Deswägän fragt sie iemer so schnell. Ist wägen ihrem polnischen Blut. Weißt du nie, wie schnell es geht, bis wieder aine Nation von links oder rächts über dich riberwill!«

Sophia: »Papa! Könntest du bitte wenigstens in meiner Anwesenheit ein wenig normal sprechen!«

Vater: »Hab ich auch nicht mehr so viel Zeit«, lachhustete er, »aber er mag ja nicht sagen, wie langä ich noch läben darf.«

Ich: »Ich bin auch kein Arzt! Ich darf sogar gar nichts sagen.«

Vater: »Ach, ihr Doitschen. Ärzte und Gäsetze, das ist fir euch Salz und Zucker eures Lebens! Sophia, sei so liep und bringä deinem Vater noch ein Bierchen.«

Ich: »Sie haben schon eines. Ich darf …«

Er: »Hör, Jungä, ich bin nicht in eurer Land gäkommen, um mir Biertrinken verbieten zu lassen!«

Wenn er zu mir sagte »Hör, Jungä«, fühlte es sich an, als wäre ich aus seinem eigenen alten Familienfleisch. Und alles, was er danach zu mir sagte, fühlte sich an

64

wie eine Weisheit, die seit Jahrhunderten in oraler Geschichtserzählung weitergegeben worden war. Auch wenn er nur sagte: »Hör, Jungä, meine Beine jucken heute. Creme sie biete ein. Es wird Regen gäben.«

Sein System des In-sich-Ruhens, das er sich in seinen letzten Jahren angeeignet hatte, ließ mich neidisch und bewundernd zurück.

Als Sophia das Bier holen ging, streckte ihr Vater sich zu mir hoch und flüsterte heiser: »Triff dich mit ihr. Schon, dass sie mit dir gerädät hat, ist Grund gänug für mich zu sehen, dass sie dich mag!«

Ich: »Mir ist es untersagt, Menschen zu treffen, mit denen ich beruflich zu tun habe.«

Er packte mich wie ein Schraubstock am Arm, zog mich zu sich runter und flüsterte mir zischend ins Ohr: »Du kleinschwänziges Pferd eines dummen Schmiedes. Ich nagel ein glühendes Hufeisen an deine Stirn, wenn du nicht mit meiner Tochter ausgehst.«

Danach grinste er mir freundlich ins Gesicht, ließ mich los, nicht ohne vorher noch mal den Schraubstock anzuziehen, und sagte: »Uach, ihr jungän Leute! Das war ein schähnes Fest. Sie muss doch einen doitschen Froind haben, wenn ich mal nicht mehr binn.«

Er trank sein Bier aus in einer Geschwindigkeit, als hätte er nicht viel Zeit. Wir redeten über Fußball, und Sophia schwieg.

»Sophia, fahr mich bittä auf mein Ziemärr.«

Sie schob ihn durch die Terrassentür wieder rein. Er schaute sich noch einmal über die Lehne seines Rollstuhls zu mir um und zwinkerte mir zu.

Zwei Wochen danach ging ich aus Angst mit Sophia aus. Ihr Vater hatte mir nach dem Sommerfest mehr als einmal gedroht: Er würde mich bei der Heimleitung melden, dass ich ihm die Tabletten falsch dosiert habe und dass ich die Batterien aus seiner Fernbedienung und ihm Geld aus dem Portemonnaie geklaut habe.

Drei Monate nachdem ich das erste Mal mit Sophia ausgegangen war, starb er während der Liveübertragung eines Fußballspiels.

Sophia und ich gingen zusammen zu seiner Beerdigung, zu der nur wir und die Heimleitung kamen. Und ein vierzehnjähriger Junge mit seinen Eltern, der einen Legostein in das Grab warf.

In der Nacht liebten wir uns zum ersten Mal.

10

Bevor ich anfing mit Sophia auszugehen, hatte ich ständig das Gefühl gehabt, dass mich das Leben irgendwie vergessen hätte. Ich blickte nach der Trennung von meinem Kind mit einer Mischung aus Fatalismus und Desinteresse auf alles, was kommen mochte. Ich ging ohne Emotion zur Arbeit und ohne Emotion ging ich wieder zurück. Ich kaufte immer exakt dieselben Sachen im Supermarkt. Granulatkaffee, Äpfel, Küchenkrepp, eine Fußballzeitung, eine Automobilzeitung (obwohl ich kein Auto hatte) und Joghurt, denn ich mochte es, betrunken Joghurt zu essen, weil es mir vorkam, als ob Joghurt meine heißgetrunkene Leber kühlen würde. Ich mochte keines von diesen Produkten wirklich. Doch mir gefiel es, dass mir jedes einzelne zeigte, was für ein verlorener Idiot ich war.

Dann zwang mich Sophias Vater mit seiner Tochter auszugehen, und die Dinge kamen in Bewegung. Sophia nahm mich auf, wie ein schlecht gelaunter Fußballspieler in seiner letzten Saison einen Ball volley nimmt, obwohl sein Team in der 87. Minute 1:4 zurückliegt.

Sie küsste mich das erste Mal mit einer Mischung aus Biergeilheit, Mitleid, und weil sie ihrem Vater einen Wunsch erfüllen wollte. Was mich fertigmachte, als ich das bemerkte, was mir aber dann aufgrund von Desinteresse egal war, und ich genoss es einfach, geküsst zu werden.

Sie zog ihre Zunge aus meinem Mund und sagte: »Es ist komisch. Du küsst ganz anders, als du bist. Du küsst so gut!«

Ich: »Das sind Sachen, die man gerne hört beim ersten Date.« Aber ich meinte das ernst, denn es war das beste Kompliment, das ich je bekommen hatte, und das erste seit einer langen Zeit von einer Frau unter fünfundsiebzig, denn im Altersheim hörte ich häufiger von stark sehbehinderten Damen ein »Na, schöner junger Mann!«

Sophia bewertete mich ständig. Meistens schlecht, aber ich fühlte mich so gut allein dadurch, dass es einen Menschen gab, dem ich nicht egal war.

»Deine Jeans sitzt nicht«; »Wie isst du eigentlich?«; »Kartoffeln schneidet man nicht mit dem Messer, weil sonst die Schneide anläuft, wegen der Stärke!« Und sie schickte ein »Du Kartoffel!« hinterher.

Wir hatten nie ausgesprochen, dass wir zusammen waren. Ich hatte Angst vor einem »Nein«, und sie war zu stolz zu fragen.

Das war auch nicht nötig. Denn es ging uns nicht darum, Freunde zu treffen, die wir nicht hatten, oder in den Urlaub zu fahren, den wir uns nicht leisten konnten.

Uns ging es ums Reden und ums Sein. Um das Gerne-Hören einer anderen Stimme.

Das Ertragen einer anderen Person um einen herum.

»Danke, dass du mich erträgst«, sagte sie einmal, und ich wusste nicht, was sie meinte, aber spürte, dass ich, wenn ich mich jetzt nicht dumm anstellte, als cool und sensibel rüberkommen könnte. Und vielleicht gab es noch Sex später.

»Was meinst du?«, hakte ich also nach.

»Ich darf dich beschimpfen und dir die ganze Zeit sagen, was du besser machen könntest. Und das gibt mir Sicherheit in meinem eigenen Leben. Da weiß ich, dass ich nicht die Schlechteste bin.«

»Und wenn du mit mir zusammen bist, weiß ich, dass ich nicht der Schlechteste sein kann. Das ist also eine Win-Win-Situation von Losern«, sagte ich.

»Hast du mich gerade Loser genannt?« Sophias Zündschnur war immer sehr kurz.

Und immer, wenn sie explodieren wollte, sagte ich: »Ruhig, mein wildes Puszta-Pferd!« Worauf sie sagte: »In Polen gibt es keine Puszta, du Idiot! Sei froh, dass mein Vater schon tot ist. Der würde dich sonst verkloppen«, und haute mit ihrer schönen Faust einen blauen Fleck auf meinen Oberarm.

Aber es kam, wie es kommen musste. Wie immer in meinem bisherigen Leben gab es kein Drama. Keinen großen Schlussakkord in Moll. Wie es mit Sophia und mir zu Ende ging, erinnerte mich immer an eine dieser Kurven, die man im Matheunterricht berechnen musste, bei der etwas weniger wird, aber nie ganz die X-Achse erreichte.

Wir sahen uns seltener, wir hatten weniger zu reden, wir hatten alle Biere miteinander getrunken, und eines Abends, als ich mich selbstbewusst und schlecht gelaunt fühlte, sagte ich: »Kannst du mal aufhören, auf mir rumzuhacken? Such dir doch einen anderen, wenn ich dir nicht gut genug bin.«

Und sie antwortete: »Ja, das hab ich mir auch schon irgendwie gedacht.«

Wahrscheinlich meinten wir das beide nicht so, aber danach meldeten wir uns nur noch beieinander, wenn das Leben alleine wirklich so unerträglich geworden war, dass man sogar lieber eine verbrannte Liebe anschaute als nichts.

Vier Monate nachdem ich mich von Sophia getrennt hatte, sah ich sie das erste Mal wieder in der Öffentlichkeit. Ich kam gerade aus dem Toto-/Lotto-/Renn-quintettladen meiner Wahl und hatte eine aussichtslose, aber hochquotige Wette auf die Spiele des nächsten Wochenendes platziert, als ich sie auf der anderen Straßenseite sah.

Sophia war Chefin einer Einrichtung für sozial auffällige Jugendliche. Da es gegen sechzehn Uhr war, schätzte ich, dass zu dieser Zeit der Punkt »Spazier-gang durch die Stadt zur Stärkung der psychosozialen Fähigkeiten« auf dem Programm stand.

Sie ging mit jeweils drei Kunden vor und hinter sich die Straße hinunter, und es sah so aus, als ob eine wun-derschöne Frau mit sechs Panzern spazieren ging.

Die Bewegungen der Jungs waren so unnatürlich, dass man schon sehen konnte, dass mit ihnen etwas nicht stimmte. Sie imitierten die Gangart von Gangs-tern so übertrieben und unbeholfen, dass ich nur fas-ziniert zuschauen konnte.

Gerade auch, weil ihre Art zu gehen konterkariert wurde durch Trainingsanzüge der billigsten Marken, die zu bekommen waren.

Ihre Arme waren wegen der Pubertät so lang und schlaksig, dass sie wie wabernde Fremdkörper an ih-ren Schultern herunterhingen. Die üblichen Liebes-bekundungen von Adoleszenten konnte ich bis auf meine Straßenseite hinüber hören: »Eh, du Spast!«, »Du blöder Ficker« und »Du bist doch behindi« wur-den durch die kleine Einkaufsstraße unserer Stadt zu mir herübergeweht, in der wohl die Geschäftsinhaber schon jetzt furchtvoll in ihren kleinen Läden standen und beteten, dass dieser Mob sie nicht beehren würde.

Und in der Mitte dieser Reisegruppe ging Sophia und sorgte durch ihre ungreifbare Autorität für ein Min-destmaß an Ruhe und Anstand. Schon ein »He« von ihr reichte, und es herrschte Ordnung. Diese Jungs hör-ten auf sie wie gut dressierte Hunde auf ihr Herrchen.

Sie war die Rudelführerin, und jeder ihrer Kunden

hätte sich wahrscheinlich vor sie gestellt, um sie zu beschützen und sich für sie zu opfern. »Respekt« war ein großes Wort, das diese Jugendlichen gerne und häufig gebrauchten, aber Sophia war die Person in ihrem Leben, an der sie ihn wirklich lernten und anwenden konnten.

»Alles andere ist mir zu langweilig! Die sind wenigstens kaputt genug, dass man da noch was machen kann«, sagte sie mal zu mir, als wir über ihren Job geredet und ich sie gefragt hatte, warum sie nicht etwas machte, bei dem man weniger Schimpfwörter hören musste.

»Eh!«, schrie Sophia. »Helft der Dame da vorne mal!« Und die drei Jungs, die vor ihr gingen, stürzten sich auf eine ältere Frau, die große Mühe hatte, mit ihrem Rollator die Treppe eines Schlachters herunterzukommen, während sie sich mit einer Hand am Geländer festhalten musste. Vielleicht waren die drei Jungs mit dem Konzept des Helfens nicht richtig vertraut. Womit sie aber vertraut waren, war das Konzept, Sophia zu gefallen.

Stolz schauten sie sich zu Sophia um, nachdem sie der Dame die Gehhilfe auf den Bürgersteig gehoben hatten und sie langsam ihres Weges ging. Und was machte Sophia? Sie gab jedem der Helfer ein Bonbon, das diese sofort auswickelten und sich in den Mund steckten, was zu wüsten Protesten der drei hinteren Jugendlichen führte, die sie anherrschte und ihnen andeutete, dass auch auf sie ein Bonbon warten würde, wenn sie irgendwo helfen konnten.

Sie zähmte verhaltensauffällige Jugendliche, die wahrscheinlich auf eine nicht zu verachtende kriminelle Zukunft blickten, unter Zuhilfenahme von Fruchtbonbons.

Sie war die Göttin der angewandten Pädagogik. Sie übertrug die Pawlow'sche Versuchsanordnung auf Randalebrüder. Ich stand auf der anderen Straßenseite und schüttelte vor Rührung und Begeisterung den Kopf.

Dann sah sie mich, lächelte, zuckte mit den Schultern und winkte zu mir herüber. Ich winkte zurück. Und ihre sechs Kunden winkten mir ebenfalls zu, und zwei von ihnen schürzten die Lippen und machten laute Knutschgeräusche. Ein anderer drehte sich zu mir um, sodass ich seinen Rücken sehen konnte, schlang seine Arme um sich und fing an, sich selber den Rücken zu streicheln, so als ob er fest umarmt mit einer Frau schmusen würde. Alle lachten, und Sophia sagte laut mit halbem Ernst: »He!« Die Gruppe verstummte und trollte sich weiter die Straße hinunter, und mich überkam ein diffuser Stolz, dass diese Frau, die über so große pädagogische Fähigkeiten verfügte, sich zu einer bestimmten Zeit ihres Lebens dazu entschieden hatte, in mich verliebt zu sein.

11

Sophia redete auf der anderen Seite der Kneipe weiter mit dem Gast und trank auf die Nervigkeit des Tages drei Schnäpse zu ihren drei Bieren, was ziemlich viel für jemanden war, der von sich selber sagte: »Ich bekomm mit einem leeren Magen und sechs Bier mehr Spaß, als ein gesamtes Festzelt auf dem Oktoberfest.«
Der Tod und ich saßen schweigend am Tresen. Ich schweigend, weil mir nichts einfiel, worüber ich mit dem Tod reden sollte, und er, weil er sichtlich begeistert davon war, in einer Kneipe sitzen zu können, und von der Wirkung, die das Bier auf ihn ausübte. Er nahm einen Schluck Bier und machte damit im Mund Geräusche wie eine trinkende Katze.

Ab und zu sagte er: »Uuuh, das ist bitter«, und: »Wie das prickelt«, oder: »Man kann die Gewalt wirklich schmecken. Wie viele Leute ich schon wegen Bier abgeholt habe auf der Welt«, und irgendwann fing er einfach an, halb melodiös zu singen: »Dummdidummdidummdidumm.«

Und ich bemerkte, dass der Tod betrunken war.

Er stand auf, und schon anhand seiner Bewegung vom Barhocker runter konnte man sehen, dass sein Gleichgewichtssinn gelitten hatte. Und dann ging er so durch die Kneipe, wie wenn kleine Kinder militärische Gangarten imitierten und Models auf einem Laufsteg herumstaksten.

Er sagte: »Eins, zwei, drei, vier«, und ging leicht torkelnd von unserem Platz am Tresen bis zum Spielautomaten am anderen Ende der Kneipe, drückte auf eine blinkende Taste und kam wieder zurückmarschiert. »Eins, zwei, drei, vier«, und fragte mich mit heller, begeisterter Stimme: »Ist das gut? Ist das gut?«, nur um sich wieder umzudrehen und mit »Eins, zwei, drei, vier« wieder in die andere Richtung zu gehen.

Wirt Johnny, der unser Treiben bis dahin belustigt-schweigend beobachtet hatte, griff ein: »Du musst deinen Bruder langsam mal etwas zähmen. Sonst mach ich das.«

Ich: »Das ist nicht mein Bruder!« Und es fiel mir auf, wie detailversessen man wird, wenn man etwas getrunken hatte, denn auch an mir waren der Tag meines Todes und die spontane und unerklärliche Verlängerung meines Lebens nicht spurlos vorbeigegangen.

Wirt Johnny: »Noch mal: Du musst den Typen, der aussieht, als ob er dein Bruder sein könnte, langsam mal etwas zähmen. SONST MACH ICH DAS!«

Der Tod kam schwankend auf uns zu und sagte: »Eins, zwei, drei, vier.«

Ich: »Du musst dich jetzt mal wieder hinsetzen.«

»Ich will noch latschen«, quengelte der Tod.

Ich: »Du willst jetzt nicht mehr latschen.«

Er: »Eins, zwei, drei, vier.«

Ich fühlte mich wie in einer morbiden Version von »Warten auf Godot« und »Kabale und Liebe«, was wir in der Schule immer »Randale und Hiebe« genannt haben, und ich bemerkte, dass wir hier so weit auch nicht davon entfernt waren, wenn ich es nicht bald schaffen würde, den Tod in seiner freudigen ersten Biererfahrung zu zügeln.

Ich hielt ihn am Arm fest und bugsierte ihn wieder auf seinen Hocker, und der Tod sagte: »Ooooh! Nie darf ich machen, was ich will.«

Ich: »Was willst du denn?«

Er: »Das weiß ich nicht. Ich mach ja zum ersten Mal, was ich will. Moment, ich weiß, was ich will. Noch ein Bier!«

Ich: »Zwei Bier noch mal.«

Wirt Johnny: »Aber nur, wenn er mit seinem Spaziergang hier in meiner Kneipe aufhört.«

Ich: »Ja, ja, der hört ja damit auf.«

Der Tod: »Dummdidummdidumm«.

Aus dem Augenwinkel sah ich Sophia quer durch die Kneipe in unsere Richtung kommen. Sie wankte leicht und baute sich hinter unserem Rücken auf und sagte: »Na, ihr Idioten?«

Idioten war eine der freundlichsten und wertungsfreisten Begrüßungen, die Sophia im Repertoire hatte. Idioten, was sie immer unglaublich weich aussprach,

wie IDIJODN, bedeutete bei ihr: »Schön, euch zu sehen, ihr seid nicht die Schlausten, aber auch nicht die
Dümmsten, ich habe mich gerade dazu entschlossen,
leicht gute Laune zu haben, anders bringt das ja auch
nichts. Komm, lass mal über irgendwas reden!« Sophia hatte sich die schönste aller Wirkungsmöglichkei-
ten von Alkohol ausgesucht. Sie war besänftigt.

»Na, ihr Idioten. So, passt mal auf. Das Gespräch
mit dem anderen dahinten hat leider ergeben, dass er
auch in den nächsten Jahren nicht den Pulitzerpreis
gewinnen wird. Ich will jetzt wieder mit euch reden.«
Sie zeigte mit dem Zeigefinger auf mich, und der Finger machte in der Luft leicht kreisende Bewegungen zu
allen Seiten.

Sophia: »Also, du bist du, ne?!«

Ich sagte: »Ich bin ich!«

Sophia: »Und duuuuuu ...«, sie wies wie eine betrunkene Scharfschützin mit dem Zeigefinger auf den Tod.

Was mich in diesem Moment daran erinnerte, dass
wir uns hier mal eine Stunde gestritten hatten, weil sie
die Meinung vertrat, dass das T-Shirt, das sie in der
Stadt an jemandem gesehen hatte, auf dem ein weisen-
der Zeigefinger war, wie man ihn von dem Plakat »I
want you for U.S. Army« kannte, und in dessen Mitte
stand: »Du, du und du – mitkommen saufen«, ein genauso epochales Kunstwerk wäre wie »irgendwas von
Mozart« oder von »diesem Maler mit der zerlaufen-
den Uhr«.

»Werrisserdennnu?«, zog sie die Silben von einem
Wort zum nächsten, und ich hatte aufgrund von Mü-

digkeit und Bier und der Mischung aus beidem sowie dem Erlebten von heute keine Gehirnkapazität mehr, die mich eine Geschichte hätte erfinden lassen können.

»Das ist der Tod. Kam vorhin in meine Wohnung, circa drei Minuten bevor du kamst, und gerade als ich anfing zu sterben, hat es geklingelt, und du standest vor der Tür, und seitdem hat er gute Laune, geht nicht, und ich, ich sterbe nicht.«

Der Tod nickte begeistert.

Sophia sagte: »Okaybweismirdas!«

Ich: »Was?«

Sie: »Dassasdertodis!«

Ich: »Das kann ich nicht!«

Sie: »Alterbinichgenervt!«

Ich: »Frag mich mal.«

»Fragmichma!«, äffte sie mich nach.

Der Tod: »Aber ich kann das.«

Ich: »Untersteh dich!«

Sophia schaute den Tod mit großem Interesse an.

»Mooooomentdukannsbeweisndassudertodbis?«

Der Tod: »Daskannich!«

Ich zischte dem Tod ins Ohr: »Wenn du hier Scheiße baust und plötzlich irgendwelche Leute sterben, dreh ich durch!«, und freute mich über meinen Mut, den Tod anzumachen.

Der Tod: »Ich bin ja nicht doof.«

Ich: »Gut zu wissen. Gut zu wissen, dass der Beender der Dinge, wie du dich selbst nennst, nicht doof ist. Das beruhigt! Das beruhigt un-ge-mein!«

Der Tod redete zum ersten Mal direkt mit Sophia:

»Also, pass mal auf. Dass ich mit Dritten reden kann, kommt so gut wie nie vor. Höchstens wenn ich zwei auf einmal mitnehme, was eine sehr unangenehme Situation ist. Aber weil ich wegen irgendwelcher Gründe, die mir nicht näher bekannt sind, hier gefangen bin und offensichtlich mit Menschen sprechen kann, ohne größeres Unheil anzurichten, werde ich dir jetzt beweisen, wer ich bin. Denn du bist seit einer Zeit, die ich nicht einschätzen kann, die erste Person, die ich sehe und die bleibt. Und das noch lange.« Und der Tod hatte etwas Freundliches, Friedliches in seiner Stimme, das mich gleichzeitig besänftigte und in mir ein wohliges Gefühl hinterließ.

»Siehst du die Ameisen da?«

Es hatte sich eine kleine Ameisenstraße gebildet, die in einem Rondell über einen Fleck auf dem Tresen wanderte, der vermutlich aus Cola und Weinbrand bestand. Sie trugen den Zucker ab und brachten ihn in den Bau irgendwo in den Wänden dieser Kneipe, um die jüngste Generation Ameisen zu nähren.

Sophia: »Seeich.«

Der Tod: »Siehst du die Ameise hier? Die jetzt auf den Fleck zuläuft?«

Sophia: »Seeeeeich.«

Der Tod: »Und siehst du nun wie die Ameise sich an diesem Fleck labt, um die Mischung der Königin zu bringen?«

Und ich dachte: »Labt! Labt! Was hat dieser Tod nur mit diesen Wörtern, die man schon seit Jahrzehnten nicht mehr gehört hat?«

Und er fuhr fort: »Siehst du sie? Und siehst du, dass sie jetzt voll ist und umdreht?«

Sophias Stimme schwankte: »Seeich! Seeeeeeeich! Wasissndashier? Kneipenexpeditioninsreichdertiere?«

»Gut, dann achte mal auf meine Finger und schau auf die Ameise!«

Und der Tod bewegte seine schnippbereiten Finger über den vorhersehbaren Weg der Ameise und schnippte. Die Ameise bäumte sich kurz auf, bog sich nach links und nach rechts, fiel mit dem Kopf auf den Rand der Theke und blieb liegen.

Es wird einem in so einer Sekunde sehr bewusst, dass man selten tote Ameisen sieht, die nicht durch menschliches Zutun gestorben sind, ob mithilfe einer Lupe, um die Ameisen durch das konzentrierte Sonnenlicht zu verbrennen, oder einfach durch Kinderfüße, die alles zertreten, um zum ersten Mal zu spüren, wie viel Macht sie haben können.

Die Ameise lag tot am Rand der Theke, und andere Ameisen liefen an ihr vorbei, unfähig zu trauern.

Sophia starrte den Tod an, drehte dann ihren Kopf in meine Richtung, starrte mich schwankend an, holte tief Luft und sagte:

»Hassuasgesehen?«

Ich: »Hab ich.«

Sophia: »Issasgeilkannichdasnochmalsehen! Machnochma! Machnochma! Machnochma!«

Der Tod schnipste ein zweites Mal mit dem Finger und besiegelte das Schicksal einer weiteren Ameise. Sophia juchzte so laut vor Freude über das, was vor ihren Augen passierte, dass die anderen Gäste zu uns schauten, weil Sophia so lachte, als ob einer von uns ihr eine Geschichte von grandiosem Scheitern erzählt hätte. Der Tod schnipste noch zwei Ameisen ins Jenseits, und dann glaubte Sophia das Unglaubliche.

»Dasssissosuper! Dubissechtdertododerwas? Dasisssosuper!«

Und dann musste ich mitlachen. Und der Tod imitierte unser Lachen, und er machte das noch nicht mal schlecht. Und dann lachten wir zu dritt und lachten über unseren Tag, der eigentlich so voller Trauer war. Über meinen bevorstehenden Tod. Über das In-der-Welt-Sein des Todes. Über die obskure, angsteinflößende Situation, in der wir uns befanden.

Der Tod trank Bier und sagte immer wieder: »Also, ich kann das gar nicht glauben, dass wir hier zusammensitzen.«

Und ich sagte: »Und ich erst!«

Und Sophia sagte: »IhrIdijodn!«

Und wir fühlten uns lebendig.

»Darf ich dir noch was sagen?«, fragte auf einmal der Mann, den Sophia angesprochen hatte, als sie uns noch nicht hatte glauben wollen, dass wir heute Abend mit dem Tod ausgingen.

Sophia war immer noch so glückstrunken von ihrem ersten paranormalen Erlebnis, dass sie nur gut gelaunt ausstieß: »Ichabanichtmitdir!«

»Aber das war doch gar keine Antwort auf die Frage!«, sagte der Tod begeistert mit glasigem Blick.

»Wenn ich deine Meinung hören will, dann sag ich das schon!«, sagte der andere.

Und ich sagte zum Tod: »Bitte bring jetzt dieses Ding. Halt die Faust vor seinen Mund und sag: ›Das kannst du auch gleich noch in ein Mikrofon sagen, ich hab noch ein zweites dabei!‹ Und halt ihm dann die zweite Faust unter die Nase!«

Und der Sophia-Verehrer sagte: »Weißt du, worauf ich richtig Bock habe? Auf Einmischen. Darauf, dass irgendein Typ etwas zu einer Sache sagt, von der er zwar keine Ahnung hat, bei der er aber auf jeden Fall mitsabbeln will.«

Und der Tod sagte leicht leiernd: »Das kannst du auch gleich noch in ein Mikrofon sagen, ich hab noch ein zweites dabei!«, und hielt ihm seine beiden Fäuste unter die Nase.

Und Sophia sagte: »DasisssnichtirgendeinTyp. DasismeinFreund!«

Und sie sagte es so, dass ich mich sofort wieder in sie verlieben könnte, und das, obwohl die ganze Welt hören konnte, dass sie mich nicht liebte, sondern nur meinte, dass ich ein Freund bin, ein platonischer Begleiter durch die Zeit, ihr Meinungswiederholer mit einer tieferen Stimme.

»Also, der Typ, den du eben noch als den letzten Idioten bezeichnet hast, ist jetzt dein Freund!«, sagte der Mann vom ehemals anderen Ende des Tresens.

»Kannnsumasehen«, nuschelte Sophia.

»Lass uns einfach abhauen!«, sagte ich. Und der Tod

holte wie durch Zauberei einen Fünfziger aus seiner Tasche.

Ich schaute ihn fragend an, und mich imitierend sagte er: »Ooh, wooo hat er denn jetzt einen Fünfziger her? Herr Ober, zahlen bitte!«

»Ich weiß nicht, wann mich das letzte Mal jemand Herr Ober genannt hat, aber danke!«, sagte Johnny, der Wirt. »Das macht 38,20.«

»Schtimmso«, sagte der Tod und strich glättend über den eh schon brandneuen Fünfziger.

»Man erkennt Idioten immer daran, wie groß das Trinkgeld ist, das sie geben«, sagte Sophias Verehrer, und in einer anderen Situation hätte ich bestimmt zustimmend genickt, denn die These fand ich eigentlich einleuchtend. Aber was sollte der Tod auch anderes machen? Er hatte halt einen Fünfziger in seiner Anzugtasche gehabt und den einfach auf den Tresen gelegt. Ohne Sinn für den Wert des Stück Papiers, auf dem eine große 50 stand.

»Und wo geht ihr noch hin?«, fragte der Mann.

»In die Hölle!«, sagte der Tod und guckte mich Beifall heischend an.

»Alter, lass gut sein. Wir bringen jetzt Sophia nach Hause. Die hatte genug«, sagte ich.

»Ich bring die nach Hause!«, sagte der Mann vom Tresen.

»Einscheissmachsu«, sagte Sophia ihre Meinung. »Ich-haujessab!« Und sie ging wankend zur Kneipentür. Der Tod und ich und der andere Typ standen uns gegenüber, und wir wollten alle Sophia nach Hause bringen.

83

»Ich geb dir jetzt noch einen Zwanni, und damit kannst du dich dann betrinken. Lass gut sein!«, sagte der Tod.

Und er holte einen Zwanni aus der Tasche und gab ihn Sophias Verehrer.

Ich sagte zum Tod: »Ich weiß nicht, was du sonst alles so machst, aber das hast du nicht schlecht gemacht. Mit dem Leben hast du es manchmal echt drauf. Genau so funktioniert das.«

»Kannsumalsehen!«, sagte der Tod in einem Tonfall, der darauf schließen ließ, dass der Tod ordentlich atü hatte. »Lass uns schnell hinterhergehen. Die ist schon raus aus der Tür.«

Wir verließen die Kneipe und schlossen zu Sophia auf.

»Jetzt warte doch mal!«, sagte ich.

»Auf einen Extypen von mir und den Tod? Mann, bin ich ein Glückspilz!« Die frische Luft hatte ihr scheinbar gut getan.

»Wir gehen jetzt zu mir, und ich koch noch Nudeln. Wir haben ja den ganzen Tag noch nichts gegessen. Das wird uns gut tun«, schlug ich vor.

»Immer dieser Helferkomplex, wenn du was getrunken hast. Wie eine Hausfrau aus den Sechzigern mit Penis.«

»Danke«, sagte ich.

»Da nich für.«

»Oh, Nudeln hab ich noch nie gegessen«, sagte der Tod.

»Was hast du denn schon gegessen?«, fragte ich.

»Nichts«, sagte der Tod.

»Also Nudeln werden das Erste sein, was du jemals in den Magen bekommst?«

»Bis auf Seelen, ja!«

»Bis auf Seelen?«, fragte Sophia schockiert.

»Nur ein Witz! Ich weiß doch auch nicht, ob es überhaupt welche gibt. Geschweige denn, wie die schmecken.«

»Denn er ist ja nur der Taxifahrer zwischen den Welten. Oh, Mann. Das setzt mich jetzt aber ganz schön unter Druck, wenn ich das erste Gericht koche, das der Tod essen wird.«

»Man wächst mit seinen Herausforderungen«, sagte der Tod.

»Außer an mir«, meldete sich Sophia schnippisch und süßlich zugleich zu Wort.

Ich hörte an ihrer Stimme, wie abgekämpft sie nach den Erlebnissen von heute war.

12

Wir nahmen Sophia in die Mitte und schwankten zu dritt nach Hause. Ab und zu schnellte eine Ratte über die Gehwege und verkroch sich in den Mauerspalten.

»Du bist eine Ratte. Du bist eine hundsgemeine Ratte, du Ameisenmörder!«, sagte Sophia zum Tod.

»Drei Tiere in einem Satz. Gar nicht schlecht auf der nach oben offenen Fabelskala!«, sagte ich.

»Haldieschanauzeduidijod!«, sagte Sophia. »Guck mal, die da oben haben dasselbe Fernsehprogramm an.« Sophia zeigte auf die beiden letzten hellen Fenster des Wohnblocks, an dem wir vorbeigingen. Die Lichter flackerten bläulich im gleichen Takt hinaus in die Nacht.

»Zwei von achtzig Fenstern leuchten noch. Irgendwie ist das auch nix, dieses Schlafen. Ach, übrigens, ich penn bei dir. Ich penn auf keinen Fall zu Haus. Aber ohne Anpacken. Tihihihi!«

»Die Frau ist wirklich, als würde man mit einem Panzer diskutieren.«

Wir liefen an meiner absoluten Lieblingsstelle in der Stadt vorbei, wo ein Mädchen – was man an der Schönheit der Schrift erkennen konnte – den Satz: »Das Herz ist ein Muskel in der Größe einer Faust« an die Wand geschrieben hatte.

Es war die letzte Stunde des Tages, in der in Bäckereien noch kein Licht brannte. Wir bogen noch zweimal um die Ecke und standen vor dem Haus, von dem aus wir vorhin aufgebrochen waren.

Ich hatte, leicht schwankend, Probleme, den Schlüssel in das Schloss zu stecken. Sophia kicherte, und ich hatte Angst, dass sie gleich zu laut einen zotigen Witz machen würde.

Nachdem mir das Aufschließen geglückt war, ermahnte ich meine Begleiter, ruhig durch das Treppenhaus nach oben zu gehen.

»Was sollen denn bloß die Nachbarn denken?«, fragte Sophia so, dass man ihre Frage bis in den vierten Stock hätte hören können.

Und ich dachte: »Kinder und Betrunkene.« Beide niedlich, aber beide zu laut.

Wir waren bei weitem nicht so agil wie vorhin und hielten uns alle am Geländer fest, um uns nach oben zu ziehen. Sophia hatte ich vor mir positioniert, um sie leicht von hinten anzuschieben. Der Tod dachte, dass man das so macht, und schob und drückte mit der rechten Hand wiederum gegen meinen Po, und wir sahen aus wie die dümmste Polonaise der Welt.

Dann schloss ich die Wohnungstür auf, und wir waren drinnen.

»Jetzt erinnere ich mich wieder, wie du wohnst. Hatte ich fast vergessen«, spottete Sophia.

»Zeig mir eine Frau, die sich nicht für Inneneinrichtung interessiert, und ich gehe zum Juwelier und kaufe einen Ehering«, sagte ich die Wahrheit.

Die Wahrheit war aber auch, dass man sehen konnte, dass Wohnen mir nicht wichtig war. Das Einzige, worauf ich Wert legte, war, dass meine Augen etwas anschauen konnten, das mir einen Hauch von Wohlgefühl und guten Erinnerungen brachte. So hing in meinem Flur, der gerade groß genug war, dass wir drei uns darin drängeln konnten, die Lampe aus meinem früheren Kinderzimmer, mit aufgedruckten Formel-1-Autos auf dem Lampenschirm.

Diese Lampe war die Definition eines One-Night-Stand-Verhinderers. Ich war zwar nie in die Verlegenheit gekommen, Frauen mit nach Hause zu nehmen, aber wenn, dann wären sie spätestens nach der Entdeckung der Lampe umgedreht und gegangen, denn nur Psychopathen hängen sich Kinderlampen auf. Das weiß jeder.

Ich hingegen ergötzte mich an dem Gedankenspiel, wie häufig meine Augen diese Lampe wohl schon angeglotzt hatten. Und wie viele Menschen es wohl in der Stadt gab, die auch in meinem Alter noch auf die Lampe ihres Kinderzimmers schauten. Ich wollte der Einzige sein.

Ich öffnete die nächste Tür, und Sophia und der Tod

traten in mein Koch-/Wohn-/Fernseh-/Kombinations-
zimmer.

»Wie das hier auch aussieht!«, sagte Sophia.

»Wieso, ist doch ganz hübsch hier?«, sagte der Tod.

»Ha! Zum Leben zu wenig, zum Sterben zu viel!«,
sagte Sophia.

»Du kannst auch bei dir pennen, wenn dir das hier
nicht reicht!«, sagte ich.

»Ich hab's doch nicht so gemeint«, sagte Sophia und
genoss offensichtlich jeden Vokal des Satzes, wuschel-
te mir durch die Haare und sagte: »Ich kenne dich ja
nun auch schon ein bisschen.«

Ich sah aus dem Fenster und dachte darüber nach,
dass ich halb tot und halb lebendig war. Wie ein Zom-
bie, der sagte: »Bitte kein Gehirn mehr!«

»Immer dieses Denken«, hatte meine Mutter immer
gesagt, wenn sie mich zu Schulzeiten gefragt hatte,
ob ich gut geschlafen hätte, und ich das verneinte. »Ja,
ja, immer am Denken!« Und ich wusste, dass, wenn
Eltern so redeten, sie eigentlich sich selber meinten.

Draußen vor dem Fenster wogte ein Baum mit seinen
braunen Blättern im Wind wie ein abwägender alter
Mann hin und her.

Und plötzlich hob sich meine Heimblindheit auf. Ich
erkannte, wie es eigentlich bei mir aussah. Ich sah die
Bilderrahmen an der Wand mit den Fußballeintritts-
karten, die nach Jahreszahl sortiert waren. Ich sah die
Pinnwand, auf die ich für jedes Jahr ein Foto meines
Lebens geheftet hatte, das mich an eine besondere Sa-

che aus dem Jahr erinnerte. Und mir fiel auf, dass ab dem achten Foto mein Vater nicht mehr auf den Bildern zu finden war. Und dass sich mit dem neunten Foto der Gesichtsausdruck meiner Mutter verändert hatte. Und dass ich ab dem vierzehnten Foto unförmig und ab dem achtzehnten wieder normal aussah. Ich sah meine Möbel, die wirkten, als wären die Resterampen aller Möbelhäuser zusammengewürfelt worden. Und irgendwie dachte ich einfach nur noch »Mann, Mann, Mann!«

»Das macht man eben so, wenn man ein Mann ist«, dachte ich. »Wenn man an neuralgischen Punkten in seinem Leben ist, denkt man nur noch: ›Mann, Mann, Mann!‹«

Und dann bleibt einem nur noch eines zu sagen:

»Also, ich mach mir jetzt noch Spaghetti mit Tomatensoße. Jemand Hunger?«

13

Nach dem Essen redeten wir noch in der Küche, und irgendwann sagte Sophia: »Ich will jetzt schlafen!«

Und ich erwiderte: »Ich habe nur das Bett und das Sofa.«

»Kein Sofa für Sophia. So viel steht fest! Und keine Atze auf meiner Matratze! So viel steht auch fest«, sagte Sophia.

»Du willst mit dem Tod in einem Bett schlafen?«, fragte ich. Ich hatte mich schon darauf gefreut, einfach neben ihr zu liegen, während sie schlief.

»Wieso?«, fragte Sophia. »Sterbe ich dann auch? Nur er stirbt doch, oder?«, fragte sie den Tod, der zurücknickte.

»Lass zwei Menschen sich unter meinem Namen versammeln und sie werden sich immer gegen mich stellen«, sagte ich in Richtung der neuen Allianz in meiner Wohnung.

»Ich bin kein Mensch!«, sagte der Tod.

»Schön, dass du das selber sagst«, sagte Sophia.

Und dann mussten wir lachen. Dieses verbündende

Lachen, wenn man die Absurdität der Zustände erkennt. Schulterzucken durch den Mund sozusagen. Kopfschütteln mit dem Bauch.

Danach bezog ich ihnen das Bett frisch und hörte Sophias Geräusche im Bad, und zwar so, dass ich am Klang erkennen konnte, was sie gerade tat. Das Aufdrehen des Wasserhahns. Die etwas zu kurze Unterbrechung durch das zu kurze Zähneputzen, wenn man betrunken ist. Das Ausspucken des Gurgelwassers. Sophia kam in mein Zimmer, und das T-Shirt, das sie sich aus meinem Schrank genommen hatte, bedeckte gerade ihre Unterhose und betonte die Schönheit ihrer Beine. Sie legte sich auf die linke Seite des Bettes.

Der Tod folgte ihr ins Schlafzimmer. Ich ging in die Küche, wusch ab und hörte die Nachtnachrichten. Ich weiß noch, dass in der großen, weiten Welt erstaunlich wenig passiert war.

Ich löschte das Licht, ging ins Bad, versuchte Sophias Rhythmus zu imitieren und schaute auf dem Weg zum Sofa durch die leicht geöffnete Tür meines Schlafzimmers. Sophia schlief, und nichts bewegte sich unter ihrer Decke. »Je tiefer der Schlaf, desto ruhiger der Körper«, hatte ein Schlafforscher mal in einem Radioprogramm erzählt. Und auf der anderen Seite lag der Tod über der Decke in seinem Anzug, die Arme parallel zu seinem Körper ausgestreckt.

Und er lag da und schaute zur Decke hoch und lächelte. Er lächelte selig und glückstrunken, betrunken und freundlich, naiv und wissend.

Ich musste auch lächeln, schüttelte den Kopf, legte

mich aufs Sofa, das aus der Wohnung meiner Mutter stammte. Das Sofa, auf dem ich schon geschlafen hatte, wenn ich in den Sommerferien beim Abendfilm eingeschlafen war. Dieses Sofa roch immer noch nach dem Freibad in unserer Nähe, und es roch nach mir auf einem Dreimeterbrett und meiner Mutter, die unten stand und hochschaute. Es roch nach dem Atem der Jugendlichen, die genervt hinter mir gestanden und mir feindselig in den Nacken gestöhnt hatten, dass ich endlich den Weg freigeben soll, damit sie springen können und die Mädchen am Beckenrand sie bewundern. Es roch nach den Geschichten, die meine Mutter mir erzählt hatte. Es roch nach dem hart erarbeiteten Einkommen einer alleinerziehenden Frau, deren Mann plötzlich weg war. Gestorben und gestrichen aus unserem Leben.

Der Tod schlief in meiner Wohnung. Und ich konnte es noch nicht mal jemandem erzählen.

14

Ich wachte früh auf. Die Wohnung lag noch in dieser leicht unruhigen Stille, die es nur gibt, wenn man nicht alleine zu Hause ist. Leise Schlafgeräusche drangen aus dem Zimmer, in dem der Tod und Sophia sich mein Bett teilten. Ich fragte mich, wer von beiden beim Ausatmen dieses kleine Geräusch von sich gab. Für eine Frau war der Ton ein wenig zu tief, auf der anderen Seite konnte man sich auch nicht vorstellen, dass der Tod wirklich schlief. Sollte der Tod tatsächlich schlafen, wäre er wahrscheinlich so begeistert davon, dass er sofort wieder aufwachen und hyperventilierend einen Monolog beginnen würde: »Schlafes Bruder hat seinen Bruder besucht. Ich mag das ja, wenn sich die Verwandtschaft mal trifft. Den Rest von denen möchtet ihr wirklich nicht kennenlernen. Ich wusste ja, dass ich noch einen jüngeren Verwandten habe. Den kleinen Tod. Schon viel von dem gehört, aber getroffen habe ich ihn noch nie!«

»Der Tod, der Schlaf und der Orgasmus, alles eine Familie«, schoss es mir durch den Kopf.

Und dann schoss mir durch den Kopf, dass ich jetzt schon innere Monologe führte über innere Monologe von jemandem, den ich gestern erst kennengelernt hatte.

Ich setzte mich auf und nahm, wie jeden Morgen, eine Blanko-Postkarte vom Stapel, die ich am Jahresanfang immer im Fünfhunderterpack kaufte, griff einen schwarzen Filzstift und zeichnete im Licht der Stehlampe ein Bild über den gestrigen Tag für mein Kind.

Im Laufe der Jahre hatte ich schon eine gewisse Routine im Schnellzeichnen und einen Blick für die richtigen Motive entwickelt. Heute malte ich mich, wie mir ein Mann beim Pinkeln zusah, der auf dem Rand der Badewanne saß. Mir schien das der Situation entsprechend, weil es dann doch das prägendste Bild des ganzen Tages gewesen war und weil ich wusste, dass die Mutter meines Kindes ausflippen und mit ihrer enervierenden Stimme schreien würde: »Der malt Männer, die pinkeln und denen dabei zugesehen wird?« Und ihre Mutter würde bestätigen: »Hab ich dir doch gesagt, dass mit dem was nicht ganz richtig ist!«

Einen pinkelnden Mann, dem der Tod zuguckt, an die Adresse der Ex schicken. Irgendwie fühlte ich mich genial. Ich malte:

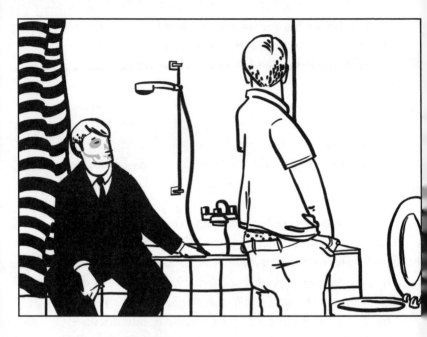

Und schrieb dazu:

Mein lieber Johnny! Heute war ein verrückter Tag. Ich habe heute einen Mann kennengelernt, der durch Wände gehen kann. Hat man sowas schon gehört? Ich war gerade pinkeln und plötzlich stand er im Klo. Also nicht IM Klo, sondern in dem Raum. Angst hatte ich aber keine. Er scheint ganz nett zu sein, wenn auch ein bißchen komisch. Morgen geht es zu meiner Mama, respektive Deiner Oma! Respektive – ein komisches Wort! Beste Grüße, Dein Papa!

Danach ging ich in die Küche, um mir das Getränk zuzubereiten, das ein ähnlich schlechtes Image hat wie Salzsäure, Bier vom Discounter, Eigenmarken oder alle Produkte aus Milch und Frucht: Granulatkaffee.

Der erste Mensch, bei dem ich Granulatkaffee gesehen hatte, war Gunhild, meine Tante mütterlicherseits. Ich liebte dieses Getränk nur wegen ihr.

Bei einer Familienfeier, zu einer Zeit, in der mein Blick gerade über den Rand der Spüle hinausreichte, wurde ich Zeuge eines Streitgesprächs zwischen ihr und einer Frau, die in für mich nicht nachvollziehbarem Verwandtschaftsverhältnis zu uns stand. Meine Tante machte sich gerade einen Granulatkaffee. Die irgendwie mit uns Verwandte sagte: »Wie kannst du dieses Zeug nur trinken?«

Und meinte Tante antwortete elegant: »Geschmack ist eine individuelle Entscheidung, die ich nicht mit dir zu teilen bereit bin.« Ich wusste nicht, was »individuell« bedeutete, aber ich spürte instinktiv, dass man sich so keine Freunde in der Verwandtschaft machte.

Die andere: »Also, ich zelebriere das morgens richtig. Ich mache das Wasser heiß, mahle den Kaffee und gieße dann in drei Etappen das heiße Wasser über das frisch gemahlene Pulver. Mmmmh!«

Meine Tante: »Mmmhmmmh!«

Die andere: »Und wenn dann der Duft von frischem Kaffee durch die Wohnung zieht ...«

Meine Tante: »Mmmhmmmh!«

Die andere: »Und das treibt dann meinen Mann wie von selbst in die Küche.«

Meine Tante: »Wenn er es nicht gerade mit einer anderen treibt. Meinst du deinen ersten oder deinen zweiten Mann?«

Die andere: »Du bist unmöglich!«

Meine Tante: »Nur weil meine Art der Kaffeezubereitung keine Männer anlocken soll?«

Die andere: »Du weißt genau, was ich meine.«

Meine Tante: »Ich weiß, was du meinst. Du denkst, dass die Art, wie du dir Kaffee zubereitest, ein Steinchen in dem Mosaik ist, der dich zu einem etwas besseren Menschen macht als den ganzen Rest hier. Du hoffst, dass deine Art, Kaffee zu machen, dazu führt, dass du dich im Leben ein bisschen besser festhalten kannst.«

Tante Gunhild war wie eine Feuerqualle in der Nordsee. Alleine vor sich hin dümpelnd, abhängig davon, wohin die Gezeiten sie trugen, aber einmal berührt, bissig und brennend, giftig und dabei doch so schön wie gefürchtet. Die Dame mit dem ungeklärten Verwandtschaftsverhältnis verschwand kopfschüttelnd aus der Küche, und meine Tante sah mich warmherzig lächelnd an, wie einen nur Frauen anschauen, die einen länger kennen als man sich selber. Die nikotingegerbte Haut um ihre Augen legte sich wie Sonnenstrahlen um ihre eine Schilddrüsenüberfunktion ahnen lassenden Kulleraugen, und ihr Mund zog sich ganz leicht nach oben, als sie sagte: »Ich weiß, dass du nichts verstanden hast gerade. Lass das Gift nicht an dein Herz, und wenn doch, so sauge es aus und spucke es wieder in die Welt.«

Eine Regel, an die sie sich selber nicht gehalten hatte, da sie ihr Blut in den letzten Jahren durch eine strikte Diät aus Cognac und Mentholzigaretten langsam, aber sicher durch freie Radikale selber vergiftet hatte.

Und ich wusste noch, wie ich »Erwachsenengespräche?« gesagt und meine Tante einfach geantwortet hatte: »Erwachsenengespräche!«, und mir mit ihrer nach Rauch riechenden Hand durch meine fisseligen Haare strich.

Trank der Tod eigentlich Kaffee? Ich holte drei Tassen aus dem pre mortem von meiner Mutter vermachten Küchenschrank. Ich legte großen Wert auf meine Sammlung von Tassen, die alle unterschiedlich waren. Ich wählte die Tasse, auf der eine Frau im Bikini neben einer Palme stand und deren Bikini sich verflüchtigte, wenn man heißes Wasser einfüllte, und den sie wie von Geisterhand wieder anzog, wenn der Becher wieder Normaltemperatur erreicht hatte. Diese Tasse war für Sophia, denn ich wusste, dass sie sie hassen würde, was mir ein wenig Aufmerksamkeit garantieren sollte. Für den Tod wählte ich eine Tasse mit einem Totenkopf aus, und für mich selbst nahm ich die von mir selbstgemachte Tasse, die ich im Copyshop eines mittlerweile geschlossenen Kaufhauses mit einem Bild von Johnny hatte bedrucken lassen. Sein Kopf war schon ganz abgenutzt, da ich aus Trinkgewohnheit – rechte Hand, Tasse an den Mund – immer und immer wieder beim Trinken unabsichtlich seine Stirn geküsst hatte.

Ein Zweidrittel-Löffel Granulat pro Tasse, heißes Wasser, ein guter Schluck H-Milch, einmal umgerührt und schon hatte man ein Heißgetränk, an dem sich die Geister schieden wie sonst nur an moderner Kunst oder an Fußballergebnissen.

»Oh, was riecht denn hier so gut? Der Duft weckt ja die Toten auf«, fragte der Tod, als er die kleine Küche betrat.

Ich: »Sehr witzig. Möchtest du einen Kaffee?«

Er: »Ich weiß nicht. Ich hatte ja noch nie einen.«

Ich: »Ich bin auch noch nie gestorben, und du bist trotzdem noch hier.«

Er: »Ja, das macht Sinn. Ich nehme einen.«

Ich gab dem Tod die Tasse mit dem Totenkopf.

Er: »Witzig, ich trinke Kaffee aus einer Tasse mit einem Totenkopf.«

Ich: »Mann, ist das ein witziger Morgen. Ich weiß schon, warum ich alleine lebe. Oder bevor du mich wieder verbesserst: Alleine gelebt habe.«

Er: »Sehr richtig! Sehr richtig! Ich trink dann jetzt mal, ja?«

Der Tod führte unbeholfen die Tasse mit dem heißen Kaffee zum Mund und verschüttete die ersten Tropfen auf meinen kleinen weißen Küchentisch. Ich griff mein geliebtes Küchenkrepp und wischte, während er trank.

Der Tod machte ein Gesicht, das man von Erwachsenen eigentlich nur noch kannte, wenn sie im Dunkeln Orangensaft aus dem Kühlschrank nahmen und ihn direkt aus der Tüte tranken, weil sie einen Brand hatten, und dann nach drei Sekunden begriffen, dass der Orangensaft etwas zu lang im Kühlschrank gestanden hatte, denn jetzt war etwas sehr Pelziges auf ihrer Zunge.

»Wie schmeckt das?«, fragte der Tod.

Ich: »Na, nach bitter und nach Aufstehen und nach ›Scheiße, ich muss zur Arbeit!‹«

Er: »Und so was trinkt ihr freiwillig?«

Ich: »Außer Kinder, alle. Und Erwachsenen, die keinen Kaffee trinken, traue ich nicht!«

Und dann trank er die kochend heiße Flüssigkeit in einem Zug aus und sagte: »Puh, darüber muss ich erst mal nachdenken. Aber wie du sehen kannst, kannst du mir trauen.«

Ich schüttelte den Kopf und war beeindruckt, dass die Hitze dem Tod offensichtlich total egal war, und fragte ihn: »Und? Wie hast du geschlafen?«

»Ich weiß noch nicht mal, ob ich geschlafen habe.«

Ich: »An was kannst du dich denn erinnern?«

Er: »Daran, dass Sophia so komische Geräusche gemacht hat …«

Ich: »Ich dachte, du wärst das.«

»… und daran, dass ich mich neben das Bett gelegt habe mitten in der Nacht«, sagte der Tod.

»Warum das denn?«, fragte ich.

»Bist du so dumm, oder tust du nur so?«, stellte der Tod mir eine sehr wichtige Frage, die ich mir so auch schon häufig gestellt hatte.

Ich wählte als Antwort: »Ich tu nur so.«

Er: »Dann hör auf, so zu tun. Sophia bewegt sich beim Schlafen kreuz und quer durch das ganze Bett.«

»Ich weiß«, erinnerte ich mich.

»Woher?«, fragte der Tod.

Ich: »Will ich mich nicht dran erinnern gerade.«

Er: »Weiß ich aber! Weil ihr schon häufig mal nebeneinander geschlafen habt.« Und wieder ging mir das Wort »Erwachsenengespräche« durch den Kopf, weil wieder diese Kindlichkeit in seinen Worten gelegen hatte.

»Ich erinnere mich. Du weißt ja alles«, sagte ich.

»Gaaaanz genau!«, sagte der Tod stolz und voller Freude.

Ich: »Und warum hast du dich jetzt auf den Boden gelegt?«

»Ich weiß, dass ich gestern gesagt habe, dass Sophia noch nicht stirbt. Aber was passiert wohl, wenn sie mich im Schlaf freiwillig umarmt?«

Ich starrte ihn mit offenem Mund an.

Ich: »Nicht dein Ernst!«

Er: »Und ich gehe davon aus, dass du keine Nerven hast, morgens eine tote Exfreundin in deinem Bett zu finden, richtig?«

»Du meinst, wenn dich jemand umarmt, stirbt er?«, fragte ich entgeistert.

»Sie auch!«, sagte der Tod.

»Wie auf diesen Bildern, die man im Kopf hat?«, sagte ich und dachte an die Werbeplakate aus der Prohibition, auf denen Skelette trinkende Frauen umarmten.

Er: »Ja.«

Ich: »Der Tod hat heute Nacht ein Leben gerettet.«

Er: »Schön, dass du die Dinge mal positiv siehst. Du kannst dir nicht vorstellen, was los wäre, WENN sie tot gewesen wäre, obwohl sie nicht auf der Liste gestanden hatte«, sagte der Tod so, als hätte er Stress auf der Arbeit gehabt.

»Die Liste hinter der Bordelltür?«, fragte ich nach.

»Er beginnt zu verstehen!«, sagte der Tod.

Ich: »Was passiert dann?«

Sophia: »Was sabbelt ihr eigentlich schon wieder so früh am Morgen, als gäbe es kein morgen mehr?«

Ich dachte: »Wie wunderschön es ist, wenn bei einer Frau Verschlafenheit, schlechte Laune, ein vielgetragenes Männer-T-Shirt, eine Unterhose und eine Frisur wie nach einem Bombenangriff zusammenkommen.«

Unglaublich und ungezähmt, wie sie war, konnte man den Schlaf, den sie gebraucht hatte, um den Kneipenbesuch mit dem Tod in ihre Vita zu integrieren, noch in ihren Knochen erahnen. Und jetzt stand sie da, so schön, wie keine andere Frau jemals in einem Türrahmen gestanden hatte.

Ich brachte ihr einen Kaffee.

Sophia: »Was ist das denn für eine asoziale Tasse? Mann, Mann, Mann!«

»Wir haben gerade darüber geredet, wie er geschlafen hat«, log ich.

»Und darüber, dass du tot wärst, wenn ich nicht auf den Boden ausgewichen wäre«, sagte der Tod die Wahrheit.

»Hab ich schon wieder gerödert und geklammert im Schlaf?«, fragte Sophia, die offensichtlich müde, aber deutlich heller im Kopf war als ich. »Tut mir leid«, sagte Sophia.

»Macht nichts!«, sagte der Tod.

Der Tod und ich schauten uns in die Augen.

Der Tod: »So, was machen wir denn heute Schönes? Ich will was erleben.«

»Wir? Schönes?« Sophia war in Handgranatenstimmung.

»Er schreibt auf jeden Fall eine Postkarte an seinen Sohn, das unbekannte Kind. Dann kommt die Fußballzeitung raus. Dann regt er sich auf, bis er wieder schlafen geht«, sagte Sophia und zeigte in meine Richtung.

»Was für eine pointierte und realistische Einschätzung meines Tagesablaufes. Vielen Dank. Aber die Postkarte habe ich bereits geschrieben«, erwiderte ich.

»Wir gehen jetzt zum Bahnhof, wie es eigentlich schon gestern geplant war, und fahren zu Mama. Das hab ich ihr versprochen«, fuhr ich fort.

»Wie fertig mich das macht, wenn jemand mit zweiundvierzig noch Mama sagt«, kommentierte Sophia, und der Tod schaute erfreut zwischen uns hin und her, als würde er einem epochalen Tennismatch ohne Schläger zuschauen. »Schön, dass ich nicht mehr mit muss. Du kannst ja jetzt deinen neuen Freund hier mitnehmen.«

»Genau, ich komm mit!«, sagte der Tod, als hätte er bei einem Preisausschreiben eine Reise nach Amerika gewonnen.

»Bring doch noch den Beelzebub und Erzengel Gabriel mit ...«, sagte ich zum Tod. »Auf keinen Fall kommst du mit.«

Der Tod schaute mich an, wie mein Mathelehrer mich früher immer angeschaut haben musste, wenn ich an der Tafel gestanden und seinen Blick auf meinem Rücken gespürt hatte, weil jeder in der Klasse auf die Lösung gekommen war, nur ich nicht.

»Okay, lass mich mal nachdenken ... Wenn ich dich nicht mitnehme und du dich außerhalb eines Radius von vierhundert Metern von mir befindest, falle ich tot um, weil ich mit einem Zwischen-den-Welten-Bannfluch belegt bin, da du dich gerade tot in der Welt der Lebenden aufhältst«, mutmaßte ich.

»Ich weiß nicht, welche Entfernung genau dafür festgelegt wurde, aber wahrscheinlich sind vierhundert Meter eine ziemlich gute Einschätzung. Unsere Sache ist so eng miteinander verbunden, dass unsere Wege sich nicht trennen können«, nickte der Tod begeistert, weil ich langsam verstand und begann, seine Regeln zu erahnen.

»Mensch, das ist ja fast so, als ob du noch ein Kind hättest.« Sophia genoss ihren Geistesblitz triumphierend. »Nur dieses darfst du sehen und mitnehmen.«

»Es tut mir leid, das zu sagen, aber wir werden nicht zu zweit fahren«, sagte der Tod, und aus Sophias Gesicht wich jede Art von Freude.

»Was? Nö. Ach, nö! Oh, Mann. Nee! Nee, echt nicht! Nee, ich habe auch echt keine Zeit. Och nee, bitte echt nicht!«

»Ich kann doch nichts dafür«, sagte der Tod.

»Warum?«, fragte Sophia verzweifelt. »Nur, weil ich einmal geklingelt habe, weil dieser Trottel mich genötigt hat mit ihm seine Mutter zu besuchen?«

»Nein, seit der Ameise!«, sagte der Tod.

»Oh, Mann, ich hab's gewusst, dass es nicht gut ist, Tieren beim Sterben zuzusehen«, sagte Sophia. »Warum bin ich jetzt auch mit dabei?«

»Wenn ich mich kurzfassen müsste, würde ich sagen, er hat das Recht des Erstgestorbenen. Ich muss mit ihm ... und du bist ... na ja, du bist unser Anhängsel. Du bist in unseren Kreis getreten. Du hast Dinge gesehen«, sagte der Tod.

»Ich bin das Anhängsel meines Exfreundes und des Todes. Das ist ja wie morbider Antifeminismus.«

Sophia drehte sich um und sagte ohne uns anzuschauen: »Ich geh jetzt ins Bad. Ich hoffe, ich darf das. Nicht, dass ich hier tot umfalle. Ist das in Ordnung, Herr Tod?«, und schloss die Tür.

»Mann, ist die witzig«, sagte der Tod. »Warum bist du nicht mehr mit ihr zusammen?«

»Lange Geschichte«, sagte ich.

»Jaaaaa«, atmete er aus. »Man weiß nie, wie viel Zeit einem noch bleibt.«

Ich: »Mal was anderes. Ich muss jetzt packen. Soll ich dir Wechselklamotten einpacken?«

Er: »Von mir aus gerne. Farbwechsel kenn ich bisher nicht. Hätte ich Bock drauf. Aber aus olfaktorischen Gründen nicht nötig.«

Der Tod sagte die besten Sätze, ohne es zu merken.

»Nur so aus Interesse: Könntest du das ein wenig näher erläutern?«

Er: »Na ja, ich würde schon gerne mal etwas Farbiges tragen. Hab ich ja noch nie, aber hast du schon mal an einem Unterhemd gerochen, das ein Kind eine Woche lang anhatte?«

Ich: »Leider nein. Und wenn, würde man vermutlich die Polizei informieren.«

Er: »Das Unterhemd eines Kindes riecht nicht. Es riecht nur nach dem Kind. Weil es noch viel zu weit weg ist von mir. Und meiner Arbeit.«

Ich: »Also ist der Beginn der Schweißproduktion in der Pubertät der Startschuss zum Lauf zu dir?«

Er: »Ich hätte es nicht schöner ausdrücken können.«

Ich: »Kein Deo in der Hölle!«

Er: »Die Hölle ist ein Konstrukt, um Leute durch Angst zu bestimmten Handlungsweisen zu zwingen.«

Ich: »Du musst dir auch echt mal zuhören, was du die ganze Zeit redest. Ich pack mal was für uns ein.«

Ich stopfte eine Sporttasche voll mit Zeugs und legte ein rotes, ein weißes und ein hellblaues T-Shirt hinein.

Sophia war fertig im Bad. Ich duschte schnell und gab dem Tod ein grünes T-Shirt.

Er hängte sein schwarzes Jackett über einen Stuhl, knöpfte sein weißes Hemd auf, zog es aus und legte es über das Jackett.

»So was hab ich noch nie gemacht. Ich hab so was noch nie gemacht!«

Und dann schlüpfte er in das T-Shirt und betrachtete sich voller Begeisterung im Spiegel, als würde er an der Stelle stehen, an der die Farbe Grün des Regenbogens den Boden berührt.

»Kannst du mein weißes Hemd einpacken? Nur für den Fall, dass …«

»Für welchen Fall?«, fragte ich.

»Arbeitskleidung«, sagte er. »Nur für den Fall! Man weiß ja nie.«

Wir gingen noch kurz bei Sophia vorbei, die um die Ecke wohnte, weil sie noch ein paar mehr Klamotten mitnehmen wollte.

Ihre Stimmung war, wie sie eben war, wenn man zu sterben drohte, nur weil man sich weiter als vierhundert Meter von seinem Exfreund entfernte.

Sie kam mit einer neuen schnell gepackten Umhängetasche wieder aus dem Haus. Und schaute uns an und schüttelte den Kopf.

»Oh, Mann, wie ihr ausseht. Man könnte fast ahnen, was bei euch los ist.« Und fuhr fort: »Wir müssen noch beim Kaufhaus vorbei.«

»Warum denn jetzt ausgerechnet noch zum Kaufhaus?«, sagte ich und dachte zufrieden an eine meiner selbst ausgedachten Regeln: »Umwege sind die Folter des kleinen Mannes!«

»Hast du etwa an ein Geschenk für deine Mutter gedacht?«, fragte mich Sophia.

Und ich verstummte schuldbewusst.

»Siehst du? Mein Gott, dein Gehirn müsste man haben.«

»Ja, 'tschuldigung, dass ich nicht an alles denken kann. Ich sterbe vielleicht auch gerade?«

»Also an deine Mutter kannst du schon noch denken!«, sagte der Tod.

»Halt du dich da raus!«, sagte ich.

»Als hättest du jemals an so was gedacht. Der feine Herr auf seiner Insel. Los jetzt, ihr Spacken!«, sagte Sophia.

»Spacken«, wiederholte der Tod.

»Sei ruhig!«, beendete Sophia alle Gespräche.

15

Wir warteten vor der Tür des Kaufhauses, da wir wussten, dass wir uns nicht als nützlich erweisen würden beim Kauf eines Geschenks für meine Mutter. Der Tod versicherte Sophia, dass die Geschenkeabteilung nah genug war, um ihr plötzliches Ableben zu vermeiden.

»Wenn ihr euch täuscht, bringe ich euch um!«, sagte Sophia, den Mund geschürzt wie ein Geldeintreiber bei der letzten Mahnung.

Wir standen da vor dem Laden, wo zur Weihnachtszeit überqualifizierte russische Elite-Musik-Universitätsabsolventen und -absolventinnen mit ausdruckslosen müden Gesichtern ihre Weisen spielten, die jeden fünfzigsten Vorübergehenden so rührten, dass sie Taler in ihren Geigen-, Cello-, Trompeten- oder Balalaika-Koffer schmissen.

»Meiner Mutter passiert doch nichts, wenn wir da zusammen auftauchen, oder?«, fragte ich den Tod.

Er: »Nein, warum sollte ihr was passieren?«

Ich: »Weil du der verdammte Tod bist, vielleicht?«

Er: »Ach so. Ja, nein, sie steht nicht in mein Buch geschrieben. Und länger als drei Minuten umarmen wird sie mich ja nun auch nicht beim ersten Mal.«

Ich: »In dein Buch geschrieben?«

Er: »Warum bist du eigentlich so ruppig zu mir? Denkst du, mir macht das hier Spaß? Okay, vielleicht bringt das Spaß. Aber in den letzten hundert Zeiteinheiten, die bestimmt nicht wesentlich länger als deine hundert Zeiteinheiten hier sind, lief das immer so ab: Ich komm irgendwohin, weil ich weiß, wo ich hinmuss. Sage das mit den drei Minuten. Jammern, nölen, heulen, ab und zu Dankbarkeit. Dann zusammen ab. Zur Bordelltür hin. Ich bin schon froh, wenn mir mal jemand die Hand gibt. Dann weg von der Bildfläche. Wieder zurücklatschen. Nächster Typ. Und jetzt bin ich hier. Ich habe keine Ahnung, warum. Ich habe keine Ahnung, wieso. Ich weiß nicht, was ich hier soll. Ich weiß nicht, was ich hier mache. Ich habe nur ein paar Regeln im Kopf. Ich weiß nicht, von wem, und ich weiß nicht, seit wann. Das ist so, wie bei dir mit deinem Wissen, dass du nie einen Konflikt lösen können wirst, sondern lieber zehnmal wegläufst und dich in Fußball verkriechst und stärkste Probleme hast, die Tür zu öffnen, wenn es klingelt. Es war immer so und wird immer so sein. Aber das Warum spielt keine Rolle.«

Ich: »Woher weißt du ...?!«

»Ach, komm, hör doch auf. Ich weiß alles über Leute, die ich abhole. Du weißt nicht, woher, du weißt nur um die Existenz. Und das Sein wiegt so schwer, dass der Grund, warum jemand so geworden ist, für mich so unglaublich uninteressant wird.

Warum ich hier rumlatsche mit dir? Ich habe keine Ahnung. Ich weiß nur, dass das kein gutes Zeichen ist. Als ob ich auf einmal arbeitslos werden könnte. Und dabei bin ich das Zentrum dessen, worüber ihr Filme macht, Bücher schreibt, Bilder malt. Und du fragst mich, warum etwas in meinen Buch steht. Ich kann nur sagen, ich weiß, dass deine Mutter länger lebt als du. Und ich weiß, dass Sophia länger lebt als du, wenn sie mich nicht umarmt. Und ich weiß, dass irgendwas ins Ungleichgewicht gekommen ist, sonst könnte ich nicht hier sein. Dass es wohl im Hintergrund eine Diskussion über meinen Job gibt. Und dass irgendetwas Großes mit einer ziemlichen Geschwindigkeit auf uns zukommt. Aber bis es da ist und vor allen Dingen, bis man weiß, dass es da ist, und was es ist, warum nicht Kaffee trinken und ein grünes T-Shirt tragen?«, sagte der Tod und begutachtete sich drehend vor der Schaufensterscheibe des Kaufhauses.

»Steht mir echt gut!«, sagte er.

Ich: »Du kennst und weißt wirklich alles, oder?«

»Man gibt sich Mühe«, sagte der Tod auffällig erregt.

»Das Gute und das Schlechte?«, fragte ich.

»Und jetzt sogar auch dich!«

16

Sophia kam beladen mit zwei Plastiktüten aus der Drehtür, ging an uns vorbei und sagte: »Hurra, ich lebe noch!«

Wir folgten ihr. Den Block runter bis zur nächsten Straßenbahnhaltestelle. Wir sahen die Bahn den leichten Hügel erklimmen und fingen an, schneller zu gehen. Die Ampel am Verkehrsübergang wurde rot, und die Bahn fuhr ein. Die Türen gingen auf, und Menschenmassen strömten heraus, wissend, wohin der Alltag sie treiben würde. Wir schauten vorbildlich, wie es uns hundert Mal von den Eltern eingetrichtert worden war, nach links und rechts und sprinteten über die noch Rot anzeigende Straßenampel, bahnten uns einen Weg durch den Menschenstrom, der wie ein Pfropfen wirkte und unsere Geschwindigkeit blockierte. Immer wieder den aussteigenden Passagieren nach links und rechts ausweichend, tänzelte unsere Schicksalsgemeinschaft zur Bahn, die uns zum Hauptbahnhof bringen sollte. Die Türen drohten das baldige Schließen mit einem sich wiederholenden Warnton an.

Sophia und der Tod hechteten vor mir durch die Tür, während ich von hinten eine Stimme hörte: »Hey, was sollte das denn gestern?«

Hinter mir stand der Mann aus der Kneipe von gestern und hielt mich am Arm fest. Ich war zu überrascht und zu friedlich, um mich loszureißen.

»Ich gebe eurer Freundin doch nicht die ganze Zeit Getränke aus, und dann gehen so zwei Typen wie ihr mit ihr nach Hause. Außerdem hat dein Kumpel mir einen Fuffi aus der Tasche geklaut.«

Ich: »Die Aussage ist auf so vielen verschiedenen Ebenen falsch, dass ich wirklich keine Zeit habe, dir das alles auseinanderzudröseln.«

Er: »Ich will meinen Fuffi wiederhaben!«

Ich: »Sie ist doch keine Saufnutte!«

Er: »Bitte was?«

Ich hatte das Überraschungsmoment der unbekannten Vokabel auf meiner Seite.

»Du kannst doch keine Gegenleistung dafür erwarten, dass du ihr Getränke ausgibst. Das ist schon Ehre genug, wenn sie sich überhaupt die Zeit nimmt, um mit einem etwas zu trinken«, sagte ich und spürte, wie eine ganz kleine Flamme, die auf den Namen »Sophia ist echt eine tolle Frau« hörte, leicht zu flackern begann.

Wenn man lange irgendwo lebt, hat man die kleinen Dinge des Alltags so verinnerlicht, dass der Körper ganz automatisch reagiert. So hatte mein Körper verinnerlicht, dass die Türen der S-Bahn sich nach dem siebten Mal Piepen schließen, also schnellte mein Puls nach oben, als die Hydraulikpumpen der automatischen Türen beim Schließen fauchten, während das Piepen zum siebten Mal ertönte. Mir wurde schlagartig bewusst, dass die Straßenbahn, die gerade im Begriff war abzufahren, bis zur nächsten Haltestelle circa fünfhundert Meter zurücklegen würde und dass diese fünfhundert Meter über mein sogenanntes Leben und meinen geplanten Tod entscheiden würden.

Der Tod und Sophia schauten, mit ihren Mündern synchron ein O formend, durch die Scheiben der sich schließenden Türen, in deren Mitte sich die beiden Gummilippen der Türumrahmung küssten. Die Bahn fuhr an.

Er: »Da guckste jetzt, ne? Schön, so alleine, ne? Kenn ich auch noch von gestern Abend.«

Es roch hier plötzlich schwer nach einem Cocktail aus Diskussion und Backpfeifen, den auszutrinken ich keine Zeit hatte. Ich fasste in die linke vordere Tasche meiner Jeans, nahm die sauber zusammengefalteten Geldscheine heraus und überschlug, dass es ungefähr 35,– sein mussten, während ich mich daran erinnerte, wie viele quälende Diskussionen ich schon mit meiner Mutter darüber geführt hatte, wie unsicher es sei, das Geld lose in der Hosentasche aufzubewahren. Eine Diskussion, die sich bisher locker ohne Unterbrechung über den Zeitraum von zwei Dekaden hinzog. In dieser Zeit war bei meiner Mutter zwei Mal das Auto aufgebrochen und ihr Portemonnaie daraus geklaut worden, es wurde ihr drei Mal aus der Handtasche entwendet, und einmal verlegte sie ihr Bargeld in einem Pelzmantel, und zwar am letzten Tag der Weltgeschichte, an dem man noch Pelzmäntel tragen durfte. Als sie den Mantel Jahre später nach Rumänien schicken wollte, dem wohl einzigen Ort im Universum, wohin man alles schicken durfte, was man nicht mehr brauchte, um sich besser zu fühlen, rief sie mich stolz an und sagte: »Rat mal, was ich gerade wiedergefunden habe! Mein Portemonnaie. Im Pelzmantel! Sag ich doch, dass hier nichts wegkommt. Und du bewahrst dein Geld bestimmt immer noch in der Hosentasche auf, oder?«

Interessanterweise war mir in der Zwischenzeit noch nie etwas geklaut worden, ihr Portemonnaie aber hatte eine Währungsumstellung in der Dunkelheit eines Pelzmantels überstehen müssen. Der Personalausweis war mittlerweile seit drei Jahren abgelaufen, und Pelzmotten hatten sich durch Fotos meiner Einschulung gefressen, aber meine Mutter war immer noch überzeugt, dass es eine Sünde sei, Geld einfach in der vorderen Hosentasche aufzubewahren.

Ich: »Ich hätte ja gerne mehr Zeit, dich fertigzumachen, aber ich muss jetzt echt los!« Ich drückte dem verdutzten Mann von gestern meine Scheine in die Hand, begann zu rennen und schrie dem kleiner werdenden Körper meines Gegners noch zu: »Den Rest gibt's später, du Idiot!«, und konnte sehen, wie er seine geballte Faust hob.

Und ich sah, wie sich der Tod und Sophia von der Mitte der Straßenbahn durch die Menschen nach hinten zur Rückscheibe schoben, um mit mir Sichtkontakt halten zu können, während ich meinen Lauf zur nächsten Straßenbahnstation auf Leben und Tod startete.

Die Straßenbahn gab ein elektronisches Geräusch von sich, dessen Frequenz mit steigender Geschwindigkeit in die Höhe stieg. Die ersten zwanzig Meter waren noch einfach. Ich musste einfach den Bahnsteig runter laufen bis zu einer rotweißen Barriere, an der ein Schild angebracht war, auf dem ein stilisierter Mann mit ausgebreiteten Händen zu sehen war und der von einem roten Kreis eingefasst wurde. »Roter Kreis. Mach kein Scheiß« hallte es mir durch den Kopf. Eine Erinnerung an die unorthodoxen Methoden meines Vaters, mich in die Verkehrsgesetzgebung einzuweihen. Mit einem Sprung schaffte ich es über die Absperrung und schaute in einer stummen Zeitlupensequenz zu, wie sich die Straßenbahn immer schneller von mir entfernte. Die Sporttasche, die ich mir umgehängt hatte, schlug dabei in unregelmäßigen Abständen gegen meinen Po, was das Rennen sowohl erschwerte als auch extrem verlangsamte, wodurch ich einmal mehr daran erinnert wurde, wie abgrundtief ich Rennen hasste.

Den alten Körper mal wieder auf eine Pulshöhe des niedrigen dreistelligen Bereiches zu erhöhen, schien mir angesichts der Tatsache, dass es hier um mein Leben ging, äußerst angebracht zu sein.

Ich lief der Straßenbahn jetzt auf den Schienen hinterher und konnte dabei zusehen, wie sie sich immer weiter von mir entfernte. Ich versuchte, all meine physikalischen Kenntnisse aufzubringen, um herauszufinden, welchen Teil der Schienen ich nicht berühren durfte, um nicht sofort von fünfzigtausend Volt gegrillt zu werden.

Aber warum sollte ich Angst vor dem Tod durch einen Stromschlag haben, wenn mir der Tod höchstpersönlich gerade ziemlich erschrocken durch die Rückscheibe einer Straßenbahn beim Rennen zusah und sein Kopf dabei immer kleiner wurde, weil sich die Bahn immer weiter von mir entfernte. Ich tat, was mir in dieser Situation am logischsten erschien, und verband das Unangenehme mit dem Schönen: Ich gab mich den Ticks in meinem Gehirn hin, trippelte sehr anmutig und zielgenau auf die Straßenbahnschwellen und stellte mir dabei vergnügt vor, dass die Steinchen zwischen den Schwellen Krokodile seien, die mir in die Füße beißen würden, sobald ich das Schotterbett auch nur berührte.

Eine sportbedingte Beruhigung flutete mein Gehirn durch eines der besten Spiele auf der ganzen Welt, das eine noch verschärfende Schönheit dadurch bekommen hatte, dass es gerade um mein Leben ging.

Und während ich so lief, fiel es mir plötzlich auf: Mein Leben hatte einen Sinn. Und der Sinn war, nicht zu sterben, während ich dem Tod hinterherlief. In der Ferne konnte ich sehen, wie Sophia dem Tod etwas ins Gesicht schrie. Und ich sah, wie die Grashalme auf dem Gleis versuchten, die Schienen zu besiegen, und dachte daran, wie dieser konstante Kampf von Chlorophyll gegen Eisen immer wieder durch die Jungs vom Schienenreinigungsdienst beendet wurde.

Ich sah rechts das Gerichtsgebäude unserer Stadt, das irgendwann einmal modern gewesen sein musste, jetzt aber nur noch eines war: ein Ort, der zur Austragung von Konflikten, Streit und Eskalation zwischen Menschen erbaut worden war. Und ich sah, wie der Schatten der höchsten Stelle dieses Gebäudes sich über die Straße und die Schienen legte, die ich gerade entlanglief, und mit ihnen einen perfekten Winkel von neunzig Grad bildete. Die Sonne musste von hinten über das Gebäude scheinen, denn ich überquerte mit einem Satz den Strich zwischen Schatten und Sonne, und es sah so aus, als würde ich eine Grenze übertreten. Das passte. Die Sonne wärmte meinen Körper und mich in der Sekunde, in der ich diesen Schritt tat. So wie man es unbewusst spürt, wenn eine Kumuluswolke die Sonne bedeckt, sie doch dann durch die Thermik langsam durch den Himmel geschoben wird bis zu dem Punkt, wo der letzte Rand der Wolke die Sonne gerade noch bedeckt. Und wie sich dann kurz danach ein Sonnenstrahl mit großer Kraft den Weg über die Erde bahnt und alles erwärmt.

Meine Füße machten »patt patt patt« auf den Bohlen der Schienen, und meine Lunge gab sich die allergrößte Mühe, genug Luft in ihre Flügel zu saugen, um gerade die nächsten Schritte schaffen zu können. »Wer

Sport treibt, lebt länger« machte in diesem Moment mehr Sinn denn je. Die Straßenbahn verkleinerte sich vor meinen Augen immer mehr, und die Köpfe von Sophia und dem Tod waren in ihrer Winzigkeit nur noch schemenhaft zu erkennen.

Vierhundert Meter. Die heilige Distanz der Tartanbahn deutscher Sportplätze. Ich wollte leben. Nicht, weil es so besonders schön war. Sondern aus Trotz. Länger leben, als es anscheinend irgendeine metaspirituelle Lebenszeitplanungsgruppe für mich vorgesehen hatte. Länger leben als die beiden Menschen aus meinem Bekanntenkreis, die gestorben waren, noch bevor ich achtzehn geworden war. Länger leben, einfach aus dem Grund, um keinem Menschen die Entscheidung aufzubürden, ob er auf meiner Beerdigung auftauchen muss oder nicht. War das schon ein Tunnelerlebnis? Auf jeden Fall war es eine sehr körperliche Grenzerfahrung, denn ich japste nach Luft und bekam doch nie genug davon. Und ich lief und spürte, wie meine Jeans am Hintern ein wenig nass wurde, weil irgendetwas in der Sporttasche ausgelaufen sein musste, und ich erinnerte mich daran, dass ich mir mal vorgenommen hatte, auf Reisen alles in Plastiktüten zu verpacken, damit so etwas wie das hier gerade gar nicht erst passieren konnte. Und die Autofahrer glotzten mir bei der unfreiwilligen Wiederaufnahme meines Fitnesstrainings zu, und einige hupten, andere hatten die Fensterscheibe heruntergekurbelt und riefen rhythmisch: »HE!HE!HE!HE!«, andere schauten mich an und sich dann suchend nach imaginären Polizisten um, weil ihnen diese Situation, dass ich mit den mir zur Verfügung stehenden Mitteln die Schienen runterjagte, so suspekt vorkam, dass nur ein Polizist wieder für Ordnung sorgen konnte.

Und dann hielt die Straßenbahn an der nächsten Haltestelle, und ich konnte erkennen, wie der Waggon und die Gesichter vom Tod und von Sophia langsam wieder größer wurden. Ich rannte und hechtete auf den mittelgleisig gelegenen Bahnsteig und drängte mich durch die Leute, die aus der Straßenbahn stiegen. Ein paar besonders witzige Siebzehnjährige, die meinen ambitionierten Lauf beobachtet hatten und hier ausstiegen, grölten mir ein »Uuuuäääääiiiiiiöööö-öööhhh« entgegen. Mit letzter Kraft zog ich mein zweites Bein durch die Lichtschranke der Straßenbahntür, jede Zelle meines Körpers japste nach Luft, Schweiß schoss aus jeder Pore meines Rückens, meiner Stirn und meiner Waden. Ein Phänomen, das meine Mutter immer mit dem Begriff »suppen« umschrieb. »Hör auf, hier rumzusuppen, und wasch dich erst mal!« Ich versuchte, betont lässig zu meinen beiden Partnern zu schlendern, stellte meine Tasche ab und hielt mich demonstrativ entspannt an einer der Haltestangen fest, während ich auf die Strecke zurückblickte, die ich gerade gelaufen war, und immer noch keuchte wie eine Lokomotive, die in alten Westernfilmen unter Dampf gesetzt wurde, um einen scheinbar unbezwingbaren Berg hinaufzuklettern.

Sophia: »Mann, sah das scheiße aus!«

Ich: »Ja, ... im ... Todeskampf ... hat ... die ... Ästhetik ... ausnahmsweise ... ganz ... kurz ... Sendepause.«

»Das muss auch mal gesagt werden«, sagte der Tod und klopfte mir anerkennend auf die Schulter.

Ich stotterte außer Atem: »Mitgefühl ... ist ... eine ... Währung, ... und ... bei ... euch ... ist ... gerade ... Inflation!«

»Wie du ausgesehen hast!«, lachte Sophia. »Wie ein Schwein, das vor dem Schlachter wegrennt.«

»Bloß dass es seinem Schlachter hinterhergerannt ist«, erwiderte der Tod.

»Ihr seid beide so unfassbare Arschlöcher!«, sagte ich.

Und eine große Ruhe breitete sich in mir aus. Diese Ruhe, die man genießt, wenn man gerade Sport gemacht hat und sich eingestehen muss, dass diese Trottel manchmal wohl doch recht haben: »In einem gesunden Körper wohnt ein gesunder Geist.« Zynismus ist wie eine Klapperschlange, die sich jeden Tag selbst ein bisschen beißt, um von ihrem eigenen Gift ein wenig high zu werden und um sich zu spüren, und die dennoch weiß, dass sie am Ende durch sich selbst sterben wird. Und ich dachte, auf was für dumme Vergleiche man kommt, wenn man unter Sauerstoffmangel leidet.

Die beiden grinsten mich an wie erleichterte Honigkuchenpferde. Ich grinste nicht. Ich war zum zweiten Mal innerhalb von vierundzwanzig Stunden dem Tod von der Schippe gesprungen. Und er schien trotzdem

seltsam erleichtert zu sein. Wir fuhren noch drei Statio-
nen, bis wir endlich am Hauptbahnhof angekommen
waren.

17

Mit Sophia und dem Tod Zug zu fahren war toll. Der Tod freute sich über alles, und Sophia kommentierte dies nur allzu gerne.

Wir stiegen ein, quetschten uns durch die engen Gänge der Abteile, und Sophia fing sofort an, sich zu beschweren.

»Wie hätte mein Vater nur in diesen Scheißzug kommen sollen mit seinen kaputten Beinen?«

Mein Einwand, dass man sich bei der Bahn anmelden kann, um eine Unterstützung für behinderte Reisende zu erhalten, verhallte im schlecht gelaunt murmelnden Sophia-Nirwana.

Sophia: »Hauptsache bei dir ist, dass es keinen Aufstand gibt!«

»Was hast du gesagt?«, fragte ich. Nicht, um noch mal zu hören, was sie gesagt hatte, sondern um es noch einmal lauter zu hören.

Sophia: »HAUPTSACHE BEI DIR IST, DASS ES KEINEN AUFSTAND GIBT!«

»Da hat sie recht. Du versuchst, durchs Leben zu

kommen wie ein Hydrant aus Gummi! Unbeweglich, aber elastisch«, pflichtete der Tod ihr bei.

»Was hast du gerade gesagt?«, fragte ich den Tod, ohne mich umzudrehen. »Lass zwei Menschen sich unter meinem Namen vereinen, und sie werden sich immer gegen mich stellen!« Ich genoss es, zum zweiten Mal innerhalb von vierundzwanzig Stunden mein bestabgewandeltes Bibelzitat zu benutzen.

»Jetzt wird hier auch noch Jesus ins Feld geführt. Gegen eine polnische Katholikin!«, empörte sich Sophia.

»Du hast doch schon seit Jahren keine Kirche mehr von innen gesehen«, mutmaßte ich.

»Man bleibt Alkoholiker. Man trinkt bloß nichts mehr, wenn man trocken ist«, fügte der Tod hinzu, hielt seine Hand hoch, und Sophia klatschte mit ihm ab.

Sophia klatschte mit dem Tod ab.

»Wie Shakespeare, bloß in prollig«, dachte ich. Wir suchten uns einen freien Vierertisch und setzten uns, nachdem wir unsere Taschen unter den Sitzen verstaut hatten.

»Guck hier!«, wandte sich Sophia an den Tod. »Der spielt in seiner Hand schon mit der Fahrkarte, damit sie griffbereit ist, wenn der Schaffner kommt. Hauptsache, es gibt keinen Aufstand. Man könnte den Schaffner ja zu lange warten lassen.«

»Ich will nur, dass er es in seinem Job so einfach wie möglich hat«, rechtfertigte ich mich.

»Was für eine wunderbare Umschreibung für einen

sozial ausgerichteten Autismus. Deswegen holst du dir auch schon ein Parkticket, wenn du nur zwei Minuten in einen Kiosk rennst. Auch wenn der Weg zum Parkscheinautomaten länger ist als der Weg zum Kiosk selber.«

Ich: »Ich hab einfach keinen Bock auf Stress. Ich hab keinen Bock auf Gesabbel. Ich will einfach meine Ruhe und in meiner Ruhe in Ruhe gelassen werden.«

Sophia: »Du hast einen Fahrradpass in deinem Portemonnaie, um zu beweisen, dass dein zehn Jahre altes

> Liebster Johnny! Mein
> neuer Kumpel (J) hat sich
> entschieden mit zu Oma zu
> fahren. Und eine Freundin
> auch. Mein neuer Kumpel
> ist zum ersten mal in
> seinem Leben Zug gefahren.
> Und das obwohl er schon
> ganz alt ist. Witzig! Auf
> der Fahrt haben wir ein Pferd
> gesehen, das ganz alleine
> auf eine Wiese stand. Traurig!
> Magst Du Pferde? Pferdekuss
> Dein Papa

Fahrrad auch wirklich deins ist, falls das mal jemand kontrollieren sollte!«

Ich: »Ja nu?«

Sophia: »Was, ja nu?«

Während Sophia und ich eines meiner Kernprobleme auszudiskutieren begannen, bewegte der Tod mit steigernder Begeisterung die bewegliche Armlehne seines Sitzes auf und ab.

»Du denkst auch, in dir hat Gott dem Deutschen ein Denkmal gesetzt«, sagte Sophia zu mir.

Ich: »Nur weil ich keine Lust habe, mit Polizisten, Kontrolleuren, Kaufhausdetektiven, Hausmeistern, Halbstarken und meiner Bank zu tun zu haben?«

Sie: »Nein, weil du so lebst, als müsstest du Gesetze einhalten, die es erst in fünf Jahren geben wird.«

Uiiiithhhh, iiiiuuuu. Es machte jedes Mal *Uiiiithhhh, iiiiuuuu,* wenn der Tod die Lehne nach oben und nach unten bewegte. Er imitierte diesen Ton genüsslich: »Uiiiiithhh! Iuuuu!« *UIITTTH IUUHHHH!*

Voller Freude beobachtete und spürte er die Gesetze der Feinmechanik, des Drucks und die Wonne von repetitiven Handlungen.

Ich: »Na, da freut sich aber einer richtig, was? Armlehnenkomfort wird im Jenseits wohl nicht so groß geschrieben?«

Der Tod rief nur: »GUCK, GUCK, GUCK.« *Uiiiht, iiiiuhuuu.*

»Was ist?«, fragte Sophia scharf.

»Jetzt guck doch einfach mal.« *Uiiiht, iiiiuh.* »Guuuuuck! Uiiiith, iiiiuh … Es bewegt sich!«

»In allererster Linie gehst du mir grade extrem auf den Sack«, kommentierte Sophia die Freude des Todes.

Das Geräusch der mäßig geölten Armlehnenscharniere war extrem enervierend, weil es klang, als ob man mit einem stumpfen Messer durch Styropor schneiden würde.

Uiiiht, iiiiuh. Uiiiith, iiiiuh …

Der Tod: »Aber guck doch mal! Ich mach was, und keiner stirbt deshalb!«

Sophia schien ein wenig besänftigt durch diese Aussage, die irgendwo zwischen Kleinkind und Nobelpreis für Philosophie anzusiedeln war.

»Erzähl ihm bloß nichts von der automatischen Schiebetür mit dem Bewegungsmelder«, raunte ich Sophia zu.

Sie ließ sich nicht lange bitten. »Guck mal, da vorne ist so eine Glastür. Stell dich mal vor die Tür und heb deine Hand.«

Der Tod schaute, als ob er ein Geschenk bekommen hätte, und für die nächsten zehn Minuten wurde das *Uiiiiht, iiiiuh* durch ein *Zischhhhhhhhhh, pfffffffft, zischhhhhhh* abgelöst.

Der Tod spielte jetzt ein neues Spiel: Er ging durch die sich öffnende Tür, wartete darauf, dass sie sich wieder schloss, und ließ dann seine Hand dazwischenschnellen ... *Zischhhh* ...

Nach drei Minuten fing er an, den sich wiederholenden Vorgang noch mit dem laut gesagten Wort »ZAUUUUBERTÜÜÜÜÜR!« zu kommentieren.

Der Zug war fast leer. Nur drei Mitreisende teilten sich den Waggon mit uns. Sie dachten wahrscheinlich – durch Dokumentationsfilme geschult –, dass der Tod irgendwo zwischen Autismus und Tourette lebte und deswegen das tun durfte, was er voller Hingabe gerade tat.

»Zaubertüüüüür.« *Gschhhhhhh pfffffff.* »Zaaaaaauuuuuuubertür.« Mittlerweile flüsterte er wie ein Magier vor einem Zaubertrick, und ich war wirklich gerührt, mit welcher Freude sich der Tod in der Welt der Lebenden bewegte.

»Sieh an, sieh an. Hier hält sich aber jemand zurück«, sagte Sophia und schätzte genau richtig ein, wie sehr ich bei allem Wohlwollen an mich halten musste, um den Tod nicht auf sein nichtkonformes Verhalten hinzuweisen, und sie drückte kurz meinen Unterarm, der neben ihr auf der Armlehne lag. Und sofort konnte ich mich an jede ihrer Berührungen erinnern, die sie mir je hatte zuteilwerden lassen.

Sie hatte mich nicht häufig berührt, aber wenn, dann hatte ich ihre Entschlossenheit spüren können. Der Wille zur Geste, die Freude der Haut, die Aktion der Hingabe.

Und dann ließ sie ihre Hand auf meinem Arm liegen, und gemeinsam beobachteten wir den Tod, als würden wir unserem Kind zusehen, wie es zum ersten Mal erfolgreich und ohne hinzufallen auf dem Fahrrad die Straße hinunterfuhr und um eine Ecke bog.

Der Zug rollte durch die Tiefebene, die mir so vertraut war, dass ich an den richtigen Stellen aus dem Fenster schaute, um zu überprüfen, welche Veränderungen sich in der Welt, die ich früher Zuhause genannt hatte, vollzogen hatten.

Das Grün war satt, die Endmoränenlandschaft wunderschön. Der Himmel und die Wolken waren hier so, wie Kinder sie immer malten: der Himmel einfach durchgehend blau, die Wolken unten flach und zum Wolkenberg aufgetürmt.

»Was machen wir eigentlich gleich?«, fragte der Tod, nachdem selbst er davon gelangweilt war, immer wieder durch eine automatische Glastür zu schreiten.

»Gleich?«, fragte Sophia. »Gleich werden wir Zeugen von einem der skurrilsten Schauspiele, das ich jemals zwischen Menschen gesehen habe.«

Ich: »Nur weil wir Rituale mögen.«

Sophia: »Wie häufig habe ich deine Mutter gesehen?«

»Dreimal«, log ich.

»Ha! Zweimal! Beim letzten Mal durfte ich nicht mit, weil ich am Tag vorher gesagt hatte, dass du später Probleme bekommen wirst, wenn du die Beziehung zu ihr nicht überdenkst. Dann hast du gesagt, dass du darauf verzichten kannst, Menschen zu deiner Mutter mitzunehmen, die sie nicht mögen. Und als ich dann meinte, dass ich das nicht im Entferntesten gesagt hatte, warst du schon zur Tür raus und hast diesen Ton gemacht.«

Ich: »Welchen Ton?«

Sophia: »Den Ton, den du jedes Mal machst, wenn du dich ertappt fühlst und flüchtest, du aber willst, dass die Menschen deine Empörung trotzdem noch hören können. Dieses »Chooooooooahhhhhhhhhh«.«

»Chooooooooahhhhhhhhhh?«, fragte ich und machte das Geräusch, das ich immer machte, wenn ich mich ertappt fühlte.

Sophia: »Genau das!«

Der Tod sagte: »So, wie ihr euch unterhaltet, müsst ihr euch wirklich sehr lieben.«

Der Schock des Ertapptwerdens raubte mir den

Atem. Sophia schaute den Tod an, schüttelte den Kopf und blickte aus dem Fenster.

Ich machte: »Choooooooahhhhhhhhhhh«, und schaute auf der anderen Seite aus dem Fenster.

»Erst mal werden wir nachher am Bahnhof abgeholt. Dann musst du dich ihr vorstellen.«

»Guten Tag, ich bin der Tod«, stellte sich Sophia die Szene laut vor. »Na, das wird was, du Experte.«

»Sag einfach, du bist ein Fußballfreund von mir!«, sagte ich zum Tod.

»Und was sag ich? Sie wird sich doch auch über meinen Besuch wundern?«, fragte Sophia.

Ich: »Sag einfach, dass du wegen ihrer Erdbeermarmelade da bist. Das freut sie und stellt sie erst mal ruhig.«

Sie: »So machen wir das. Erdbeermarmelade, die Bundeslade deiner Mutter. Nimmt sie immer noch an diesen Wettbewerben teil? Diese Wer-kocht-in-unserer-Kleinstadt-die-beste-Erdbeermarmelade-Wettbewerbe?«

Ich: »Ja.«

Sie: »Und hat sie schon mal gewonnen?«

Ich: »Nein.«

Sie: »Deine Mutter, der Erdbeermarmeladen-Einmach-Sisyphos.«

»Langsam reicht's mir!«, kläffte ich. »Ich sag euch mal was. Ich fahr da jetzt hin. Und ihr kommt mit. Mir wäre es lieber ohne euch, aber geht nun mal nicht anders. Egal. Wisst ihr, was ich da dann mache? Mir den Scheiß von meiner Mutter anhören. Und ich meine einen ganz wertfreien Scheiß. Einfach Scheiß! Welcher von meinen scheiß Schulkameraden von damals sich welches scheiß Haus gebaut hat. Wer einen neuen Job hat, bei dem er noch mehr scheiß Geld verdient, wer schon wieder ein scheiß Kind bekommen hat, welcher Idiot sich welches scheiß Auto neu gekauft hat. Die ganz normale Scheiße eben, ohne die idiotische Umsetzung von Sophias Idee, dass jedes Gespräch etwas bringen muss. Es muss überhaupt nichts bringen. Ich bin der Schwamm, und meine Mutter ist das Wasser. Und am Anfang des Gespräches bin ich leer, und am Ende werde ich vollgesogen sein von ihren ganzen scheiß Geschichten und scheiß Weisheiten. Und ich meine immer noch den wertfreien Scheiß. Und dann wird es noch besser, weil mein Gehirn langsamer wird, und ich mich dann wirklich für diese ganzen kleinen scheiß Geschichten interessieren werde, die für sie die Welt bedeuten. Und dann frage ich nach, und dann reden wir über früher und über die Schule und den ganzen scheiß Rest und zum Schluss wird sie sagen: ›Du bist ein guter Junge, aber du trinkst ein wenig zu viel.‹ Und dann werde ich sagen: ›Du bist auch eine gute Mutter, aber du trinkst ein wenig zu wenig.‹ Und dann wird sie mir in die Wange kneifen und sagen: ›Du verrückter Hund!‹ Und dann gehen wir schlafen. Ich in mein Jugendbett und sie in das Zimmer, das sie sich ausgebaut hat, nachdem mein Vater gestorben war, damit sie nicht in dem Raum schlafen muss, in dem sie mit ihm geschlafen hat. Und am Morgen wird es Frühstück geben, mit Brötchen, die sie extra geholt hat, weil sie weiß, dass ich diese Sorte Brötchen so gerne mag oder zumindest vor fünfunddreißig Jahren gerne mochte. Und weißt du, was wir dann draufschmieren? Erdbeermarmelade. ERD-BEER-MAR-ME-LADE. Und sie wird sagen: ›Ach, mach doch noch ein bisschen Butter drunter, das sieht doch nicht aus.‹ Und dann wird sie mich fragen: ›Weißt du noch, wie dein Vater immer zu Butter gesagt hat?‹ Und ich werde lügen und so tun, als hätte ich es vergessen, und sie wird sagen: ›WURSTKLEBER!‹, und dann werden wir lachen wie beim ersten Mal. Und dann wird sie kurz innehalten, kurz die Luft zurückhalten und aus dem Fenster schauen und dabei so laut ausatmen, dass man die ganze Schwere ihres Herzens immer noch hören kann, und dann wird sie mich anschauen und sagen: ›So, ich räum dann mal ab.‹ Und dabei hat sie diesen Tonfall drauf, der mich glauben lässt, dass sie gar nicht den Tisch meint, sondern ihr Leben. Also, Schnauze jetzt!«

Und dann war ich still und schaute auf ein Logistikzentrum, das sich auf einer grünen Wiese erhob wie ein Monolith, und als Einziger unserer illustren Reisegesellschaft wusste ich, dass es nur noch fünfzehn Minuten bis zum Aussteigen waren.

Sophia schaute mich an und sagte: »Mimimimimi.« Und dann mussten wir beide lachen.

18

»Da bist du ja! Gut siehst du aus. Hast du etwas zu-
genommen?«

Da möchte man doch gleich wieder wegfahren. Der
Wind pfiff über den Bahnsteig, während man weit hinten am Horizont schon den Beginn der Nacht erahnen
konnte.

»Hallo Mama«, sagte ich und ertrug den Kuss auf
den Mund, den sie mir nun schon seit mehr als drei
Dekaden zu jeder Begrüßung und jedem Abschied gab
und an den ich mich noch immer nicht gewöhnt hatte.
Ich trat einen Schritt zurück und gab den Blick auf
meine beiden Begleiter frei.

»Ich habe noch Freunde mitgebracht. Ich hoffe, das
ist okay?«

»Hättest du doch was gesagt! Ich bin doch gar nicht
vorbereitet. Nie weihst du andere in deine Pläne ein.«

»Da sprichst du aber weise Worte gelassen aus«, sagte Sophia zu meiner Mutter.

»Sophiaaaaaaa!« Die Freude meiner Mutter darüber,
die einzige Frau, die sie jemals an meiner Seite gedul-

det hatte und hätte, unverhofft wiederzusehen, war riesig.

»Was machst du denn hier? Ich dachte, ihr wärt ...! Das ist aber schön, dass ihr euch wieder seht. Schön. Schönschönschönschön!«

Meine Mutter hatte die Benutzung des Wortes »schön« perfektioniert. Sie sprach es so aus, als ob ein Pingpongball in ihrem Kopf langsam erlahmend auftippte, weil er seine Sprungkraft verlor. »Schön. Schönschönschönschön!« Und wenn sie das sagte, dann meinte sie das auch genauso. Gleiches konnte sie auch mit dem Wort »toll« anstellen.

Und ich wusste sofort, dass meine Mutter mindestens vierundzwanzig Fragen gleichzeitig unterdrückte, von denen »Seid ihr wieder zusammen?« und »Weißt du, wie es meinem Sohn geht?« nur zwei waren.

»Du musst mir alles erzählen«, sagte meine Mutter zu Sophia – was auch immer das war. »Damit hätte ich ja nie gerechnet, dich noch mal wiederzusehen. Ich habe noch Linsensuppe eingefroren, weißt du, die du so gerne magst.«

Ich mochte die freundliche und direkte Art meiner Mutter. Ihr großes Herz versuchte mit überbordender Freundlichkeit die Härte, die das Leben für sie bereitgehalten hatte, auszugleichen. Ihr Ideal war eine Mischung aus unpolitischem Kommunismus und naiver Malerei: Alle Menschen sind gleich, und am besten sitzen alle auf einer grüngestrichenen Holzbank unter einer alten Eiche, während meine Mutter mit einem dampfenden Apfel-Pflaumen-Kuchen in den Händen den Kiesweg herunterkommt. Und Filterkaffee und Zuckerpott stehen bereits auf dem Gartentisch, der mit einem gestärkten Deckchen verziert ist.

»Und wer sind Sie?«, fragte meine Mutter den Tod.

»Ich?«, fragte der Tod. »Ich bin Morten de Sarg. Ein Freund von Ihrem Sohn. Wir kennen uns noch nicht lange, aber er hat viel von Ihnen erzählt, und da dachte ich: Diese Frau muss ich unbedingt kennenlernen.«

Sophia und ich schauten uns an. Unsere Gehirne dachten in diesem Moment genau dasselbe, das sah ich an ihrem Blick.

»Morten de Sarg?«, fragte meine Mutter nach. »Das ist aber ein außergewöhnlicher Name. Wo kommt der denn her?«

»Aus dem Niederländischen«, sagte der Tod so überlegt, als hätte er diese Frage nicht zum ersten Mal gehört. »Morten ist der Vorname. Und ›de Sarg‹ bedeutet ›der, der den Sarg trägt‹. Meine Vorfahren sind schon seit Generationen Bestatter.«

Mutter: »Das ist ja interessant. Die holländische Sprache ist so pittoresk. Nicht so hart wie das Deutsche. Morten de Sarg. Was für ein schöner Name.«

»Danke schön«, sagte der Tod.

Sophias Gesicht war rot geworden, weil das die einzige Möglichkeit ihres Körpers war, einen hysterischen Lachanfall zu unterdrücken.

»So, dann fahren wir mal nach Hause, bevor wir uns hier noch den Tod holen!«, sprach meine Mutter in den Wind hinein, der den Herbst mehr als ankündigte, und ging voran zu ihrem Kleinwagen.

Sophia folgte ihr, und der Tod und ich waren etwa auf gleicher Höhe, als er mich angrinste, ein Auge zukniff und mir seinen emporgereckten rechten Daumen zeigte.

Ich schüttelte fassungslos den Kopf.

»Der Tod fährt mit«, dachte ich.

»So, ab mit dir nach hinten«, bestimmte meine Mutter meinen Sitzplatz.

19

Aus dem Kreisverkehr kommend und in die erste Straße rechts wieder abbiegend, hatte ich sofort die Stimme meines Vaters im Ohr. Er hatte immer versucht, es mit gesetztem Blinker aus dem Kreisverkehr bis in diese Straße zu schaffen, ohne dass sich der Blinker dabei automatisch zurückstellte, wobei er jedes Mal ein lautes *WHOUUUUUU* durchs Auto grölte, wenn er das schaffte. »WHOUUUUU.«

Es kam vielleicht zweimal im Jahr vor, dass ein »WHOUUUUUU« das alte Auto erzittern ließ. Und ich dachte, wie aussagekräftig es doch ist, wenn man sich an jedes einzelne »WHOUUUUUUU« zu erinnern glaubt.

Wir fuhren die Straße hinunter, die alle aus unserem Dorf nur die »große Straße« nannten. Keiner wusste, warum. Was aber alle wussten, war, dass diese Straße Leben teilte. Und zwar so vehement, dass die Straßenseite, auf der das Haus stand, über den ganzen Lebenslauf entschied. So vehement, dass schon sechsjährige Kinder ahnten, was auf sie zukommen würde in puncto Aufstiegsmöglichkeiten, Bildungsgrad, favorisierte Fußballvereine, bevorzugte Automarken, was auf den Tisch kam, Scheidungsrate und Zeitungen, die sie später einmal lesen würden.

Und uns war irgendwie das Kunststück gelungen, in der Mitte zu wohnen, was der Fähigkeit meiner Mutter geschuldet war, jedem Menschen, mit dem sie sprach, egal von welcher Straßenseite, ein gutes Gefühl zu vermitteln. Sie schaffte es, dass jeder sich wahrgenommen fühlte. Ich nannte das einfach »sabbeln«.

Wir fuhren an einer Stelle vorbei, an der ich immer daran denken musste, dass ich hier einmal mit meinem Vater bei Raureif angehalten hatte, als ich elf war und wir beide mit dem Auto vom Brötchenholen am Wochenende kamen. Denn bei solchem Wetter haben wir im Auto immer »Lakritze, Lakritze, Lakritze!« geschrien, weil uns der regennasse Asphalt an Lakritze erinnerte.

Eines Tages hielt mein Vater an und sagte: »Na, dann lass uns mal testen, ob das wirklich Lakritze ist.«

Wir stiegen aus dem Auto in den noch frischen Morgen, der seine nächtliche Feuchtigkeit ausdampfte, und knieten uns vor die Beifahrertür, während die Warnblinkanlage den nassen Asphalt rhythmisch orange aufblitzen ließ. Und es sah aus, als würden wir uns gegenseitig auf Knien anbeten, was wir vielleicht sogar taten. »Und, hast du Bock?«, fragte er, und ich verstand von der einen auf die andere Sekunde, dass mein Vater anders war, weil Erwachsene, die mit achtjährigen Kindern Dinge taten wie Asphalt ablecken, nicht ganz von dieser Welt sein konnten.

Er neigte den Kopf der Straße entgegen, schaute mir dabei direkt in die Augen und streckte seine Zunge raus. Ich tat dasselbe. Und dann leckten wir am Asphalt.

Er schmeckte nicht nach Lakritze. Aber er schmeckte nach Einigkeit und Liebe, Wärme und vielen Möglichkeiten und Geborgenheit in einer Welt, die so verrückt war, dass selbst Kinder das erahnten.

Und der Asphalt schmeckte ein wenig nach Erde und Tannennadeln.

»Und? Ist das Lakritze?«, fragte mein Vater.

»Nein, das ist Asphalt«, sagte ich.

Und mein Vater erwiderte: »Aber weißt du was? Jetzt wissen wir das wenigstens zu hundert Prozent! Und eine gute Geschichte ist das auch!«

Ich wusste, was er meinte, wusste aber auch, dass mit seinem Vater gemeinsam am Asphalt lecken nicht gerade das Ding war, mit dem man vor seinen achtjährigen Mitschülern punkten konnte.

Wir erzählten meiner Mutter nie davon, weil sie schon häufig genug den Kopf wegen »ihrer Männer«, wie sie uns immer nannte, schüttelte.

Noch das gesamte nächste Jahr schrien wir gemeinsam »Lakritze! Lakritze!« und hörten das »Whouuuu«, sooft es eben der Blinker erlaubte. Wenig später war mein Vater weg.

Ich konnte mich auf das, was meine Mutter unterdessen erzählte, nicht konzentrieren, weil wir nun an der Stelle meines größten Geheimnisses vorbeifuhren. An der Stelle, wo früher ein kleines Waldstück gewesen war, das einem Einfamilienhaus hatte weichen müssen. In einer fernen Zukunft werden Archäologen einmal unter dem Haus eine riesige Sammlung von Herrenmagazinen und inländischen sowie amerikanischen *Playboys* entdecken.

Als ich vierzehn war, hatte ich säuberlich einen riesigen Müllsack voller Erotikmagazine gepackt und ein anderthalb Meter tiefes Loch gebuddelt, um den Sack dort reinzuschmeißen.

Es schien im Nachhinein lächerlich, dass man einmal gedacht hatte, ein unterirdisches Erotikarchiv anzulegen sei etwas Nachhaltiges und Sinnvolles, aber im Sturm des Pubertätsgefechts brachten wir es einfach nicht fertig, den Girls durch den Mülltonnentod für immer Lebewohl zu sagen.

Wie Neandertaler auf der Suche nach Mammuts durchquerten mein Freund und ich damals nächtelang die Straßen unseres Wohnortes mit im Baumarkt geklauten Teppichmessern in der Hand und einem Rucksack auf den Schultern, um die feinsäuberlich geschnürten Pakete aus Zeitungen und Zeitschriften aufzuschneiden, bevor das Altpapier am nächsten Morgen abgeholt wurde, und sie nach Sexheften zu durchsuchen. Wir hatten beide Sturmhauben aus dem örtlichen Motorradladen auf dem Kopf unseres lüsternen Körpers. »Altpapiersammlung mit Steifem«

hatte mein Freund das früher immer genannt, schoss es mir durch den Kopf. Und immer, wenn der Lichtstrahl eines Autos zu sehen war, schlugen wir uns in die Büsche und warteten, bis der Feind unserer Hormonbibliothek vorbeigefahren war. Die Straßen unseres Viertels sahen nach unserer Jagd aus, als wäre in der Nähe eine Druckerei in die Luft geflogen.

Unser Suchgebiet war abgesteckt, damit wir uns nicht mit anderen Pubertierenden in die Quere kamen, denn wir wussten alle, dass nichts peinlicher war, als sich im Alter von vierzehn Jahren mit einer Erektion und aufgerissenen bildersüchtigen Augen auf den nächtlichen Straßen zu begegnen.

Die Straßen waren aufgeteilt wie die Gebiete von rivalisierenden Jugendbanden, nur dass es hier nicht um Drogen und Waffen ging, sondern um den Blick auf die maximale Nacktheit einer Frau auf Papier.

Manchmal trauten wir uns doch in Feindesland, denn zehn Straßen weiter lebte ein bei uns in der Stadt gestrandeter Ex-G.I., der in der Kaserne, die zwanzig Kilometer von uns entfernt war, eine deutsche Frau kennengelernt und geheiratet hatte und nach dem Dienst bei der Armee geblieben war.

Der Ruf dieses Amerikaners war schon alleine durch seinen Job und seinen Pass legendär und wurde noch legendärer, als wir irgendwann feststellten, dass er ein Abo des amerikanischen *Playboys* besaß.

Wir, Jugendliche in Sturmhauben, immer von der Gefahr bedroht, von den Nachbarjungen gestellt zu werden mit der fundamentalsten Frage, die es unter

Pubertierenden gab: »Was sucht ihr denn hier? Verpisst euch!«, wussten, dass wir komisch aussahen, aber die Verlockung, in der Nacht eines dieser vom Ex-G. I. entwendeten Standardwerke der männlichen Lust in den Händen oder besser auf dem Schoß zu haben, war uns das Risiko wert, auch zehn Straßen von unserem Bereich entfernt zu wildern.

Und ich überlegte, was ich eigentlich besser fand damals: Die Hefte zu jagen, die Hefte zu lesen oder dass ich einmal einen Freund gehabt hatte, mit dem ich ein großes Geheimnis für immer teilen würde.

»Guck mal, hier haben die Leute, die das Haus gebaut haben, deine Sexheftchensammlung gefunden. Wie kann man auch nur seinen Namen da draufschreiben?«, sagte meine Mutter laut, und ich starb ein bisschen.

Wie eine orangefarbene Korona leuchtete die nasse Luft um die schon eingeschalteten Straßenlaternen. Der Tod schaute aus dem Fenster und bewegte seinen Kopf leicht zur Musik, die der Radiosender spielte, den meine Mutter vor vierzig Jahren ausgesucht hatte.

Ich überlegte, ob der Tod kindlich war oder kindisch, oder vielleicht auch beides? »Der Tod ist der Tod«, dachte ich und wünschte mir so sehr, nicht zu sterben. Ich dachte an Horrorfilme, in denen es immer eine Szene geben muss, in der eine jungfräuliche Dame einem Untoten ein Messer in den Rücken sticht, der Untote sich dann umdreht, das Messer herauszieht und »Hohoho« macht, um so auszudrücken, dass er nicht mit einem so schnöden Mittel wie einem Messer umgebracht werden kann. Und ich dachte daran, dass ich das auch versuchen würde.

Aber dann beschlich mich das Gefühl, dass das alles hier gerade das mit Abstand Spannendste war, was ich jemals in meinem Leben erlebt hatte. Dass ich es genoss, Sophia so zu sehen, wie ich sie jetzt gerade sah, dass sie vorhin meinen Arm berührt hatte und dass ich es schätzte, wie selbstverständlich sich Morten de Sarg durch das Leben meiner Mutter zu bewegen angefangen hatte.

Ich hatte den Tod mit nach Hause gebracht, und das war eigentlich ein scheiß Gefühl.

Keinen Freund, wie meine Mutter dachte, sondern jemanden, der geschäftlich auf der Durchreise war und mir nach dem Leben trachtete.

Und dann fragte ich mich, warum sich das alles bis jetzt einfach so wahnsinnig gut anfühlte.

Sophia drehte sich zu mir und lächelte mich an, was schon lange Zeit nicht mehr vorgekommen war, und es war mir in dieser Sekunde egal, ob sie mich anlächelte, weil sie wusste, dass ich sterben würde, oder weil sie die Situation als so hoffnungslos skurril empfand wie ich, oder einfach, weil sie mich mochte.

Wir bogen noch dreimal ab. Die Einfamilienhäuser, die ich Haus für Haus kannte, hatten mich als Kind immer an die Zähne eines Riesen erinnert, der auf dem Boden lag. Wir lebten im Mund des Riesen, der in den Himmel schaute und sich vielleicht irgendwann mal erheben würde.

Vielleicht war diese Zeit jetzt gekommen. Karies war auf jeden Fall schon an diesem Abend angereist. Mit dem Zug. Er hieß Morten de Sarg und behauptete, Niederländer zu sein.

Ich dachte den ganz normalen Scheiß, den man so denkt, wenn man seine Mutter mit seiner Ex besucht, in die man sich gerade wieder zu verlieben beginnt.

Meine Mutter parkte das Auto und sagte: »Mofa heißt ja auf Holländisch BROMFIETS. Ist das nicht schön? Schönschönschön!«

20

Meine Mutter stellte den Motor ab, wir stiegen aus und standen vor meinem Elternhaus. Der Ort, an dem man lernt, alles lernt. »In diesem Satz könnte man ›man‹ auch mal mit zwei N schreiben!«, dachte ich –, an dem Mann lernt, seine Morgenlatte zu verstecken. Und es war der Anfang des letzten Males, dass ich dieses Haus sah.

»Wir sind die Backsteinelite! Das hier sind unsere Gebiete!«, hatten wir früher geschrien, wenn wir auf unseren Rädern durchs Dorf gefahren waren, denn hier wurde kein anderes Material verwendet, um Häuser zu bauen.

Obwohl es Herbst war, roch der Garten meiner Mutter bis zur Auffahrt. Ich wusste, dass sie sich Mühe gab mit ihrem Garten, aber für mich sah er aus, als ob Gott dort eine Blumensamenbombe hätte explodieren lassen.

»Die Gerbera haben schön geblüht dieses Jahr, aber die Anemonen sind gar nicht gekommen. Bei den Hagebutten musste ich wieder mit Lauge sprühen, weil so viele Läuse drauf waren.«

Und zu jedem Satz hatte ich keine Blume im Kopf, die mit dem Namen korrespondierte.

»Man müsste mal wieder das Moos zwischen den Gehwegplatten entfernen. Das kannst du eigentlich morgen machen«, sagte meine Mutter, und ich wurde traurig, denn jetzt, wo ich das zum ersten Mal freiwillig gemacht hätte, würde ich keine Zeit mehr dafür haben. Und irgendwie würde ich das meiner Mutter noch mitteilen müssen, was mich noch trauriger machte. »Was man auch alles bedenken muss, wenn man so stirbt wie ich«, dachte ich und dachte den ganz normalen Scheiß, den man denkt, wenn man stirbt.

Nachdem meine Mutter die Tür aufgeschlossen hatte und wir unsere Sachen abgestellt hatten, machte sie sich daran, die angepriesene Linsensuppe zu erwärmen. Meine Mutter stand in der Küche, während wir vom Esszimmer aus beobachteten, wie sie in dem Topf rührte, bis es anfing zu dampfen. »Jetzt noch zwei Minuten ruhen lassen.« Sie liebte es, Dinge zu kommentieren, die sie gerade tat.

Der Tod aß drei Teller, Sophia zwei und ich nur einen, damit meine Mutter »Schmeckt es dir nicht?« fragen und ich »doch, doch!« antworten konnte. Und die Linsensuppe schmeckte wie immer. Wie etwas, das es zu essen gab, nachdem man im Herbst aus der Schule gekommen war, und nach der Scham, dass

148

meine Mutter wegen der Suppe irgendwelche Pups-Witze machen könnte.

Der Tod räumte zusammen mit meiner Mutter unaufgefordert ab, und sie schaute mich so zufrieden an, als ob ein Kniggepreisträger mit uns am Tisch gesessen hätte.

Meine Mutter hatte heute Abend so viel Freude in der Stimme, dass sie es schaffte, Sophia mit nach oben auf den Dachboden zu lotsen, um zu »ratschen«. Ich hasste dieses Wort wie kaum ein anderes. Denn es sollte mehr ausdrücken als sabbeln, reden oder schnacken. Es war der zu erwartende Mehrwert, der sich aus dem »ratschen« ergeben sollte. Dieses »Wir reden mal über Dinge, die Männer eh nicht verstehen«. Und ich wusste, dass Sophia das konnte und ich nicht, und das machte mich ärgerlich über meine eigene Verknöchertheit.

Zum ersten Mal seit einer gefühlten Ewigkeit konnten der Tod und ich unter vier Augen sprechen. Wir setzen uns vor dem Haus auf die Bank, die von Terrakottakübeln in diversen Größen umrahmt wurde, die meine Mutter von einer Freundin aufgeschwatzt bekommen hatte, da ihre Freundin dachte, dass sie ihrer drohenden Midlife Crisis davonlaufen könne, indem sie ein Geschäft für italienische Tonwaren eröffnete. Und das in einer Kleinstadt, in der man bei »Italienischen Tonwaren« an Schallplatten mit Liedern venezianischer Gondolieri dachte, die von musikalischen Gastarbeitern gesungen wurden, die, um ihrem Vermissen einen

Klang und eine Stimme zu geben, glorifizierende Lieder über ihre Heimat sangen.

Um uns herum konnte man in der Dämmerung den vom Nachbarskind schlecht gepflegten Garten erahnen. »Für 8,– die Stunde könnte man den Rasen aber echt besser mähen«, sagte der Tod, und ich nickte bloß, denn ich hatte es aufgegeben, mich darüber zu wundern, dass er komplett in meine Gedankenwelt blicken konnte. »Also jetzt echt mal! 8,– und dann so einen Rasen hinterlassen. Das sieht ja aus wie bei dir damals, als du dir mit siebzehn die Haare selbst geschnitten hast!«

»Kann ich noch mal meinen Sohn sehen? Kann ich bitte noch mal meinen Sohn sehen?«, fiel ich dem Tod ins Wort und klang dabei wie jemand, dessen Lieblingsmannschaft bei einem Fußballspiel mit 0:1 hinten lag und der sich nichts sehnlicher wünschte, als noch ein einziges Tor zu sehen: »Ich muss noch mal ein Tor sehen. Kann ich bitte noch mal ein Tor sehen?«

»Wenn wir uns beeilen, könnte das noch klappen. Dann sollten wir aber auch bald losfahren. Vielleicht morgen? Ich weiß nicht, wie lange wir hier noch Seite an Seite rumlaufen können. Komisch, oder? Manche Sachen weiß ich und andere wieder nicht. Weißt du, wo er wohnt, dein Sohn?«, fragte der Tod.

»Na ja, dort, wo ich die Karten hinschicke. Das sind ungefähr achthundert Kilometer. Sollte aber zu schaffen sein in zwei Tagen. Aber lass mich raten: Meine Mutter muss jetzt auch mitkommen?«

»Ähm, ja, deine Mutter muss jetzt auch mit. Leider. Sicherheitshalber«, gab der Tod kleinlaut zu.

»Und wie erkläre ich ihr das?«, fragte ich.

»Denk dir was aus! Fährt sie gerne in den Urlaub?«

»Fahre ich denn gerne in den Urlaub?«, fragte ich den Tod, einerseits darauf abzielend, dass man immer das tat, was einem die Eltern beigebracht hatten, und ich hatte von meiner Mutter gelernt, dass in den Urlaub fahren nicht nur gefährlich, überflüssig und viel zu aufregend war, um sich zu entspannen, weil man nie wusste, was Klopapier, Kaffeesahne und Krankenversicherung in der Landessprache hieß, andererseits rechnete ich damit, dass er sowieso schon wusste, dass ich Urlaubsreisen nicht gerne mochte.

»Ich finde es schon abenteuerlich, wegen Fußball in eine andere Stadt zu fahren. Und meine Mutter findet es schon aufregend, beim Schlachter Rindfleisch zu kaufen. Wir sind vielleicht eher nicht so die Urlaubstypen. Außer Juist. Das geht für meine Mutter immer.«

»Ich find's hier im Urlaub eigentlich ganz gut«, sagte der Tod.

»Dir kann ja auch nichts passieren«, sagte ich.

Der Tod: »Ja, das stimmt. Ich hab eine Idee! Du sagst ihr, dass du deinen Sohn besuchen darfst und dass sie unbedingt mitkommen soll, weil die Familie ein großes Fest geben will. So im Sinne von: Ein Kind sollte doch nicht ohne seinen Vater aufwachsen.«

Und ich wunderte mich darüber, wie der Tod es schaffte, so komplexe Dinge wie langjährige Familienstreitigkeiten so simpel zusammenzufassen und dabei so positiv zu klingen.

»Ich hab auch eine Idee: Wie wäre es, wenn ich ihr sage, dass die Bundeskanzlerin sie auf einen Kaffee eingeladen hat und dass ich der Überbringer dieser Nachricht bin. Ist ähnlich realistisch.«

»›Auf‹ sagt man nur in Österreich«, sagte der Tod.

Ich: »Was?«

Der Tod: »›Auf einen Kaffee‹ sagt man nur in Österreich.«

»Das kommt vermutlich daher, weil mein Vater Österreicher war«, sagte ich.

»Ich weiß«, sagte der Tod.

»Ich weiß, dass du das weißt. Aber ich weiß überhaupt nicht, ob Johnny noch da wohnt, wohin ich die Postkarten immer schicke.«

»Nun, das gilt es dann wohl rauszufinden. Dein Hauptinteresse sollte jetzt aber erst mal darin liegen, dass deine Mutter sich nicht mehr als vierhundert Meter von uns entfernt. Weißt du was? Ich übernehme das einfach. Ich sag deiner Mutter morgen, dass sie mitkommen soll. Vertrau mir ruhig, ich krieg das hin. Ich kenn mich ja aus mit Menschen.«

Ich: »Moment. Du kennst dich mit sterbenden Menschen aus!«

Der Tod: »Meinem Wissensstand nach ist das so ziemlich dasselbe.«

Ich: »Und was soll das jetzt wieder heißen?«

Der Tod: »Ihr habt doch die These, dass ein Kind im Endeffekt schon genauso ist wie später als Erwachsener. Dass man versuchen kann, Einfluss zu nehmen, aber dass Erziehung hauptsächlich darauf abzielt, die Eltern zu beruhigen, indem sie sich vormachen, das Nötigste getan zu haben. Du kannst zwar versuchen, die Birke zu beschneiden, aber aus der Birke wird niemals eine Rose werden. Und genauso ist das beim Sterben auch. Die Leute, die furchtsam gelebt haben, sterben voller Furcht. Die Menschen, die mit offenem Herzen gelebt haben, sehen dem Ganzen freudiger entgegen.«

Was mich in diesem Moment daran erinnerte, wie meine Mutter mich einmal mit einer Schimpftirade überzogen hatte: »Bei dir bewegt sich nichts. Bei dir ist nichts mehr passiert, seitdem du sprechen und laufen gelernt hast. Du bist störrisch wie ein Esel und stoisch wie die Bewohner einer Nordseeinsel im Herbststurm. Warum einen Deich bauen – der nächste Sturm kommt ja eh!«

»Seltsam, seltsam«, hatte ich damals entgegnet. »Das hört sich ein bisschen so an wie eine Mischung aus dir und Papa.«

»Lass Papa bitte aus dem Spiel. Diese Art, wie du Ratschläge ablehnst. Diese Art, wie du denkst, dass das alles nichts bringt. Du hast früher auch schon beim Fußballspielen immer nur zugesehen. Man konnte dich auf Knien anflehen, dich mal zu bewegen. Aber nein, du doch nicht. Neben dem Spielfeld gestanden und zugesehen, das hast du! Und am Abend dann erzählt, wer hätte besser spielen können. Obwohl da auch vierjährige Mädchen mitgespielt haben«, hatte meine Mutter gesagt und abgewunken, als wolle sie noch ein »Ach, komm, hör doch auf!« hinterherschicken.

»Das zumindest mache ich heute immer noch«, hatte ich die Analyse meiner Mutter freudig ertappt kommentiert.

»Ja, das machst du immer noch. Und als man dich mal gefragt hat, ob du nicht Fußballtrainer der E-Jugend werden willst, hast du natürlich Nein gesagt.«

»Ich gebe eben nicht gerne Kommandos. Und ich lasse mich auch nur ungerne kommandieren.«

»Es ist hoffnungslos mit dir. Wenigstens ist aus dir etwas Anständiges geworden. Oder sagen wir mal besser, wenigstens bekommst du im Monat genug überwiesen dafür, dass du arbeiten gehst, und liegst mir nicht noch auf der Tasche.«

»Was soll das denn jetzt? Passt dir das jetzt wieder nicht, dass ich es nicht geschafft habe, die Klasse, in der wir leben, zu verlassen? Passt es dir nicht, dass ich nur Altenpfleger bin, während du so was Großartiges warst wie Verwaltungsfachangestellte, die beim Kreis Akten unterschreibt? Ist es das, was du mir mitteilen willst? Weißt du was? Ich wische lieber zehn Hintern ab, bevor ich eine Akte unterschreibe. Dann bin ich eben der, der davon lebt, was du bewilligst. Aber denke auch daran, und ich meine das ernst: Ich helfe, und du verhinderst!« Und noch im selben Augenblick hatte mir die Bedingungslosigkeit meines Tonfalls leidgetan.

Meine Mutter hatte aus dem Fenster geschaut, wie sie es immer tat, wenn sie hundert Sachen sagen wollte, aber wusste, dass es bei mir einfach keinen Sinn machte.

Und dann sagte sie immer: »Du bist so ... so ... so ...!« Und dann stand sie auf, ging in die Küche und kam mit ihrem Lieblingslikör wieder, verharrte, guckte so, als würde sie einen Pastor aus Luft vor sich sehen, der zu ihr sagt: »Nun haben Sie sich mal nicht so. Kinder soll man lieben!« Und dann schien es, als würde sie sich innerlich schütteln, und sie sagte mit dem hellsten aller Gesichter in der mutterigsten aller Stimmen Sätze wie: »Hast du schon gehört, die Schulzens haben ihren Autohandel schon wieder vergrößert!«, als hätte unsere vorherige Kommunikation nicht stattgefunden.

Und ich liebte sie dafür, treu und innig, was ich ihr aber nie sagen würde, aber ich liebte sie, weil in ihr der Impuls, mich schützen zu wollen, immer noch so groß war, als wäre ich ein kleines Kind. Und dann redeten wir über das Autohaus. Zählten die Autos auf, die wir da schon gekauft hatten, und lachten darüber, dass meine Mutter immer noch schwor, dass wir die ersten waren, die in unserer Stadt ein asiatisches Auto gefahren hatten, und dass dieser eine Automechaniker ihr über den Zeitraum von zwei Autokäufen innerhalb von acht Jahren den Hof gemacht hatte. Und dann sagte sie in einer sehr, sehr hohen Stimme: »Oh noiiiii-in. Das stimmt doch gar nicht!«, weil für sie Begehren und ihr Alter und die Härte ihres Lebens unvereinbar waren.

Und es kam mir so vor, als ob all unsere Autos, die wir je gefahren hatten, nebeneinander parkten und ihre Scheinwerfer zu flackern begannen, um bald für immer zu erlöschen.

21

Ich schaute zum Tod hinüber, der seinen Kopf die ganze Zeit schnell hin und her bewegte und sichtlich die pure Möglichkeit genoss, seine Gelenke bis auf Weiteres uneingeschränkt nutzen zu können.

Der Tod: »Hab ich dir doch gesagt, dass du die ganze Zeit Sachen denkst. Helle und dunkle. Und dann sagst du noch, dass du nicht denkst! Du bist auch ein Dummerchen.«

Ich: »Kann ich dir mal ein paar Fragen stellen?«

Der Tod: »Sehr gerne. Ich komme ja sonst fast nicht zum Reden.«

Ich: »Was ist hier eigentlich das Problem?«

Er: »Es gibt ein Problem?«

Echt schnell im Kopf war der Tod nun auch nicht gerade.

Ich: »Warum sagst du, dass das nicht geplant ist, das alles hier? Warum latsche ich mit dem Tod durch die Gegend? Warum muss Sophia mit? Wie geht das weiter? Muss ich immer noch sterben? Was soll das Ganze hier?«

Der Tod: »Deine vorletzte Frage kann ich schnell beantworten: Ja!«

Ich: »Das ist doch einfach eine riesengroße Scheiße!«

»Was soll ich denn machen? Nur weil ich die Linsensuppe von deiner Mutter gegessen habe, die übrigens wirklich vorzüglich ist, muss sich das Universum jetzt anders drehen, oder was?«, sagte der Tod fast beleidigt und überfordert.

Ich: »Ja nu!«

Er: »Was, ja nu?«

Ich: »Das ist ein Haufen Scheiße, wenn ein Kind vor den eigenen Eltern stirbt.«

Der Tod kam ins Stocken und dachte nach: »So hab ich das noch nie betrachtet.« Er fühlte sich ertappt wie ein Fleischliebhaber, der in ein Schnitzel beißt und dabei zum ersten Mal den Schmerz der Kuh spüren kann.

Der Tod: »Da muss ich erst mal drüber nachdenken.«

Er wusste offensichtlich doch nicht alles.

Ich: »Und der Rest?«

»Also ich soll dir jetzt den Tod erklären. Meinst du das?«, forderte der Tod mich heraus.

»Ja, das wäre spitze irgendwie«, antwortete ich ihm.

»Nun gut. Geh davon aus, dass ich in meinem Kopf ein Buch habe, in dem Namen stehen. Und wenn sich in meinem Kopf eine Seite umblättert und ich einen Namen lese, gehe ich zu genau diesem Menschen und hole ihn mir.«

Ich: »Und mein Name stand auch in dem Buch?«

Er: »Klar und deutlich.«

Ich: »Gottes persönliches Umzugsunternehmen. Verstehe. Und warum hat das bei mir bisher nicht geklappt?«

»Ich mache das jetzt hauptberuflich seit einer sehr, sehr langen Zeit. Ich vermute, es wurde getagt, und es gibt einen neuen Bewerber um meinen Posten. Wahrscheinlich ist jemand nicht damit einverstanden, wie ich das mache, und will, dass ich meine Stelle abgebe. Es gibt eine Erschütterung in der Macht des Todes. Vielleicht hat sich jemand beworben, der meint, das alles anders und besser gestalten zu können als ich. Die Verhandlungen toben, der Rat tagt, die Dinge werden sondiert, und deswegen bin ich hier gefangen. Wobei man sagen muss, wenn das hier ein Gefängnis ist, gefällt mir das Gefängnis ziemlich gut.«

Ich: »Was? Wie was besser gestalten? Wie kann man Sterben denn besser oder schlechter gestalten?«

Er: »Besser ist in diesem Zusammenhang relativ. Das muss ich zugeben. Wie fandest du es denn bisher mit mir?«

Ich: »Den Auftritt an der Badewanne fand ich ganz gut.«

Er: »Oder? War gut! Ich liebe das. Verwirrung. Die Menschen aus ihrem Schneckenhaus zwingen.«

Der Tod wurde ganz euphorisch und gestikulierte wild mit seinen Händen in der kalten Abendluft. »Und dich zu einer Handlung bringen, die dir eigentlich zutiefst zuwider ist.«

Ich: »Stimmt, als es geklingelt hat. Da wollte ich eigentlich gar nicht öffnen.«

»Genau. Weißt du, was ich auch hätte machen können? Ich hätte dich einfach auseinanderreißen können. Deinen Körper. Und deine Seele. All das auseinanderreißen, was du jemals erlebt hast. Und dich den Schmerz der Menschheit spüren lassen. Plus den Schmerz, den andere dadurch empfinden, dass du nicht mehr da bist. Dir das Tiefe, das Atemlose, die Furcht zeigen, das Loch und das Fallen. Und zwar so, dass es sich anfühlt, als wärst du der erste Mensch, der stirbt«, sagte der Tod und fügte nach einer dramaturgischen Pause hinzu: »Aber das ist nicht mein Stil.«

»DAS IST NICHT DEIN STIL?«, wiederholte ich seine letzten Worte, nur eine Oktave höher.

»Ich habe gelernt, dass die Menschen das Leben lieben. Auch wenn ihnen das in der Regel nicht bewusst ist und sie es noch seltener zeigen. Sie hängen dann doch irgendwie an dem, was sie kennen und haben. Und bei manchen frage ich mich wirklich, warum. Und deshalb mache ich es so, wie ich es eben mache. Ist vielleicht nicht die beste, aber immerhin die schmerzloseste Variante. Und dann habt ihr eben noch schnell einen frommen Wunsch frei, oder einen unfrommen. Sucht euch etwas Schönes aus zum Schluss. Ist ja schon schwierig genug für euch, das Sterben. Man muss auch gönnen können.«

»Kann man wohl sagen.« Der Schlagreim des Todes hallte in meinem Kopf nach, und ich fröstelte auf der alten Holzbank meiner Mutter.

Er: »Und jetzt hat anscheinend irgendjemand Interesse daran, euch doch voller Furcht und Schmerzen sterben zu lassen. So was passiert. Ich habe davon gehört. Aber dass ich jetzt im Zentrum dieser Entscheidung stehe, wundert mich dann doch ein wenig.«

Ich: »Und jetzt?«

Er: »Jetzt gibt es vermutlich eine Schlacht.«

»ES GIBT EINE SCHLACHT?« Wieder erreichte meine Stimme eine etwas unmännliche Tonlage. »Was gibt es denn jetzt für eine Schlacht? Reicht es nicht, dass ich sterben muss und das nicht kann? Muss jetzt auch noch eine Schlacht her, in der wir mitmachen?«

Er: »Na ja, ich würde meinen Job schon gerne behalten. Was soll ich denn sonst mit der ganzen Zeit anfangen?«

Ich: »Oh, Mann! Und wie soll diese Schlacht bitte aussehen?«

Er: »Na ja, ich muss ihn töten. Und dann behalte ich meinen Job.«

Ich: »Wen musst du töten?«

Er: »Ich muss einen Tod töten.«

Ich: »DU MUSST EINEN TOD TÖTEN?«

Ich war erstaunt, wie hoch ich mit meiner Stimme kommen konnte. »Ich sollte dich einfach nichts mehr fragen! Das bringt nämlich gar nichts, wenn man nach der Antwort auf eine Frage bloß noch mehr Fragen im Kopf hat. Das ist sinnlos.«

»Und ich sage, es ist sinnlos, immer auf der Suche nach Antworten zu sein. Aber ich bin auch kein Mensch. Wie sagt ihr immer so schön: ›Die Spiele haben begonnen.‹ Da, wo ich herkomme, tragen wir das zwischen dem Hier und dem Drüben aus. So circa wo der Fluss Styx verläuft.«

Ich: »Ach, den Styx gibt es wirklich?«

Er: »Ja, klar! Man muss ja irgendwo rüber.«

Ich: »Und weil es jetzt diese Schlacht gibt, musst du weiter auf der Erde rumlaufen?«

Er: »Mit dir.«

Ich: »Na, ganz großartig.«

Er: »Find ich auch!«

Ich: »DAS WAR EIN WITZ, aber danke.«

Er: »Bitte. Aber ist es nicht auch ein bisschen schön, der Ausgewählte zu sein?«

Ich: »Der Auserwählte!?«

Er: »Nun dreh mal nicht durch. Der Ausgewählte! Nicht der Auserwählte. Meine Zukunft hängt an deinem Schicksal. Ich muss dich gut und sicher rüberbringen. Wenn der andere Tod dich holt oder die Reihenfolge meines Buches durcheinanderbringt, dann wird das ganz schön anstrengend für dich und den Rest hier unten.«

Mich überkam plötzlich eine große Müdigkeit. Für heute hatte ich eindeutig zu viel gesehen und gehört. Und musste jetzt auch noch verarbeiten, dass mein Sterben direkte Auswirkungen auf den Rest der Welt haben würde. Mir war heiß und kalt zugleich.

Mit zitternden Beinen saß ich neben dem Tod, der unaufhörlich mit dem Kopf wackelte, und schaute in den Garten, den man nur noch in der Kontur erahnen konnte. Die alte Bank meiner Mutter knarrte bei jeder Bewegung, die wir machten.

»Sollen wir pennen gehen? Ich bin völlig fertig.«

Ich fühlte mich wie ein Kumpel, der nach Tagen zum ersten Mal wieder aus dem Bergwerk an die Oberfläche der Welt gefahren kam.

»Ich muss doch nicht pennen, weißt du doch«, erwiderte der Tod. »Aber ich werde wieder so tun, als ob ich schlafe, das ist mit eine der besten Sachen, die ich kenne. Ich wache über euch. Schlaft ihr ruhig. Schlaft ihr fest. Ihr werdet es brauchen.«

22

»Guten Morgen, meine Lieben!« Die Stimme meiner
Mutter ballerte durch die ganze Bude. Egal, wie spät
man ins Bett gegangen war, meine Mutter war der festen Überzeugung, dass spätestens um fünf nach acht
alle an einem Kaffeebecher nuckelnd in der Küche zu
sein hatten.

»Aufstehen! Die Hugenotten waren um diese Zeit
schon mit der ersten Ackerfurche fertig!«

Ich erwachte aus einem tiefen, traumlosen Schlaf.
Langsam entstand vor meinen Augen der Raum, in
dem ich die ersten achtzehn Jahre meines Lebens ver-
bracht hatte. Hier hatte sich nichts verändert, nur
dass ich zwölfdutzend Kilometer von hier weggezogen
war.

Über mir hing eine Weltkarte, auf der Stecknadeln
die Orte markierten, an denen ich schon gewesen war.
Es waren genau zwei rote Stecknadeln, und sie waren
nur wenige Zentimeter voneinander entfernt.

Direkt daneben hing eine Korkpinnwand, die mir
mein Vater gebastelt und zum siebten Geburtstag ge-

schenkt hatte. An ihr befanden sich die Relikte meines Lebens. Aufkleber, die man aus irgendeinem Grund zu wertvoll gefunden hatte, um sie aufzukleben, und deshalb lieber an die Korkwand gepinnt hatte, eine vergilbte Urkunde der Bundesjugendspiele, die man vermutlich auch dann noch bekommen hätte, wenn man mit geschlossenen Augen und rückwärtslaufend daran teilgenommen hätte, und ein Bild von meinem Vater und mir in unserem Garten.

Die Tapete in meinem Zimmer war seit jeher so hässlich, dass man sich kaum vorstellen konnte, dass jemand mal so etwas hergestellt hatte, um damit Geld zu verdienen.

Ich drehte mich noch einmal auf die Seite und sah die Kerben meiner Schneidezähne, die ich früher in das weiche Holz der Bettkante geschlagen hatte, wenn ich nicht hatte einschlafen können, weil ich so besser nachdenken konnte. Hinter dem Heizkörper klemmten immer noch vereinzelte Schokoladenpapiere, und ein kleiner Schreibtisch mit einer Lampe darauf verlieh dem anderen Ende des Zimmers den Anschein, als würde dort noch ab und zu ein Schulheft aufgeschlagen. Auf dem alten Radio waren an der Senderanzeige immer noch die zwei Tipp-Ex-Striche zu erkennen, die mein Vater daraufgemalt hatte, damit ich wusste, auf welchen Platz ich den roten Anzeigestrich drehen musste, damit ich samstags die Fußballkonferenz auf Sender 1 und sonntags die Hitparade auf Sender 2 hören konnte.

Aus der Küche drang leises Murmeln und das Klappern von Geschirr bis nach hier oben, und ich war mir sicher, dass meine Mutter gerade mit dem Tod redete und dabei bester Laune war. Das erkannte ich ganz klar an den unterschiedlichen Höhen und Tiefen in ihrer Stimme. Sie quietschte vergnügt. Ich stand auf und zog mich an.

»Guten Morgen, alter Langschläfer!«, sagte der Tod zu mir, während er Brot für das Frühstück aufschnitt. Meine Mutter zupfte ihm lachend den Kragen seines halbperfekt sitzenden Anzugs zurecht, so wie Mütter das tun, wenn sie jemanden richtig gut finden. Mich überkam eine Mischung aus Peinlichkeit und Sorge um irgendwelche Regeln, die besagten, dass man sterben könne, wenn man den Tod gut gelaunt anfasste.

Diese Regel gab es aber offensichtlich nicht, da der Tod auf den Satz meiner Mutter: »Ach, Morten, ich darf doch Morten sagen, oder ...?«, mit »Nur wer sich siezt, kann sich später duzen. Natürlich dürfen Sie mich Morten nennen« antwortete.

»Nur wer sich siezt, kann sich später duzen. Herrlich! Toll! Tolltolltoll! Du mich dann aber auch«, erwiderte meine Mutter lachend.

Zu viele Menschen am Morgen waren zu viel für mich, und ich verdrehte meine Augen so weit, dass es fast wehtat. Das Ächzen aus meinem Mund war beabsichtigt und bedeutungsvoll.

Genau wie geplant antwortete der Tod: »Na, guten Morgen, mein Lieber. Der Tag noch so frisch und

166

schon schlechte Laune? Da geht die Sonne ja wieder unter, noch bevor es Abend geworden ist.«

»Morten, endlich sagt das mal jemand. Also von mir kann er das nicht haben.«

»Ich könnte mir kaum etwas Schöneres vorstellen. Keine zwei Minuten wach, und schon wird man wieder von Leuten ausgelacht, die sich noch nicht einmal zwölf Stunden kennen.«

»Also ich hab bei deiner Mutter ja das Gefühl, als würde ich sie schon ewig kennen.« Der Tod zwinkerte mir zu. Meine Mutter kam aus dem Jauchzen gar nicht mehr raus.

Der Tod als Schwarm aller Mütter. In dieser Rolle gefiel er sich sichtlich.

»Lass zwei Menschen sich in meinem Namen vereinen, und sie werden sich immer gegen mich verbünden«, sprach ich in die Küche hinein, um endlich mal wieder etwas zu wiederholen, auf das ich mich verlassen konnte.

»Jetzt sind wir schon zu dritt!«

Sophias Kommentar traf mich unerwartet von hinten.

»Sophia! Jetzt sind wir ja komplett. Guten Morgen. Du siehst aber frisch aus. Toll! Tolltolltoll!«

Und das tat sie. Sie hatte sich einen Pferdeschwanz gebunden, ihre Haare waren dafür gerade lang genug. Sie trug ein weites, weißes T-Shirt, das nicht körperbetont war, aber doch darauf verwies, welche Kraft und Schönheit in ihrem Körper steckte. Ihre Füße, die aus der engen blauen Jeans hervorguckten, waren noch mit vereinzelten Wassertropfen vom Duschen benetzt.

»Danke, dass du der Grund bist, warum meine Mutter und ich endlich mal einer Meinung sind.«

Meine Mutter kniff mir in die Wange, was ich fast noch mehr hasste als ihre Küsse auf den Mund oder Atomkriege.

Ich war in Bruchteilen von Stunden zum Gespött von Leuten geworden, die mein Schicksal auf mysteriöse Art und Weise zusammengeführt hatte.

Meine Mutter deckte den Tisch, und ich half so widerwillig, wie ich es in den letzten Dekaden schon getan hatte.

Dafür übernahm der Tod den Gegenpart. Akkurat richtete er das Besteck und die Tassen aus, ging in den Garten, schnitt mit einem Küchenmesser ein paar Blumen und frische Zweige ab und bat meine Mutter um eine Vase, damit er sie dann auf den Frühstückstisch stellen konnte. Meine Mutter war der Ekstase nahe.

Mutter: »Es geschehen noch Zeichen und Wunder. Ein Mann mit Stil.«

»Und wenn du nichts mehr hast, bleibt dir immer noch Stil«, erwiderte der Tod.

Meine Mutter schnappte nach Luft.

Sophia hatte sich schon an den Tisch gesetzt. Meine Mutter füllte den Kaffee in die Kanne um, die uns schon früher signalisiert hatte: »Heute ist ein schöner Tag, ich hole mal das gute Geschirr raus.«

»Wie trinkst du deinen Kaffee, Morten?«

»Schwarz, wie mein Anzug!«, antwortete ihr der Tod keck. Dieser Mann konnte Mütter bespielen wie kein Zweiter.

»Was wollt ihr heute eigentlich machen?«, fragte meine Mutter nach ihrer ersten Brötchenunterseite, die sie immer nur mit Butter und Salz aß.

Sophia und der Tod schauten mich beide an. Sophia stand ins Gesicht geschrieben, dass sie sich darüber bis jetzt noch keine Gedanken gemacht hatte, und der Tod beobachtete mich mit hochgezogener Augenbraue, gespannt, wie ich diese Frage beantworten würde, da es unter anderem auch um das Leben meiner Mutter ging.

»Gibt es noch mehr von der guten Erdbeermarmelade in der Küche?«, fragte ich, um Zeit zu schinden. Meine Mutter durchschaute mein als Lob getarntes Ablenkungsmanöver sofort: »Ja, lass mich das doch für dich nachschauen, deine Beine sind zwar um einige Jahrzehnte jünger, aber selbstverständlich gucke ich gerne mal nach, ob ich da nicht noch etwas für mein kleines Schleckermäulchen habe.«

»Schon gut, schon gut, ich geh ja schon«, sagte ich und ging in die Küche, um eine Marmelade zu holen, die ich nicht wollte, und schaute aus dem Fenster. In der Mitte des Himmels zeichnete sich eine dunkle Wolke ab, die mich daran erinnerte, dass ich Dinge beenden, Gespräche würde führen müssen. Das ich Dinge tun musste, die mir so fern wie nur irgendwas waren.

Die Wolke sah aus wie ein böser Vogel, der seine Schwingen ausbreitete und auf uns zuflog. Und der Schatten der Wolke war so dicht und stark, dass ich sehen konnte, wie er sich über die Häuser unserer

Straße bewegte und die Dächer verdunkelte. Wie eine Welle aus dem Gegenteil von Licht.

Und es klingelte an der Tür.

Und während es an der Tür klingelte, stellte ich fest, dass die Küche nach Essen roch, das sich alleinstehende Damen kochten. Denn die alleinstehende Dame briet kein Schnitzel, da sie spürte, dass das nichts mehr für sie war. Die ältere Dame kochte jetzt für sich das, was sie aus dem Krieg kannte. Und sie genoss, dass sie heute freiwillig das essen konnte, was sie früher zu essen gezwungen war, um nicht zu verhungern, was sie heute dadurch tarnte, dass sie sagte: »Ich ernähre mich gesund.«

Rosenkohl mit Speckschwarte, gekocht in einem Topf, der älter war als das eigene Kind, mit Pellkartoffeln aus dem gleichen Topf, weil es nur bei Pellkartoffeln möglich war, die Schale, die Pelle, wie man als Hugenotte sagte, so dünn abzuschälen, dass nichts von der Kartoffel verschwendet wurde. Vor meinem inneren Auge erhob sich der mahnende Zeigefinger meiner Mutter.

Im Gegensatz zum älteren Mann, der das Schnitzel liebte, da er so, wenn er schon nicht mehr auf die Jagd gehen konnte, wenigstens das Ergebnis der Jagd genießen wollte. Und ich dachte den ganz normalen Scheiß, den man so denkt, wenn es an der Tür klingelt.

23

Ich freute mich über das Klingeln, denn ich wusste, dass ich einen Aufschub bekam, um mir etwas auszudenken, was meine Mutter überzeugen könnte, mit unserer seltsamen Reisegruppe mitzukommen. Und ich freute mich darüber, dass wir immer noch die gleiche Klingel hatten wie früher: »Ding Dang Dong Dung Dang«.

Ich verschnaufte kurz und stützte mich auf die Arbeitsplatte, schaute zur Wolke, die nur noch ein langgezogenes Band war, dessen Ende ich nicht mehr erkennen konnte, weil es über dem Dach unseres Hauses verschwunden war, und hörte, wie meine Mutter sich erhob, weil es nach kurzer Zeit schon zum zweiten Mal klingelte. »Ja, ja. Ich komm ja schon«, sagte sie. »Also manche Leute ...«

Aus dem Esszimmer mit dem gedeckten Tisch ging sie in den Raum, wo ihre drei paar Schuhe für die drei Jahreszeiten standen, da sie aus Sparsamkeit und gegen die Interessen der Schuhindustrie die Jahreszeit Frühlingsherbst erfunden hatte.

Sie schloss die Tür zum Windfang, damit nicht zu viel Geld ausgegeben werden musste, um die Temperatur des Esszimmers wieder auf die gewünschte Gradzahl zu bringen. »Wir heizen hier nicht den Garten«, hatte meine Mutter in den ersten achtzehn Jahren meines Lebens wohl an die tausend Mal zu mir gesagt.

Ich lief ohne Marmelade aus der Küche, ich hatte sie vergessen, war aber jetzt schon zu faul, umzudrehen und sie zu holen. Der Tod und Sophia schauten mich streng an, und ich gab abwiegelnd zurück: »Jaja, ich bekomme das schon hin! Ich sage es ihr nachher.«

Die Stimme meiner Mutter vor der Windfangtür wurde lauter. Ich hörte ein »Was?« meiner Mutter, das nichts Gutes verhieß. »Das kann doch gar nicht angehen? ... Wie meinen Sie denn das? ... Nein. Nein, da muss ich erst mal telefonieren, mit so was rechnet doch keiner ... Aber ich habe doch immer ...«

Es waren genug der Reizwörter und An-die-Wand-Gedrücktheit in der Stimme meiner Mutter zu hören für mich. Wir waren vielleicht keine Familie wie aus einer Vorabendserie, die sich die ganze Zeit liebte, umhalste und bis zum Erbrechen verstand, was aber nicht hieß, dass wir nicht Antennen füreinander hatten, mit denen man auch das Weltall nach Signalen von Außerirdischen hätte abhören können. Zu viele treffsichere Nachfragen meiner Mutter nach meinem Leben in der großen fernen Stadt hatten mir das wieder und wieder bewiesen.

Ich ging zur Esszimmertür, hinter der der Windfang lag, presste mein Ohr an das Holz und versuchte, etwas deutlicher zu verstehen, was da gesprochen wurde.

»Ich muss jetzt mal gucken, was da los ist!«, sagte ich und bemerkte, wie der Tod auf seinem Stuhl hin und her rutschte und den Muskel seines Halses so anspannte, dass man sehen konnte, wie der Schlund und die Sehnen einen dicken Strang bildeten, der in seinem leicht verdrehten Kopf verschwand.

Ich: »Musst du kacken oder was? Kannst du das nicht später machen? Irgendwo anders? Ich hab kein Bock drauf, im Kopf zu haben, dass der Tod im Haus meiner Mutter ...« Und ich wandte meinen Blick ab, ohne dass ich den Satz zu Ende gebracht hatte und ohne dass der Tod aufgehört hatte, sich zu winden.

Ich öffnete die Tür zum Windfang und schloss sie schnell wieder hinter mir mit einer Mischung aus Diskretion und dem mir eingebläuten Energiesparbewusstsein. Steter Tropfen höhlt den Stein, und versteinert sah ich in die schockierten, aufgerissenen, kleinpupilligen Augen meiner Mutter.

»Die wollen mir das Haus wegnehmen! Die sagen, ich habe die Raten nicht bezahlt und auf die Mahnungen nicht reagiert. Die wollen mir einfach unser Haus wegnehmen! Ich habe keine Mahnungen bekommen. Die kennen mich doch bei der Bank. Die wissen sogar meine Kontonummer. Ach herrjemine!«

Die beruhigende Norddeutschigkeit, mit der meine

Mutter sich in ihrer Welt verortete, war so reizend wie naiv.

Dass jemand von der Bank ihre Kontonummer aus dem Kopf wusste, hatte ihr bis jetzt so viel Vertrauen in die Sicherheit der Zeit zwischen Aufstehen und ins Bett gehen gegeben. Und weiterhin manifestierte sich die Abwesenheit von Kontrollverlust in der Auslieferung der Regionalzeitung durch dieselbe Frau in den letzten vierzig Jahren, in dem Wissen, dass die Autowerkstatt sie nie übers Ohr hauen würde, weil sie mit dem Inhaber zur Schule gegangen war, in der schon fertig gepackten Gemüsetüte beim Obsthändler am Freitag mit all den Dingen, die an diesem Tag im Angebot waren, und in der persönlichen Begrüßung durch den Bürgermeister, wenn man ihn auf der Straße traf. All das war jetzt zu Ende.

»Ich habe das bestimmt überwiesen! Ich habe das wirklich überwiesen! Das muss ein Missverständnis sein.« Und ich dachte noch: »Das hat man jetzt davon, wenn man mal die Tür öffnet.«

Der Mann, der vor der Türschwelle stand, sagte gar nichts, er hielt stumm einen rosa Zettel hoch, auf dem oben in dicken Lettern »Räumungsbescheid« und »Pfändung« stand. Links unten war er schon unterschrieben, und auf der rechten Seite zeigte ein dicker Strich an, wo meine Mutter unterschreiben sollte.

Der Mann hatte den Blick halb gesenkt, ohne meine Mutter aus den Augen zu lassen. Er war fokussiert, mit einem leichten Lächeln auf den Lippen.

»Worum geht's hier eigentlich?«, fragte ich. »Meine

Mutter ist so ziemlich der akkurateste Mensch, den ich kenne. Sie denkt sogar wirklich noch, dass Banken auf das Geld aufpassen«, fasste ich die letzte Weltwirtschaftskrise und die Psyche meiner Mutter in einem Satz zusammen und dachte: »Gar nicht schlecht!«

Der Mann an der Tür schaute mich an, ohne die Art seines Blickes zu ändern, und hauchte: »Nicht auskunftsverpflichtet.«

»Aber ...«, versuchte meine Mutter zu intervenieren, während sich in mir eine Mischung aus stummer Angst und brüllendem Hass auf den Mann aufbaute und er im gleichen Ton zu uns sagte: »Aufschiebefrist abgelaufen! Bitte unterschreiben, sonst muss ich die Polizei einschalten, und was sollen dann die Nachbarn von Ihnen denken!« Und er stellte seinen Kunstlederkoffer mit dem dreistelligen Zahlenschloss auf den Boden.

»Junger Mann«, begann ich einen Satz, den er mit »Ich bin nicht jung« abschnitt.

Meine Mutter hatte das Reden aufgegeben. Ganz alt sah sie aus. Das Haus war mehr als die Räume, in denen sie versucht hatte, aus mir einen vernünftigen jungen Mann zu machen. Das Haus war das einzige Versprechen, das in ihrem Leben eingehalten worden war. Bis heute. Arbeite, kaufe und lass dich mit den Füßen voran aus deinen eigenen vier Wänden tragen, auf dass dein Kind ein Haus habe und sich ein zweites dazu kaufe und wenn es stürbe, könnte sein Kind wiederum ein drittes Haus haben. Was dazu führte, dass man in acht Generationen von der Vermietung von Häusern würde leben können. Und meine Mutter war gerade im Begriff, diese Linie zu unterbrechen. Das Leben in ihren eigenen vier Wänden verschwand vor ihren Augen in einer exponentiell nach oben steigenden Kurve der Sinnlosigkeit, deren Benzin die Traurigkeit angesichts des Nichts war.

»Um zwölf Uhr kommt der Möbelwagen der Zwangsvollstreckung. Fangen Sie besser schon mal an zu packen!« Der Mann trat einen Schritt vor, hielt meiner Mutter einen Stift hin und forderte sie noch einmal eindringlich auf: »Unterschreiben Sie!«

Ich hörte, wie jemand die Klinke der Windfangtür in die Hand nahm und runterdrückte. Ein mir so vertrautes Geräusch, dass ich diese Tür unter Hunderten raushören würde. Sophia oder der Tod?, fragte ich mich und hätte sie beide gerne an meiner Seite gehabt.

Ich schaute neugierig über meine Schulter, und in dem Augenblick, als ich den Tod sah und der Tod mich erblickte und er das sehen konnte, was ich sah, veränderten sich der Raum und die Zeit und die Realität, was sich nur so beschreiben lässt: Ich wurde in die Länge gezogen und gleichzeitig blieb ich, wo ich war, nur dass ich wusste, dass ich jetzt nicht sterben würde.

Die Wände standen plötzlich in Flammen, von denen keine Hitze ausging. Das Blau der Flammen war wie Gletschereis. Die Bäume in unserem Vorgarten dampften heiß und ließen die Luft flirren. Neben mir stand meine Mutter, geschützt durch eine schimmernde Blase, die ihre Realität von dieser neuen Realität trennte.

Ich schaute wieder zu dem Mann an unserer Tür, der nun vor einem glutroten, wabernden Himmel stand. Er hatte sich nach vorne gebeugt, um meine Mutter zu berühren. Er holte aus und griff nach ihr. Seine Hand glühte blau.

In dem Moment schlug der Tod hinter mir mit einem in Flammen stehenden Stab, dessen detaillierte Verzierungen durch das Feuer hindurch so stark leuchteten, dass ich sie erkennen konnte, auf die Hand des Mannes an der Tür, was dafür sorgte, dass dessen Haut ganz kurz nicht mehr blau flackerte, sondern für zwei Sekunden eine blutorange Farbe annahm. Stücke der Hand platzten ab, als ob sie nicht aus Fleisch, sondern aus einer Mischung aus Marmor und Feuerstein bestehen würde.

Auch der Tod stand nun völlig in Flammen. Mit glühenden Augen trat er dem Anderen so stark gegen den Oberschenkel, dass dieser zurückweichen musste, um sein Gleichgewicht halten zu können. Ein weiterer Tritt beförderte den Gerichtsvollzieher vollends in unseren dampfenden und qualmenden Vorgarten.

Voller Schmerz und Wut griff er infernalisch schreiend nach seinem Koffer, vermutete ich, aber was er bei seinem Sturz durch die Luft fest umkrallte, war ein brennender Stock, ähnlich jenem des Mannes, der gerade offensichtlich das Leben meiner Mutter gerettet hatte. Wohlgemerkt war das der gleiche Typ, der mich gestern Morgen noch hat umbringen wollen.

Der Mann, der nun in unserem Vorgarten lag, keifte, zischte und fauchte: »Gib sie mir! Gib sie mir!«

Mein Tod schrie zurück: »Wir ... haben ... gerade ... gefrühstückt ...!«, und begleitete rhythmisch den Takt seiner Schläge, die er auf dem Anderen zu landen versuchte, die dieser aber geschickt mit Stock und Ellenbogen abwehrte.

Der brennende Mann schaffte es, sich aufzurappeln, und trat meinem Tod mit voller Wucht in die Gegend, die bei Männern das Schmerzzentrum war. Offensichtlich gab es auch beim Anderen etwas Ähnliches, denn er krümmte sich vor Schmerzen, nachdem mein Tod zurückgetreten hatte, und stützte sich benommen auf seinen Stock.

Die beiden dampfenden Männer standen sich nun in unserem Garten gegenüber, der aussah wie einem mittelalterlichen Bild der Hölle entsprungen.

Reihenhaus-Apokalypse am Blumenbeet. Die Vorhölle im Vorgarten.

»Deine Zeit geht vorüber!«, brüllte der Mann, während er auf den Körper und den brennenden Stock des Todes einhackte, wodurch kleine Stücke aus ihm heraussprangen, ähnlich wie wenn man mit einer stumpfen Axt versucht, einen sehr großen Baum zu fällen.

»Das wollen wir doch mal sehen! Da sind schon ganz andere gekommen.« Der Tod parierte einen Schlag und drehte mit einem Griff das Handgelenk des Anderen so schnell und heftig um, dass dessen brennender Stock über seinen Kopf hinwegflog und hinter ihm landete.

Der Andere hechtete seinem fliegenden Stock hinterher. Mit zwei schnellen Schritten war der Tod wieder hinter ihm und zog seinen eigenen Stock durch dessen Rückgrat. Der Stab hinterließ eine gleißende Spur vom Nacken bis zur Hüfte hinab.

Das war für den Anderen offensichtlich so schmerzhaft, dass der seine Bewegungen einstellte. Man sah, wie kleine Teile seiner Wirbelsäule links und rechts abplatzten und aus der Wunde Funken sprühten, als ob man eine Flex auf ein Metallrohr setzte. Der Mann fiel zu Boden, keuchte laut und richtete sich schwer atmend mithilfe seines Stockes wieder auf.

Der Tod hielt ihm seinen Stock vor die Augen und sagte: »Tschuldigung Kumpel, tut mir echt nicht leid! Und nein, du darfst leider nicht mit uns frühstücken.«

»Du hörst schneller von mir, als dir lieb ist. Oder anders gesagt: ER hört von mir!«, keuchte der Andere und zeigte mit seinem bläulich flackernden Finger auf mich. »Die Zeiten ändern sich.«

»Dieses Pathos ist so lächerlich. Ganze Laienschauspielergruppen würden sich in Agonie winden, wenn sie das sehen könnten.«

Es gefiel mir, dass der Tod etwas von mir übernommen hatte: Analogien zur Herabwürdigung anderer.

Der Andere keuchte, deutlich gezeichnet von einem Kampf, den er nicht hatte gewinnen können.

Er stützte sich auf seinem Stock ab und deklamierte:

»Auf auf auf – durch Nacht und Wind.
Ich hole mir das einsam Kind.

Das Vater sucht und Mutter sieht,
das Kind, das balde schon vor mir kniet.
Ich heb den Stock in Flammen rot,
dann sinkt er nieder und bringt den Tod.
Dienen soll das Kind an meiner Seit
Und das für alle Ewigkeit.«

Und dann folgte ein Geräusch, als ob man einen sehr
großen Daumen in eine sehr große Flasche steckte und
es beim Herausziehen des Daumens durch das erzeug-
te Vakuum ein sehr lautes Plopp gibt.
Und die Welt war wieder die alte.

24

»Wo ist der Mann?«, fragte mich meine Mutter, als sie auf der Couch wieder zu sich kam.

»Wer?«, fragte ich.

»Na, der Mann, der eben gerade mein Haus pfänden wollte!«

»Sie sind ohnmächtig geworden. Wir haben Sie gerade noch auffangen können und den Mann weggeschickt. Der will später wiederkommen, glaub ich, wenn ich richtig gehört habe«, sagte der Tod.

»Wollten wir uns nicht duzen?«, fragte meine Mutter so ernsthaft wie erschöpft.

Der Tod atmete noch immer schwer vom Kampf und dampfte wie Fußballspieler im Winter.

»Sie qualmen ja!«, bemerkte meine Mutter.

»Ich dachte, wir duzen uns!«, wich der Tod aus.

Meine Mutter musste lächeln, der Tod musste grinsen, und ich schüttelte den Kopf.

»Ich muss jetzt erst mal ein paar Sachen organisieren. Als Allererstes muss ich zur Bank. Du musst mitkommen, bitte. Ich kann doch jetzt nicht alleine zur Bank gehen. Kommst du mit?«, fragte mich meine Mutter.

»Wir haben mit ihm besprochen, dass es erst mal einen Aufschub gibt. Er war ganz schön geschockt, als du einfach umgefallen bist«, sagte ich. Aufgestachelt vom Adrenalin aus der Zwischenwelt, steigerte sich meine Fähigkeit zu lügen offensichtlich ins Unermessliche.

»Der war geschockt? Geschockt, sagst du? Für den gibt's doch nichts Schöneres als seinen Job. Also manche Menschen ...«, schätzte meine Mutter die unrealistische Situation sehr realistisch ein und nahm noch leicht zitternd einen Schluck aus der Kaffeetasse.

Sophia hatte von unserem kleinen Zwischenweltintermezzo nichts mitbekommen. Sie hielt meiner Mutter die Hand und streichelte sie sacht.

Der Tod ging aus dem Esszimmer und sagte: »Ich mach dir jetzt erst mal einen kalten Wickel, um den Kreislauf wieder auf Touren zu bringen, was hältst du davon?«

Meine Mutter war begeistert: »Das ist eine sehr gute Idee. Das ist eine sehr, sehr gute Idee. Und mach noch einen Schuss Franzbranntwein mit dazu. Das hilft immer. Es ist ja belegt, dass schon die Hugenotten Kneippianer waren, und zwar schon lange, bevor der Kneipp überhaupt geboren wurde!«

Kneippianer. Auch so ein Wort, das ich seit meinem

Auszug von zu Hause nicht mehr gehört hatte und das meine Mutter besser beschrieb als jedes vollständige psychologische Gutachten, das sie mit großer Gewissheit mit einer Handbewegung abgelehnt hätte: »Ach, nun hören Sie mal auf mit diesem neumodischen Kram!«

Der Tod winkte mich zu sich ran. »Hilfst du mir mal eben und zeigst mir, wo hier die Handtücher sind und wo ich eine Schüssel finde?«

Ich ging ihm voran ins Bad.

Im Badezimmer, das im schönsten Braunton gehalten war, den die Siebzigerjahre zu bieten hatten, sagte er zu mir: »Es gibt ein Problem.«

»Danke noch mal für eben, ne?«, sagte ich, geistig immer noch mit einem Bein in der Zwischenwelt stehend.

»Jaja«, sagte der Tod.

Ich: »Nee, jetzt wirklich. Danke, dass du meine Mutter gerettet hast.«

Er: »Man muss ja was machen. Da könnte sonst ja jeder kommen.«

Ich: »Bisher selten Komplimente bekommen, was?«

Er: »Muss man sagen!«

Ich: »Gibt es sonst noch was zu sagen?«

Er: »Zu welchem Thema?«

Ich: »Hmmmh, lass mich überlegen. Zum letzten Spieltag? Nein. Wie du bei meiner Mutter ankommst? Hmmh, auch nicht. Wie die dich findet, ist ja vollkommen klar. Lass mich kurz nachdenken. Vielleicht meine ich die Situation eben, als wir uns in unserem brennenden Vorgarten mit einem mystischen Wesen geschlagen haben? Du mit einem verzierten Holzstock, der in blauen Flammen – ich wiederhole: IN BLAUEN FLAMMEN – stand. Und dieser Typ, der auch so einen Stab hatte. Ja. Ja, ich erinnere mich, ich glaube wirklich, das war es, wonach ich dich noch mal fragen wollte.«

»Mach dir keine Sorgen!«, sagte der Tod.

Ich: »Ich soll mir keine Sorgen machen? Meine Mutter wird fast um die Ecke gebracht, obwohl sie ganz offensichtlich nicht in deinem Buch steht, und ich soll mir keine Sorgen machen? Okay, weißt du was? Vielleicht mache ich mir echt keine Sorgen mehr. Vielleicht mache ich mir seit gestern, seitdem du auf meinem Badewannenrand gesessen hast, keine Sorgen mehr. ICH bin nämlich so gut wie tot! Ich will es einfach nur wissen!«

Er: »Du kannst sehen, was ich sehe. Du bist da, wo ich bin. Du gehörst mir sozusagen, und ich bin dein Wächter. Soll nicht vereinnahmend klingen.«

Ich: »Sehr freundlich! Danke! Toll! Tolltolltoll!«, und nahm Handtücher für die Wadenwickel aus dem Badezimmerschrank.

Er: »Du redest wie deine Mutter.«

Ich: »Hab ich auch gerade gemerkt. Und das eben, war das der, von dem du mir erzählt hast, oder was? Der Andere?«

Er: »Ja, das war wohl der Anwärter auf meinen Posten. Aber mal ganz ehrlich, im Vergleich zu dem bin ich doch wirklich eine andere Hausnummer, oder?«

Ich legte meinen Kopf schief und tat, als würde ich darüber nachdenken. Die Vielschichtigkeit der Welt stellte der Sucht der Menschen, alles aufgrund ihrer ewigen Suche nach Harmonie und Klarheit in Gut und Böse einteilen zu wollen, ein schönes Bein und nahm mich in ihre diffusen Arme, hatte ich doch ohnehin schon immer das Gefühl gehabt, dass alles dasselbe war und sich nur darin unterschied, von welcher Seite der Tribüne man die Sache betrachtete. Des einen Derbysieg ist des anderen Reise durch die wilde, ewigliche Schmach.

Er: »Aber es gibt wirklich ein Problem, wie ich bereits sagte. Der Andere, dem wir da gerade gezeigt haben, wo die Sense noch immer hängt, will sich dein Kind holen.«

Es ist ein schönes Gefühl, wenn man so stark mit jemandem verbunden ist, dass man seinen Wortschatz an den des anderen anzugleichen beginnt. Der Tod sprach Sätze, die direkt von mir stammen könnten. Auch wenn sie mir einen Keil ins Herz trieben. Den schmerzhaftesten Keil meines Lebens.

Ich: »So hab ich das auch verstanden. Bitte interpretieren Sie das Gedicht. Deutsch Abdecker-Kurs, 1. Halbjahr. Und was schlägst du vor? Ich meine ...: Warum? Warum erst meine Mutter und jetzt auch noch mein Kind?«

Er: »Es geht um dich! Du bist die Entscheidung. Der

Pokal, um den alle kämpfen. Es geht darum, dich zu zerstören. Dein ganzes Davor und Danach. Wenn ich dich umbringe und die Deinen beschütze, dann darf ich weitermachen.«

Ich: »Und wenn nicht?«

Er: »Was es für alle oder nur für dich bedeutet?«

Ich: »Beides.«

Er: »Bei dir: alle tot. Für den Rest der Welt: bis auf Weiteres ein strafender Tod. Das Ende der Hoffnung. Eine Veränderung der Farbe der Welt. Alles, was ihr Menschen euch ausgedacht habt für das Danach, basiert auf Hoffnung und Erlösung. Ich sorge für diese Option. Wenn der Andere gewinnt, könnt ihr euch sicher sein, dass es nichts gibt. Oder etwas Schlimmeres als das Nichts.«

Ich: »Oh, Mann! Gesamtsituation also eher schlecht?«

Er: »Ich würde sie als angespannt bezeichnen. Aber weißt du, was das Gute ist? Wir reisen in Menschengeschwindigkeit. Der Andere ist genau wie ich an die physikalischen Gesetze gebunden. Bis auf so Sachen wie die Badewannenaktion halt. Wir können also nicht plötzlich bei deinem Kind auftauchen und einen auf dicke Hose machen.«

Ich: »Der Dalai Lama nimmt sich ja auch immer ein Flughafenhotel, damit seine Seele hinterherreisen kann, wenn er mit dem Flugzeug kommt.«

Er: »Der hat's verstanden, der Dalai Lama.«

»Es gibt nun wiederum immer noch ein Problem für mich«, wandte ich ein. »Ich muss meiner Mutter noch immer erklären, dass sie mit uns in den Süden muss und dass sie, wenn sie sich jetzt über vierhundert Meter von uns entfernt ...«

Er: »In Anbetracht der Tatsache, dass es hier um das Leben deines Kindes und deiner Mutter und die Zukunft der Welt geht, solltest du eine gewisse Fantasie an den Tag legen, um sie zu überzeugen. Und vor allen Dingen solltest du lieber schneller handeln als gar nicht. Aber du hast das da draußen gar nicht schlecht gemacht. Falls ich mal einen Assistenten brauchen sollte ...«

Der Tod hielt auffordernd eine Hand hoch.

Ich: »Du willst jetzt nicht mit mir abklatschen?«

Er: »Hab ich mir bei euch abgeguckt. Echt gut, wie du meine Regeln verinnerlichst und Probleme erkennst.«

Und dann klatschte ich mit dem Tod ab. In dem Raum, in dem ich pinkeln gelernt hatte. In dem Raum, in dem ich in der Badewanne gesessen, wo sich der Badeschaum bis über meinen Kopf getürmt hatte. Der Schaum, der so unglaublich nach Apfel gerochen und den ich trotzdem dazu benutzt hatte, mir vorzustellen, es sei Schnee, und ich wäre trotz des vierzig Grad warmen Badewassers ein Polarforscher, der alleine in einem Kajak den Südpol erkundete, während meine Mutter auf dem Klodeckel saß und mir Geschichten vorlas, die alle davon handelten, dass da draußen eine Welt wartete, die es zu entdecken galt. Mit ihrer ruhigen tiefen Stimme las sie mir von den Wikingern, französische Rittergeschichten, griechische Sagen oder Märchen aus aller Welt vor. Und ich sagte: »Nein, nein, das Wasser ist noch warm!«, nur damit meine Mutter noch länger vorlas. Weil ich all die Dinge aus einer Welt hören wollte, die so weit entfernt von der Badewanne waren und durch die Stimme meiner Mutter doch irgendwie zum Greifen nah wurden. Und dann pinkelte ich ins Wasser, nur damit die Temperatur anstieg, damit ich das Zittern meiner blaugefrorenen Lippen noch einen kleinen Moment hinauszögern konnte.

Allerdings weiß jede gute Mutter, dass spätestens nach zwanzig Minuten das Badewasser kalt und dreckig geworden ist. Meine Mutter stand dann immer auf und fragte voller Stolz: »UND DIE MORAL VON DER GESCHICHT?«

Und ich antwortete: »Hugenotten baden nacheinander nicht!«

»Und warum nicht, das bitte sage mir!«

»Das Wasser ist dreckig und stinkt nach Tier!«

Und bei »stinkt nach Tier« hatte sie sich schon den Ärmel ihrer Bluse hochgezogen und tat so, als würde sie unter Wasser nach meinen Pobacken suchen, um hineinzukneifen.

»Irgendwo ist hier doch ein Schinken? Hier muss doch irgendwo ein Schinken sein! Den kann ich doch schon riechen, den Schinken!«

Und dann durchpflügte ihr Arm wie eine Haifischflosse das Wasser, und ich schrie, und mein Po schob sich am glitschigen Wannenrand entlang und gab die-

ses Geräusch von sich, das nach Sauberkeit, Geborgenheit und Kindheit klang. Schließlich packte sie
meine rechte Pobacke und kniff so hinein, wie Löwenmütter ihre Babys nach dem Tollen in der Savanne in
den Nacken beißen, um sie zurück ins Versteck zu tragen. Nie zu doll, aber immer so fest, dass man instinktiv spürte, wozu diese Muskeln fähig sein könnten. Zu
Schutz und Strafe.

»Wo bleibt ihr denn? Habt ihr den Franzbranntwein
ausgetrunken, oder was?«, fragte Sophia, als wir mit
Schüssel und Handtüchern bewaffnet das Wohnzimmer betraten. Und meine Mutter jauchzte schon wieder: »Schön, Sophia. Schönschönschön!«
Meine Mutter legte ihre Beine auf einen Stuhl und
sagte: »Aber Handtuch drunter, damit das Polster
nicht nass wird!« Und der Tod legte sehr fachmännisch
und sehr sensibel meiner Mutter einen Wadenwickel
an.

25

»Wir beide gehen jetzt erst mal spazieren«, sagte ich zu meiner Mutter, nachdem sich ihr Kreislauf durch die Wunderwaffe des Todes wieder stabilisiert und sie sich von der Couch im Wohnzimmer aufgerichtet hatte.

»Seit beinahe vierzig Jahren warte ich darauf, dass du freiwillig mit mir spazieren gehst. Was ist hier nur los? Du bringst Freunde mit, obwohl du keine Freunde hast. Und die sind dann auch noch nett. Der eine pflückt sogar Blumen im Garten, und dann gehst du auch noch freiwillig mit mir spazieren. Langsam macht mir das Angst!«

»Schweige und genieße«, entgegnete ich.

»Macht aber nicht so eine große Runde. Der Kreislauf könnte noch etwas wackelig sein«, warf der Tod mahnend ein.

Wir hatten ihm den Fernseher angeschaltet, und von da an war er nicht mehr ansprechbar, sondern hatte wie von Sinnen die Programme eins bis zehn rauf und runter gedrückt. Sophia räumte unterdessen die Küche auf. Man konnte daran erkennen, wie sehr meine Mutter Sophia verehrte, dass sie sie überhaupt in die Küche ließ. Es waren schöne Tage gewesen damals, als Sophia mit mir zusammen und häufiger bei mir war, denn sie hatte einen magischen Blick für Ordnung. Sie schaute durch meine unaufgeräumte Wohnung und sagte zu sich selbst: »Das kommt dahin und das kommt dahin und das kommt dahin!«, und schon erstrahlte nach wenigen Minuten meine Wohnung in einem ungeahnten, mir nicht bekannten Glanz der Ordnung. Ich liebte an Sophia am meisten diese Sachen, die ich nie können würde: Entscheidungen treffen und Ordnung halten.

»Das sind meine Mangelwirtschaftsgene«, hatte sie mal gesagt. »Wenn man was hat, muss man darauf achten. Sonst ist man es nicht wert.«

»Du musst das wirklich nicht machen!«, sagte meine Mutter noch, kurz bevor wir rausgingen.

»Na, wer macht das denn sonst? Dein Sohn bestimmt nicht. Und du machst das heute auf keinen Fall!«

Und dann war meine Mutter auf Sophia zugegangen und hatte sie einfach fest in den Arm genommen, und zwar so, dass selbst ich die Schnauze hielt.

Meine Mutter und ich gingen zusammen aus der Haustür raus, die kleinen Stufen aus Waschbeton hinunter und schlugen blind den Weg ein, den wir immer genommen hatten, wenn meine Mutter es mal geschafft hatte, mich zu einem Spaziergang zu überreden.

Eine deutsche Fahne wehte vom Wind zerschlissen im Garten eines Nachbarn, der im Krieg gewesen war.

»Der geht auch nicht mehr raus«, bemerkte meine Mutter, und ich spürte, dass sie noch ein bisschen wackelig auf den Beinen war, und hakte sie unter.

Löwenzahn kroch durch die Steine und unter dem Auto des Soldaten empor und zeigte, dass es lange nicht mehr bewegt worden war.

»Die fährt auch nur noch Fahrrad, seitdem der Mann wieder aus dem Krieg da ist, und er setzt sich nicht mehr hinters Steuer. Eigentlich macht er gar nichts mehr. Zum Glück haben wir immer gearbeitet. Zum Glück haben wir uns nie auf andere verlassen.« Womit meine Mutter sich und ein wenig auch mich meinte.

Wie die Mutter Courage der Schicksale marschierte meine Mutter durch ihre Gegend, vertraut mit der Geographie der Wege und der emotionalen Landkarte der Dramen, die sich hier in den letzten Dekaden abgespielt hatten.

Vor dem Haus, in das erst vor acht Jahren eine Familie eingezogen war, was sie hier bei uns im Viertel noch immer zu »den Neuen« machte, stand ein neuer und frisch geputzter Mercedes in der Auffahrt, die an ein Rasenstück angrenzte, auf dem ein umgedrehter Plastiktrecker an einer umgekippten Plastikrutschbahn lehnte. Einen Meter entfernt stand eine Plastiksandkiste ohne Sand im Gras.

»Bei den Schmidts hier, weißt du, läuft's auch nicht mehr so richtig mit dem Versicherungsgeschäft. Mehr Schein als Sein, aber Hauptsache, das Auto glänzt.«

192

Wir gingen ein Stück schweigend nebeneinander her und dann sagte ich: »Johnnys Oma und Opa haben uns eingeladen.« Ich schluckte und musste Mut fassen für meine nächsten Worte: »Wir sollen vorbeikommen, die wollen ein Familienfest feiern.«

»›Oma‹. Warte mal ...« Ich konnte spüren, dass meine Mutter zynisch wurde. »Das Wort kenne ich doch irgendwoher. Was war das noch?«, stellte sie die Frage zum Schein an sich selbst. »Ach, jetzt weiß ich's wieder. Das ist das, was man ist, wenn man regelmäßig sein Enkelkind sehen darf. Richtig?« Sie legte ihren Zynismus wieder ab. »Die können mich mal. Die können mich sogar kreuzweise. Hugenotten nehmen keine Almosen«, sagte meine Mutter und spuckte auf den Boden, ohne Spucke zu benutzen.

Ich: »Nun warte doch erst mal ab, was ich sagen will!«

Sie: »Nein!«

Ich: »Oh, Mann!«

Sie: »Dein ›Oh, Mann‹ kannst du dir sparen. Das kannst du dir so was von sparen. Ich fahre da nicht hin!«

Ich: »Aber Sophia würde sich auch so freuen.«

Ich setzte alles auf eine Karte. Die Vorstellung, mit ihrer über alles geliebten und heiligen Sophia und ihrem seltsamen kaputten Sohn eine Reise anzutreten, musste meine Mutter so sehr begeistern, dass sie übersah, wie unrealistisch dieses Szenario war.

»Sophia kommt auch mit? Deine Exfreundin? Ihr seid doch nicht wieder zusammen, oder? Ihr habt doch nicht zusammen in deinem Zimmer geschlafen, oder doch? Also Sophia kommt mit zu deinem Kind, das du seit sieben Jahren nicht mehr gesehen hast? Das ist ja wie in einem Kitschroman hier. Bloß mit Fußballfans.«

Ich log: »Johnnys Opa hat mich angerufen und hat gesagt, dass wir mal alle Mann beisammen sein sollen.«

Sie: »War der es nicht, der es vor Gericht so gedeichselt hat, dass die Mutter deines Kindes mit dem Kind wegziehen kann und du kein Besuchsrecht hast?«

Ich: »Die hatten ja auch den besseren Anwalt!«

Sie: »Das stimmt, und du hast dich selber vertreten, wenn ich mich recht erinnere. Und kamst verkatert von einem Fußballspiel direkt zur Verhandlung.«

Ich: »Das war doch eh klar, dass das so ausgeht.«

Sie: »Dass du auch immer ahnen kannst, wie alles ausgeht. Faszinierend.«

Ich: »Wenigstens weiß ich, woher ich meinen Zynismus habe.«

Sie: »Wenigstens ist Johnnys Opa der Einzige, der bei der ganzen Sache ein halbwegs schlechtes Gewissen zu haben scheint.«

Ich: »Mama!«

Sie: »Woher hat der eigentlich deine Telefonnummer? Ich musste ja alleine schon vier Mal nachfragen, um sie zu bekommen.«

Und schon hatte mich meine Mutter mit einer simplen Verhörfrage so dermaßen an die Wand gestellt, dass mir nur noch übrig blieb zu sagen:

»Joaaah, weiß ich auch nicht.«

Der einzige erfolgversprechende Versuch, aus dieser Nummer wieder rauszukommen, war Simplifizierung gepaart mit Schuldgefühlen. Und ich hasste nichts so sehr, wie meiner Mutter Schuldgefühle zu machen, weil sie die selber schon genügend hatte.

»Jetzt hör mal zu!«, schon mein versucht dominanter Tonfall war so lächerlich, dass selbst kleinste Kinder mir nicht geglaubt hätten.

»Ich höre!«, sagte meine Mutter, und allein diese beiden Wörter schlugen große Lücken in die Phalanx meiner Überzeugungsarmee. Ein letztes Aufbäumen, sich nackt ergeben, und dann hinter den Reihen versuchen, einen Kontersieg zu erringen, war nun die Devise.

»Ich schaffe das nicht alleine. Ich habe es noch nicht mal alleine bis hierher geschafft. Ich musste schon Sophia bitten mitzukommen. Ich krieg's nicht hin. Ich schreibe seit Jahr und Tag eine Postkarte an meinen Sohn, dessen Adresse ich nur aus den Gerichtsakten kenne. Und jetzt habe ich die Chance, Johnny zu sehen. Ich muss da mit so vielen Menschen wie nur möglich auftauchen. Sonst schaffe ich das einfach nicht. Alleine fahre ich da nicht hin, weil ich es nicht schaffe, alleine dahin zu fahren. Kannst du BITTE einfach mitkommen? Weißt du noch, wie du früher immer zu mir gesagt hast: ›Egal, ob Bundeskanzleramt oder Hochsicherheitsgefängnis, ich komme dich auf jeden Fall besuchen. Du bist und bleibst mein Sohn‹? Jetzt bitte ich dich nur, mit mir auf Besuch zu MEI-

NEM Sohn zu fahren. Komm bitte mit. Bitte, komm mit!«

Sie: »Sprich wahr über dich und du bist in der Nähe Gottes.«

Ich: »Kannst du nicht einmal diesen Hugenotten-quatsch lassen?«

Sie: »Wenn du noch weiter schlecht über Gott sprichst, kannst du das gleich vergessen. Wie du's mit Gott hältst, ist deine Sache, aber vor mir wird so was nicht gesagt. Damit das klar ist.«

Ich: »Joahhh, Entschuldigung.«

Sie: »Man kann sich nicht entschuldigen. Man kann nur um Entschuldigung bitten. Das macht das Verb ja so göttlich. Ja, ich entschuldige dich.«

Ich: »Und Sophia kommt mit, weil sie gut mit Kindern kann. Ich schaffe das einfach nicht.«

Mama: »Was du alleine nicht schaffst, bei dem sollte auch kein anderer dir helfen müssen.«

Ich: »Und du kommst mit, damit du einfach mal Oma sein kannst.«

Mama: »Oma heißt die andere. Ich will entweder Omi oder Grand-maman genannt werden. Wie im Französischen.«

Ich: »Meinetwegen auch das. Das wird das Erste sein, was ich zu Johnny sagen werde, nachdem ich ihn sieben Jahre nicht mehr gesehen habe: ›Nenn sie bitte Grand-maman!‹«

Sie: »Gut!«

Ich: »Ich bitte dich ein letztes Mal. Kannst du bitte mitkommen?«

Es war kein gutes Gefühl, zu spüren, dass die Stimme gegenüber der eigenen Mutter zu zittern begann.

Meine Mutter blieb stehen. Und meine Mutter bleibt nie stehen. Meine Mutter geht sogar am liebsten einkaufen, wenn der Supermarkt leer ist, weil sie dann nicht stehen bleiben muss.

Wer immer in Bewegung ist, wird zur Statue, wenn er steht, fiel mir auf.

Sie: »Gesetzt den Fall, ich käme mit, wie kommen wir denn dahin?«

Ich: »Na, in deinem Auto!«

Sie: »Ach, Quatsch. Da passen doch gar nicht drei Leute rein. Mit Gepäck und alles.«

»Mit Gepäck und alles«, dachte ich. Das ist echt geiles Deutsch. Falsch, aber viel näher an der Realität, als wenn es richtig wäre.

Ich: »Wir sind zu viert!«

Sie: »Dein neuer Freund kommt auch noch mit?«, fragte mich meine Mutter völlig entgeistert.

»Der ist der Grund, warum wir überhaupt fahren«, dachte ich und genoss die emotionale Geschwindigkeit, die mein Leben aufgenommen hatte.

Sie: »Du bist wirklich der einzige Grund, wieder mit dem Rauchen anzufangen.«

»Mein neuer Freund muss auch mit. Dem geht es gerade nicht so gut«, log ich mich um Kopf und Kragen.

»Der macht gar nicht den Eindruck. Der ist doch guter Dinge. Ein toller Mann.«

»Na, so geil ist der nun auch wieder nicht«, unterbrach ich ihre Schwärmerei.

Sie: »Pass auf, wie du mit mir redest. Der ist so ganz anders als du.«

Ich: »Können wir das Thema bitte lassen?«

»Also, noch mal für Hugenottinnen zum Mitschreiben: Du willst, dass du, ich, deine Exfreundin und dein neuer Freund die reichen Großeltern und ihre Tochter, also die Mutter deines Kindes, mit meinem Auto im Süden besuchen?«

Ich: »Exakt.«

Sie: »Und wann?«

Ich: »Na ja, gleich!«

Sie: »Gleich? Wie, jetzt gleich?«

Ich: »Ja, wenn nicht jetzt, wann dann? Wer rastet, der rostet.«

Sie: »Das ist so du, dass du denkst, dass man alles stehen und liegen lassen kann. Was wird mit dem Haus? Irgendetwas stinkt hier gewaltig zum Himmel.«

Ich: »Ich hab doch gesagt, dass wir das in den nächsten Tagen klären.«

Was mich auch total überforderte, war, dass ich inzwischen nicht nur mit meinen fünf gängigen Lebenslügen jonglieren musste, die im normalen Leben angesiedelt waren:

1. Mir geht's ganz gut.

2. Ja, habe ich mich drum gekümmert.

3. Ich denk ganz bestimmt dran.

4. Soll nicht wieder vorkommen.

Und:

5. Ich bin ganz deiner Meinung.

Inzwischen musste ich wolkenkratzerhohe Lügengebäude bauen und dazu noch in Erwägung ziehen, dass der Tod immer noch irgendwelche Regeln und Bedrohungsszenarien in der Hinterhand halten konnte, die die ganze Sache noch mal verkomplizierten.

Es kam mir vor, als hätte ich so viel zu tun und zu organisieren, dass ich völlig vergessen hatte, über mich selbst nachzudenken. Was ich gut fand, so hielt ich doch wenigstens eine Grundprämisse meines Lebens ein: »Nicht nachdenken!«

Wo stand ich eigentlich gerade noch mal? Irgendwo zwischen Leben und Tod. Irgendwo zwischen mir und dieser komischen und kosmischen Verantwortung, die ich plötzlich für andere Menschen trug. Ich sollte der Pokal sein, um den es bei einer Auseinandersetzung des Todes ging?

Die Fußballspiele, die ich bis jetzt besucht hatte – und ich würde wohl auch keine mehr besuchen, ging es mir traurig durch den Kopf –, waren meistens so unwichtig gewesen, dass ich nur einmal einem Spiel beigewohnt hatte, bei dem es um einen Pokal gegangen war.

Und dann wurde es mir klar: Ich war die Ironie des Schicksals.

Und die Ironie des Schicksals schaute jetzt seine Mutter mit einem Dackelblick an.

»Sag ja!«, sagte ich.

Sie: »Hör auf, so zu gucken!«

Es wirkte.

»Hör sofort auf, so zu gucken! Hab ich dir denn gar nichts beigebracht?«, fragte meine Mutter.

Ich war am Gewinnen.

»Doch! Das!« Und ich schenkte ihr einen Blick, als wäre ich der beste Dackel der Welt.

Sie: »Ich fahr die ganze Zeit!«

Ich: »Aber ich kann …!«

Sie: »Ich fahr die ganze Zeit!«

Ich: »Okay.«

Sie: »Und ich bestimme die Musik. Ich will nicht euren neumodischen Kram hören.«

Ich: »Aber ich will auch die Fußballkonferenz hören!« Schließlich wusste ich, dass es wahrscheinlich die letzte Fußballkonferenz meines Lebens sein würde.

Sie: »Nein!«

Ich: »Okay.«

Sie: »Und du sitzt hinten. Ich kann das nicht ertragen, wenn du neben mir sitzt und danach das Bodenblech durchgedrückt ist, weil du immer mitbremst. Dein netter Freund sitzt vorne.«

Ich freute mich. Ich freute mich auf eine Fahrt neben Sophia. Eine Fahrt in dem reinsten Gefühl, das ich jemals gespürt hatte und dennoch nicht in seiner Komplexität begriff. Eine Autofahrt, nur wenige Zentimeter von der Frau entfernt, die mich anfasste, wie ein Schreiner das gelieferte Holz begutachtete, um den schönsten Tisch daraus zu bauen. Ich würde in dem Bewusstsein atmen, dass ich die Moleküle aus ihrer Lunge einatmete. Ich würde auf ihre Hand schauen und versuchen, auf den Millimeter genau zu schätzen, wie weit sie von meiner entfernt war. Ich würde so tun, als würde ich rechts aus dem Fenster schauen, aber dabei in Wirklichkeit versuchen, Sophia aus dem linken Augenwinkel zu beobachten, ohne dass sie es bemerkte.

»Und wenn ich wüsste, dass morgen meine Welt unterginge, würde ich heute in einem Kleinwagen mit meiner Mutter, Sophia und dem Tod in den Süden fahren, um mein Kind zu treffen und zu retten. Und was weiß ich noch alles«, dachte ich. Und ich dachte: »Schon wieder so ein Bibelkram. Ist aber kein Bibelkram, ist Lutherkram.« Und ich dachte: »Wahre Atheisten erkennt man erst auf dem Sterbebett. Noch nicht mal das gönnt man mir.« Und ich dachte: »Menschen sind selbstgerechte Dummköpfe im Leben und ängstliche Dummköpfe im Sterben. Aber auf den kleinen Inseln der Wahrheit dazwischen sind Menschen das, was sie sind. Dummköpfe, die bemerkt haben, dass sie Dummköpfe sind.«

Und dann dachte ich: »Generalisierungen sind nun wirklich das Letzte, was wir hier brauchen können.« Und ich dachte einfach den ganz normalen Scheiß, den man denkt, wenn man sich freut, dass man es geschafft hat, seine Mutter zu irgendwas zu überreden.

Mutter: »Dann lass uns mal zurückgehen. Ich muss noch meinen Koffer suchen. Hast du genug Unterhosen mit dabei?«

26

Wir beugten uns unter die offene Kofferraumklappe des Kleinwagens meiner Mutter und verstauten unsere Sachen. Meine Mutter stand mit mir, einer wunderschönen Frau und einem Mann im schwarzen Anzug an ihrem Auto und wollte ganz offensichtlich für mehrere Tage wegfahren. Wir weckten das Interesse der ganzen Straße.

Ein Nachbar kam zu uns rüber getrottet mit einem Kaffeebecher in der Hand, auf dem »I am the boss« stand. Wenn ich richtig informiert war, und meine Mutter informierte besser und ausführlicher, als es der amerikanische Geheimdienst jemals könnte, dann feierte dieser Nachbar in Kürze Hölzerne Hochzeit mit seiner Arbeitslosigkeit.

»Sach mal, wo willst du denn hin?«, fragte er.

»Wir fahren meinen Enkel besuchen!«, sagte meine Mutter stolz.

»Ich wusste gar nicht, dass du einen hast. Sach mal, ist das nicht dein Sohn? Mensch, groß bist du geworden, aber ein paar Geburtstage hast du auch schon gefeiert, ne?«

»Charmant, charmant«, warf ich ein.

»Und wann kommst du wieder?«, fragte der Nachbar meine Mutter.

»Och, so ein, zwei Tage wird das wohl schon dauern.«

»Soll ich auf deine Blumen aufpassen?«, brachte der Nachbar die höchste Vertrauensstufe auf dem Dorf ins Spiel. Meine Mutter antwortete: »Ich hab nur Kakteen. Die halten das aus. Und ich hab auch nur ein Bier im Kühlschrank. Das bringt dir also nichts, wenn du aufpasst.«

»Mensch, du. Du hast immer den richtigen Spruch auf den Lippen. Also, das muss man dir lassen. Also, wenn ich noch ein bisschen jünger wäre, du ...«

»Wir müssen echt los!«, sagte ich in die Runde. Ich wusste nicht so recht, was ich damit eigentlich genau ausdrücken wollte, aber ich wusste, dass es richtig war, das Gespräch zu beenden. Wir verteilten uns an die vier Türen des Autos, um einzusteigen.

»Ich helf euch beim Ausparken«, bot der Nachbar an, aber seine Bewegungen beim Rückwärtsausparken meiner Mutter waren so übertrieben, als würde ein Fluglotse versuchen, einen Kampfjet nicht auf, sondern genau neben dem Flugzeugträger landen zu lassen.

»Der säuft und säuft und säuft. Die Leber von dem muss aussehen wie ein Schweizer Käse. Aber der hält sich. Der wird bestimmt hundert«, sagte meine Mutter.

»Nicht ganz, aber so ungefähr«, sagte der Tod, während meine Mutter im ersten Gang gemächlich unsere kleine, graue Straße hinunterfuhr. Ich boxte dem Tod von hinten fest auf das Schulterblatt, das über die Lehne hinausragte.

»Stimmt doch!«, sagte er empört, und ich zischte: »Halt die Schnauze!«

»Du hörst auf zu boxen da hinten. Und redest deutlicher. Man kann ja gar nichts verstehen. Nimm den Lappen aus dem Mund!«, übernahm meine Mutter die Reiseleitung und fuhr fort: »Und wir beide, Sophia, wir werten diese Reisegruppe also mal optisch ein wenig auf, was?«

»Auf jeden Fall, meine Werteste!«, sagte Sophia.

Meine Mutter war bester Laune.

»Ach, schön ist das mit euch. Schönschönschön. Auf geht's. Wisst ihr? Da muss man jetzt mal gucken, wie man die Sache sieht. Also, ich bin jetzt auch nicht mehr die Jüngste.«

»Aber, aber ...«, wandte der Tod ein.

»Nein, nein!«, fuhr ihm meine Mutter dazwischen und legte beim Umschalten des Gangs ihre Hand ganz beiläufig auf seinen Oberschenkel. Der Tod drehte sich um und grinste mir ins Gesicht.

»Man muss nur gucken, wie man auf so was guckt.«

Wie meine Mutter es schaffte, sich die ganze Welt mit dem Wort »gucken« zu erklären.

»Guckst du mal eben, ob von rechts etwas kommt«, bat meine Mutter den Tod, und ich zögerte, ob ich den Tod fragen sollte, wie es um seine Vertrautheit mit

204

Verkehrsregeln und der Geschwindigkeit sich nähernder Objekte bestellt war.

»Frei wie ein Vogel im Wind«, sagte der Tod, und meine Mutter kiekste.

»Man muss gucken, wie man die Sache sieht. Ich bin nicht mehr die Jüngste. Ich habe mein Enkelkind nur einmal gesehen. Und dann kommt mein Sohn vorbei, bittet mich um Hilfe, hat meine allerliebste Schwiegertochter in spe dabei, und noch dazu bringt mein seltsamer Sohn einen ganz normalen Freund mit nach Hause. Und dann nehmen die drei mich auch noch mit auf einen Trip. Das sollte ich mal meinen Freundinnen erzählen. Blass vor Neid würden die werden.«

Während sie in dieser Vorstellung versank, drehte sie den Klassiksender im Radio ein wenig lauter, und wir bogen auf die Landstraße, die uns zur Autobahn in den Süden bringen sollte.

27

Wir quälten uns durch Dörfer, die auf -stedt oder -au endeten und in denen man noch Rentner in Autos sah, deren Nummernschilder Ortskennungen hatten, die seit der Eingemeindungswelle der Siebzigerjahre nicht mehr gestanzt wurden. Diese fuhren zu Supermärkten, die ihnen zu groß waren und in denen sie immer dachten, niemand brauche so viele Produkte, und in denen sie dann eben diese Dinge kauften, die von der Streichung aus dem Sortiment bedroht waren. Matjes in Aspik, Trockenshampoo, Sahnesteif und Bügelstärke. Nie saß eine Frau am Steuer dieser Autos, wir sahen nur Männer. »Nee, fahr du mal!«, sagten die Frauen, nachdem sie nach zwanzig Ehejahren doch noch den Führerschein gemacht hatten.

Wir fuhren durch Orte, in denen die Uhrmacher dichtgemacht hatten, weil niemand mehr Uhren verschenkte, denn es wurden nicht mehr so viele Kinder geboren, die man hätte konfirmieren können. Dafür gab es jetzt Spielhallen, in denen Geld ausgegeben wurde, das man nicht hatte. Fröhlich leuchtende Schilder bewarben dieses unheilbringende Hobby, und eine Baustelle deutete darauf hin, dass demnächst ein weiterer Supermarkt eröffnen würde, denn der alte hatte seine Funktion als Abschreibungsprojekt verwirkt.

»Abschreiben ist auch eine Sache, die tendenziell nur Arschlöcher machen«, dachte ich, und mein Kleinhirn klopfte an, um mich daran zu erinnern, dass ich nicht die geringste Ahnung hatte, was eine Abschreibung eigentlich sein könnte. Und während wir an einer innerörtlichen Baustelle vor einer provisorischen Ampel anhielten, betrachtete ich in den Seitenstraßen Eigenheim an Eigenheim.

Und dazwischen die Gärten als gepflegte Lücken, sodass man seinen Nachbarn im gebührenden Abstand beobachten und bewerten konnte. »Man braucht nur einen Blick in den Garten und in den Einkaufswagen eines Menschen zu werfen und schon weiß man, woran man ist«, sagte meine Mutter immer.

Hier passierte nichts bis zum nächsten großen Krieg. Was nicht schlimm war. Es war nicht schlimm, wenn nichts passierte. Denn wenn nichts passierte, passierte nichts Schlimmes.

»Eine Sache durch sich selber zu erklären hat keinen Sinn, hört sich aber gut an«, hörte ich meinen alten Englischlehrer mit erhobenem Zeigefinger im Klassenraum sagen. Offensichtlich wohnte der inzwischen direkt neben meiner Stimme im Hinterkopf.

Die Ampel sprang um auf Grün, meine Mutter schaltete zu spät in den ersten Gang, und ich freute mich

darüber, dass ich mich inzwischen so sehr auf Fried-
lichkeit konditioniert hatte, dass ich keinen schnippi-
schen Schnalzlaut machte, zu tief ausatmete und ein
»Ooooch« ausstieß, das rauskam, wenn man im Wort
»Rochen« zu lange das »ch« aussprach.

Ich sah zu, wie meine Mutter alles langsamer machte, als ich es machen würde, aber ich fand es gut, denn
ich konnte von hinten sehen, wie entspannt ihre Ge-
schichtszüge waren. Dieses kleine Abenteuer, das ihr
durch den Tod geschenkt wurde, zauberte ihr ein
friedliches Seligsein auf das Gesicht, eine würdevolle
Schönheit, was einen erahnen ließ, wie gut sie einmal
ausgesehen haben musste, damals, als sie schwanger
mit mir durch die Straßen unseres Ortes gegangen war.

Wie es aussah, lief meine Zeit früher ab als ihre. Ich
war nur noch für zwei Sachen gut: Meine Mutter in
der mir verbleibenden Zeit so glücklich wie möglich
zu machen, und sie darauf vorzubereiten, dass ich früher sterben würde als sie.

28

Ein später Morgen, ein früher Vormittag erhob sich langweilig über einer Landschaft, die ausstrahlte, dass es okay war, in keinem Reiseführer der Welt aufzutauchen, und unser Auto fuhr – alle deutschen Verkehrsgesetze für immer einhaltend – auf der Bundesstraße hinaus aus dem Ort. Die Reihen der Bäume, die die Felder begrenzten, waren vom Wind geformt.

Ich wollte diesen Kram noch länger sehen. Meine Augen hatten Durst, und mein Sein hatte Angst. Tod ist wie Krieg. Plötzlich ist das da, was man sonst nur aus dem Fernsehen kennt.

Ich hatte all diese Gedankenspiele immer geliebt. »Was ist dein Lieblingsessen?«; »Was ist das Erste, an das du dich erinnern kannst?«; »Was waren die größten Schmerzen deines Lebens?«; »Was war dein Lieblingskleidungsstück als Kind?«; »Wann wurdest du das letzte Mal von deinen Eltern ermahnt?«; »Was wolltest du als Kind werden?«; »Hast du mal an Gott geglaubt?«; »Was ist dein Lieblingsfilm?«; »Was tust du gerne, was andere nicht gerne tun?«; »Was ist die längste Konstante in deinem Leben?«; »Was machst du, wenn du nicht einschlafen kannst?«; »Welches Poster hing in deinem Zimmer?«; »Welche drei Dinge würdest du mit auf eine einsame Insel nehmen?«; »Was würdest du essen, wenn du immer das Gleiche essen müsstest für den Rest deines Lebens?«; »Was würdest du tun, wenn du noch drei Tage zu leben hättest?«; »Hast du schon mal etwas Übersinnliches erlebt?«; »Wovor hattest du als Kind Angst?«; »Wann hast du dir das letzte Mal in die Hose gepinkelt?«; »Hast du ein Geheimnis, das wirklich niemand kennt?«

Und das Witzige war: Jetzt, wo die Beantwortung all dieser Fragen wirklich sinnvoll wäre und die Fragen nicht nur dafür da waren, eine Party in Schwung zu bringen oder eine peinliche Stille zu überbrücken, würde ich sie alle mit »Egal« beantworten. Und »Apfelbaum pflanzen« kam mir irgendwie genial vor.

Ich war auf einer Reise mit dem Tod, um mich von meiner Mutter und meinem Kind zu verabschieden. Und von Sophia, die minütlich mehr und mehr Platz in meinem Herzen einnahm. »Endlich mal was los«, dachte ich. »Schön. Schönschönschön! Toll! Tolltolltoll!«

Zu allem Überfluss fingen der Tod und meine Mutter jetzt vorne an, gemeinsam das Orchester zu dirigieren, das aus den alten Boxen des Autos schallte. Meine Mutter bediente das Lenkrad mit der linken Hand und stiftete das unsichtbare Orchester mit den Zeigefingern zu Höchstleistungen an. Der Tod war etwas extrovertierter und malte im Takt große U's in die Luft.

Meine Mutter schaute ihn an, ein schneller Blick voller Zuneigung.

Das Auto bog in eine Kurve, und der Tod ging übertrieben mit der Kurve mit in die Richtung meiner Mutter und machte »Uiiiiiiiihhhhhhhh«, und meine Mutter jauchzte vor Vergnügen, so, wie sie für mich seit zwanzig Jahren nicht mehr gejauchzt hatte. Und ich liebte den Tod dafür.

Meine Zeit lief ab. Viel Vergnügen hatte ich meiner Mutter in den letzten zwanzig Jahren nicht gerade bereitet. Und plötzlich dachte ich, dass diese ganze unversöhnliche Härte, mit der ich dem Leben und seinen Menschen gegenübergestanden hatte, Zeitverschwendung gewesen war und dass ich vom Tod etwas über das Leben lernte.

Und das konnte ich nur lernen, weil ich vorher nichts gewusst hatte. Und das gefiel mir. Die Arbeit am Glück unter dem Licht des Todes.

Von vorne rechts auf dem Beifahrersitz war abhängig, wie lange das hier noch dauerte, und ich war dankbar für jede Sache, an die sich meine Mutter in Freude länger als fünf Jahre erinnern würde. Die Kurve wurde zur Geraden, und wieder machte der Tod »Uiiiiiiiihhhhhhh« und tat so, als wäre meine Mutter so radikal gefahren, dass sein Kopf durch die Fliehkraft gegen die Scheibe gepresst wurde.

»Du fährst ja wie der Henker«, sagte der Tod.

Meine Mutter schaute ihn streng an und sagte: »Fahr nie schneller, als dein Schutzengel fliegen kann!« Und ich verdrehte ächzend in Agonie die Augen, weil meine Mutter einen der schlechtesten Lastwagenfahreranhängeraufkleber zitiert hatte, und ich gab ein episches »Chooooh« von mir.

Der Tod lachte meckernd wie eine Ziege, und plötzlich krallte sich Sophia so fest in meine Hand, dass ich wusste, wenn sie jemals, was ich nicht hoffte, ihre Hand wieder aus der meinen nehmen würde, blieben Abdrücke ihrer Fingerkuppen zurück, in die das Blut erst wieder zurückfließen musste.

Ich war so hungrig gewesen nach einer Berührung von Sophia und nun so überrascht, dass meine Stirn in Sekunden von kaltem Schweiß getränkt wurde. Mein Herz schlug so heftig, dass ich spüren konnte, wie meine Lungenflügel in Bewegung gesetzt wurden. Wenn ich es nicht besser gewusst hätte, würde ich denken, dass sich so ein Herzinfarkt ankündigte.

Sophia schaute mich an, und ich versuchte in ihrem Blick etwas zu lesen, was mir den Grund für ihre plötzliche Berührung verriet. Mitleid oder Abschied? Überforderung oder Angst? Trauer oder: »Ich pack dich noch mal an. Ich weiß ja, dass du das gut findest, du poloniophiler Drecksack!« Sie war der einzige Mensch, der Komplimente in Beschimpfungen verpacken konnte.

Es war mir egal.

Ich liebte ihre Berührung so sehr, und mein ganzer Körper erinnerte sich wieder an die Art, wie sie mich früher berührt hatte. Mit einer Mischung aus Stärke und Zuneigung.

Und ich war wieder verliebt in Sophia, aus den besten Gründen, warum man in einen Menschen verliebt sein konnte. Meine Mutter mochte sie, ich mochte sie, es gab keinen Menschen auf der ganzen Welt, der so war wie sie, was mich exklusiv werden ließ. Sie war eine Option auf Ruhe, und sie verstand meine Seele so tief und schnell, dass sie mehr über mich wusste als ich.

Und sie sah geil aus. Und schön und elegant und nach dem, was sie war. Ein verlorenes Mädchen, das sich nicht finden lassen wollte. Burgfräulein und Ritter in einem.

»Jetzt bist du auf deine letzten Tage auch noch verliebt! Schöne Scheiße!«, dachte ich, und irgendwie war ich glücklich.

»Und du magst klassische Musik?«, fragte meine Mutter den Tod und warf mir über die Schulter einen vielsagenden Blick zu.

Sophia ließ meine Hand los, tat so, als wäre nichts passiert, und das Blut floss zurück an die Stellen in meiner Hand, wo eben noch ihre Fingerkuppen gewesen waren.

Klassische Musik war eine Ordnungseinheit von einer so epochalen Wichtigkeit, dass Beethoven und Tschaikowski im Himmel abgeklatscht hätten, wenn sie gewusst hätten, wie sehr meine Mutter sie liebte.

Klassische Musik unterschied sie von allen anderen.

Von den Frauen, die drei Kinder von drei Männern hatten, von den von Fertigprodukten aufgeschwemmten Körpern, die sie im Supermarkt grüßten, weil sie dort schon seit Dekaden einkaufen ging, von den Wintergarten- und Zweitwagen-Besitzern und von allen Dingen, auf die sie in ihrem Geist mit einer Etikettiermaschine das Wort »modern« geklebt hatte.

Klassische Musik war ihr Tor zur Vergangenheit und ihr Mittel, sich im Alltag zu positionieren. Voller Freude saß sie abends am Esstisch, löste Kreuzworträtsel und hörte sich alte Platten an, auf denen das Gütesiegel eines jeden Klassikfreundes zu sehen war: das gelbe Zeichen der Deutschen Grammophon.

Andere vertrauten auf die Stiftung Warentest, noch andere auf das DLG-Qualitätssiegel oder den Mercedesstern. Meine Mutter vertraute auf das Zeichen der Deutschen Grammophon, ließ die alten Platten von einem noch älteren Plattenspieler abspielen und versank in den Tönen, bewegte ihren Kopf zu den Geigenbögen und trommelte mit ihren kleinen, alten Fingern die Rhythmen von Mozart bis Ravel nach.

Eine der größten Enttäuschungen ihres Lebens war, dass ich ihre Liebe zur klassischen Musik nicht teilte. Ich war in jungen Jahren durch so viele klassische Konzerte gescheucht worden, dass ich mich von dieser Überdosis nie wieder erholt hatte.

In ein kleines Jackett gesteckt, hatte ich meine Mutter und meinen Vater zu Klassikkonzerten, Kammerkonzerten, Operetten, Singspielen, Sinfonien, Liederzyklen begleitet.

In der Pause gab es ein Glas Sekt für meine Mutter, ein Glas Orangensaft aus einem Sektglas für mich und für meinen Vater ein Bier.

»Musst du immer der Einzige sein, der in der Pause ein Bier trinkt? Das ist doch peinlich!«, sagte meine Mutter immer und immer wieder, und ich hatte den Klang dieses Satzes schon für immer in meinem Ohr, bevor ich überhaupt genau verstanden hatte, was er bedeutete.

Die Antwort meines Vaters: »Sekt ist das, was man trinkt, wenn das Bier alle ist!«, verstand ich auch nicht, behielt es aber genauso in meinem Hirn.

Mein Vater kam nur mit, um meiner Mutter einen Wunsch zu erfüllen. Den Wunsch, dass er mitkommt.

Dafür nahm er sich aber den Luxus heraus, so abwesend zu gucken, dass manch einer gedacht haben musste, meine Mutter hätte einen gleichaltrigen Autisten mitgenommen.

Nicht nur, dass er abwesend durch den Empfangsbereich diverser Konzertsäle blickte. Er schnitt auch noch Grimassen, wenn meine Mutter nicht schaute, sodass sich häufig der Orangensaft seinen Rückweg durch meine Nase bahnte.

»Könnt ihr euch nicht einmal benehmen? Die Leute gucken schon!«, sagte meine Mutter.

»Herrgott, lass sie gucken. Du hast nur gesagt, dass ich mitmuss. Nicht, was ich tun darf.«

»Und lass Gott aus dem Spiel«, sagte meine Mutter dann immer, und mein Vater hatte bereits gewusst, dass diese Antwort kommen würde.

Und meine Mutter schüttelte den Kopf über ihre »zwei Chaoten-Idioten«, wie sie uns immer nannte, wenn wir uns nicht ihr entsprechend verhielten.

»Ist doch gar nicht so schlecht bis jetzt«, sagte mein Vater. Und selbst ich als Kind hatte ein Gefühl dafür, dass dieser ironisch gemeinte Satz in tiefer Liebe für meine Mutter gesagt worden war.

»Gar nicht so schlecht? Das ist Musik, die die Zeit überdauert!«, sagte meine Mutter.

»Wie Fußball!«, sagte mein Vater und zwinkerte mir zu.

Und wie so oft beendete zum Glück der Gong, der das Ende der Pause bedeutete, das Gezanke meiner Eltern.

Der Tod: »Ich liebe klassische Musik.«

Ich: »Du lügst. Neulich hast du noch gesagt, dass du klassische Musik zu traurig und zu ... zu ... langatmig findest.«

Der Tod: »Na ja, man muss sich schon Zeit nehmen für klassische Musik. Aber wenn man das einmal gemacht hat, dann bleibt sie einem ein Leben lang.«

Der Tod drehte am Lautstärkeknopf und erzählte unglaublichen Unsinn, den er sich gerade ausdachte, um meiner Mutter zu gefallen.

Meine Mutter und der Tod sahen von hinten aus, als würden sie den Streitwagen der Kultur fahren. Gut gelaunte Römer auf dem Weg in die Schlacht. Und hinten saß Romeo mit Julia. Und mit einer Hand, die noch leicht pochte.

Wir rollten im Nieselregen einem Kampf entgegen, von dem ich weder wusste, wie er aussah, noch, wer ihn gewinnen würde. Ich wusste nur, es ging nicht um Leben und Tod, sondern einfach nur um den Tod.

29

»Mich dünkt, dass mein feiner französischer Magen mir ein leichtes Hungergefühl signalisiert«, formulierte meine Mutter einen ihrer zwanzig hugenottischen Lieblingssätze.

»Da sind wir an einer Raststätte schlappe fünfhundert Kilometer entfernt von Paris natürlich genau an der richtigen Stelle!«, sagte ich. »Können wir nicht einfach weiterfahren?«

Und schon war ich wieder dieses quengelige Kind, das nicht mit seiner Mutter in Gesellschaft auftauchen wollte. Es gab einfach viel zu viele Fallstricke, die mich mein durchaus auch vorhandenes Hungergefühl vergessen ließen. Unfreundliche Bedienungen und die Standpauken, die sie von meiner Mutter zu erwarten hatten, die widerwillige Behäbigkeit, mit der meine Mutter vor WC-Eingangskontrollautomaten stand. Die übervollen Speisekarten in Raststätten, die meine Mutter dadurch umschiffte, dass sie am dafür unpassendsten Platz des Universums fragte: »Was können Sie mir denn empfehlen?« Ferner Gespräche mit unbeteiligten Dritten, die immer von Sätzen wie »Ach, Sie auch?«; »Das ist ja ein Zufall!«; »Entschuldigen Sie, wenn ich mich einmische, aber ...!« und »Das ist aber auch ein Wetter draußen!« eingeleitet wurden.

»Also ich könnte auch was essen«, sagte Sophia halb aus Hunger, halb aus sadistischer Freude darüber, mich in einer mir unangenehmen Situation erleben zu können.

Der Tod war damit beschäftigt, die Ouvertüre von Orpheus aus der Unterwelt zu dirigieren. Heiter wies er auf die Geigen in Richtung meiner Mutter und sang mit tiefer Stimme die Basstöne nach: »Bommbomm-bomm«. Meine Mutter nickte im Takt.

Sie sang schief die Oboe mit. »Ich hab ihm ja mal Oboeunterricht bezahlt«, teilte sie dem Wagen mit.

Ich: »Ich wurde ja nicht gefragt!«

Mutter: »Als du jung warst, wurden Kinder auch noch nicht gefragt. Was denkst du denn, was die Hugenottenkinder damals gesagt hätten, wenn man sie gefragt hätte: ›Hast du Lust zu flüchten?‹«

Ich: »Von Oboeunterricht zur Flucht in unter zehn Sekunden! Kann hier jemand die leichte Übertreibung erkennen?«, versuchte ich Unterstützung einzuholen.

Sophia: »Also, die Momente mit meinem Vater am Klavier waren die schönsten meiner Kindheit. Erst hat er immer überprüft, ob noch alle Töne stimmen. Und jeden Ton mitgesungen. Von unten nach oben und wieder zurück. Wie ein verrückter Opernsänger. Und immer, wenn er einen Ton gefunden hatte, der nicht zu hundert Prozent stimmte, hat er gesagt: ›Sophia, da hat wieder der Tonteufel ins Klavier gepupst. Den müssen wir jetzt austreiben!‹ Und dann hat er den Stimmhammer genommen und den Ton korrigiert. Und dann haben wir stundenlang vierhändig Klavier gespielt, obwohl ich wusste, dass er müde war vom Tag. Und er hat immer den Takt vorgegeben: ›Jamm-pammpammjammpammpamm!‹ und dann hat er immer gesagt ›Wer sich nicht verspielt, bekommt nachher noch einen Kakao, mit Sprühsahne und Schokoraspeln oben drauf‹. Und auch wenn ich mich verspielt habe, habe ich trotzdem den Kakao bekommen. Und immer stand ich neben ihm beim Kakaomachen, und wenn er die Sprühsahne auf den heißen Kakao in der Tasse gesprüht hat, habe ich mich daneben gestellt und den Mund aufgemacht und dann hat er mir den Mund mit Sprühsahne vollgemacht. Das war der beste Geschmack auf der ganzen Welt.«

Meine Mutter sagte: »Ohhhh! Ist das niedlich!«

Der Tod: »Also, ich habe leider ganz ohne Musik gelebt!«

»Wie kann man einem Kind so etwas nur antun? Dafür kennst du dich aber sehr gut aus«, erwiderte meine Mutter.

»Wenn ich Musik höre, sauge ich sie sofort in mich auf und habe das Gefühl, als würde sie mich niemals mehr verlassen!«, schwelgte der Tod.

Diese absoluten Müttersätze, die der Tod fand, ließen mich mit Schaudern und Neid zurück.

Der Cancan-Teil begann, und begeistert fingen Sophia und der Tod an, ihre imaginären Röcke zu raffen und den Kleinwagen meiner Mutter in ein Pariser Varieté zu verwandeln. Meine Mutter war außer sich. Es war das Höchstmaß an Frivolität, das sie aushalten konnte, aber auch sie war gerne am Limit. »Jaaaatatdatdataaatdaaaa!«, machte sie den Kapellmeister.

Orpheus verabschiedete sich, die Tänzerinnen gingen zurück hinter den Vorhang, meine Mutter setzte den Blinker rechts, wir suchten einen Parkplatz auf der Autobahnraststätte und stiegen aus.

Wie ein Schuhkarton lag das Restaurant neben einer Tankstelle, umrandet von nass leuchtenden Tannen, die nur aus einem Grund gepflanzt worden waren. Damit sie schnell wuchsen. An der Tankstelle steckte ein Tanklaster seinen Schlauch in ein unterirdisches Tanklager, und der Tanklasterfahrer stand daneben, rauchte und starrte in unsere Richtung. Wir fielen offenbar auf.

Drei Menschen um die vierzig und eine Frau über siebzig, wobei die Siebzigjährige die Fahrerin war, so was reichte in diesem Landstrich, und wahrscheinlich überall anders auch, aus, um Aufmerksamkeit zu erregen. Ein Ehepaar stand unter dem schützenden Dach der Tankstelle und unterhielt sich über das Auto hinweg. Ihre Gesten ließen einen Streit erahnen und das Kind, das hinten im Auto saß, schaute interessiert in unsere Richtung, während wir auf die Raststätte zugingen.

Beim Näherkommen wurde mir klar, dass das Kind nicht uns anguckte, sondern den Tod.

Ich schaute ihn an und bemerkte, dass auch er das Kind anschaute.

Das Kind hob hinter der regentropfennassen Scheibe die Hand und winkte dem Tod mit einem leichten Lächeln auf den Lippen zu.

Und der Tod winkte lächelnd zurück.

Ich ließ mich zurückfallen und fragte ihn: »Kennst du den?«

Er: »Ich kenne alle.«

Ich: »Aber warum winkt dir das Kind zu? Stirbt das auch, oder was?«

»Also du denkst auch immer das Schlimmste von mir, oder? Du stigmatisierst mich«, sagte der Tod empört. »Aber lass mich kurz nachgucken ...« Und seine Augen schoben sich so weit unter die Lider, dass man nur noch das Weiße sehen konnte, und er atmete stöhnend aus.

Ich: »Was machst du da? Wenn meine Mutter das sieht. Die denkt doch, du kollabierst!«

Er: »Ich schaue nach, ob das Kind stirbt! Wolltest du doch wissen. Halt die Klappe, ich muss mich konzentrieren.«

»Kommt ihr bald mal, oder wollt ihr euch eine Erkältung holen?«, bellte meine Mutter aus der Ferne.

»Wir kommen ja gleich!«, rief ich zurück. »Geht schon mal rein und sucht euch einen Platz.«

Der Tod war stehen geblieben, und ich schaute ihn an. Er sah mächtig und angsteinflößend aus. Seine Augen wanderten zurück an ihre Normalposition und waren stark gerötet.

222

Er: »Nein, der stirbt noch lange nicht.«

Ich: »Aber warum grüßt der dich dann?«

Er: »Er hat ein Gefühl dafür, was ich bin. Dass ich fremd hier bin und trotzdem da. Und deswegen grüßt er mich. Kinder reden ja auch einfach mit Tieren. Geht in dieselbe Richtung. Kannst du dich erinnern, was du vor der Tür zu Hause gesehen hast, als wir mit dem Anderen gekämpft haben?«

Ich: »Fällt mir relativ schwer, das zu vergessen.«

Er: »Er sieht einen Teil davon. Er hat eine Ahnung von dem, was ich sein könnte. Er sieht in die Zwischenwelt.«

Ich schüttelte den Kopf, aber ich hätte auch nicken können.

Aus den Augenwinkeln konnte ich beobachten, wie die Eltern des Jungen diskutierend zum Zahlen in die Tankstelle gingen.

Ich: »Und wie geht es jetzt weiter?«

Er: »Das weiß ich so wenig wie du. Man wird sehen.«

Der kleine Junge schälte sich vom Rücksitz, öffnete die Tür des Autos und kam auf uns zu.

»Wer bist du?«, fragte der Junge, und sein Tonfall verriet, dass er dem Tod diese Frage angstfrei und interessiert stellte.

»Ich bin der Tod, und das hier ist mein Freund«, sagte der Tod.

»Meine Oma ist auch tot!«, antwortete der Junge.

»Ich weiß«, sagte der Tod, »ging nicht anders.«

Junge: »Aber wir waren alle so traurig.«

Der Tod: »Aber wenn keiner sterben würde, wäre die Welt viel zu voll.«

»Ist sie jetzt ja auch schon«, sagte der kleine Junge.

»Ja, das stimmt«, sagte der Tod.

»Und was machst du hier?«, fragte der Junge den Tod.

»Na ja, eigentlich wollte ich meinen Freund hier mitnehmen. Aber uns ist was dazwischengekommen. Jetzt müssen wir seinen Sohn besuchen und kämpfen.«

»Kämpfen? Kann ich mitkommen?«, fragte der Junge.

»Ja, wir können Kinder immer gut gebrauchen bei dem, was wir tun«, sagte der Tod.

»Alter, bist du nicht ganz dicht?«, herrschte ich ihn an.

»Kleine Kinder sind bei Schlachten immer gut, weil kleine Kinder glauben.«

»Ihr geht in eine Schlacht?« Die Begeisterung des Jungen war kaum zu bändigen.

Ich: »Nein, wir gehen nicht in eine Schlacht, wir fahren nur in den Urlaub zu meinem Sohn.«

Kleiner Junge: »Mit dem Tod fährst du zu deinem Sohn? Aber das ist ja so, als würde ich mit den Monstern unter meinem Bett Mensch-ärgere-dich-nicht spielen? So was macht doch keiner! Wohnt dein Sohn nicht bei dir?«

Flapsige, intelligente Kinder – wer liebt sie nicht?

Es war so kompliziert geworden zu kommunizieren, seitdem der Tod an meiner Seite war. Überall wimmelte es von sprachlichen Minen, die jederzeit durch einen unaufmerksamen Schritt explodieren konnten. Und ich erinnerte mich, warum ich so schweigsam war. Ich fand es einfach anstrengend zu reden.

»Es gibt keine Monster unter dem Bett«, sagte ich und bemerkte, wie es mich schmerzte, dass ich diese ganzen Dinge nicht getan hatte, die man tut, wenn man ein Kind hat. Mit einem Staubsauger, den man Monsterwumme nennen könnte, und einer Taschenlampe bewaffnet unter dem Bett nach Monstern suchen, während das Kind von oben verkehrt herum zuschaut.

»Du kannst leider nicht mitkommen. Unser Auto ist voll«, versuchte ich es mit einem Argument, das auch Kinder verstehen können.

»Wenn vier Erwachsene in einem Auto fahren, ist in der Mitte hinten immer noch ein Platz frei!«, sagte der kleine Junge mit dieser Stimme, die Kinder haben, wenn sie sich schlauer als Erwachsene fühlen.

»Hast du schon mal davon gehört, dass Kinder einfach so bei fremden Menschen im Auto mitfahren?«, fragte ich.

»Hmmh«, überlegte der kleine Junge. »Nein!« Ich war beruhigt.

»Aber ich habe auch noch nicht erlebt, dass einer mit dem Tod auf Reisen geht, um seinen Sohn zu besuchen. Wie alt ist dein Sohn?«

Ich: »Acht.«

»Wie ich!«, freute er sich, weil sich Kinder aus irgendeinem Grund über so was freuen können.

»Na, das passt doch«, zählte der Tod eins und eins zusammen.

Ich: »Mann, Kinder steigen doch nicht einfach zu Fremden ins Auto. Das geht nicht! Was würden deine Eltern wohl sagen, wenn du plötzlich weg bist?«

»Die würden sich freuen. Dann müssten sie sich wegen mir nicht mehr streiten.«

Es musste damit zu tun haben, dass ich dem Tod näher war als dem Leben. Dieser Junge brach mir fast das Herz.

Ich hatte eine kindliche Sicht auf die Dinge zurückbekommen. Das Morgen war egal, wenn heute etwas Gutes passieren konnte. Was jetzt war, war alles, und das Morgen eine Zeit, die so uninteressant schien, dass sie keine Wichtigkeit hatte.

Ich wollte jetzt Sophias Hand wieder spüren, nicht morgen. Ich wollte es jetzt, und das für immer.

Die Erlernung des Verzichts war die Unterrichtsstunde in der Schule des Lebens, die für mich und den kleinen Jungen keinen Sinn machte. Für mich nicht in meinem Leben, und für den Jungen nicht an dieser Tankstelle mit seiner total korrekten Einschätzung der Situation.

»Hören Sie sofort auf, mit unserem Kind zu reden! Jonathan, komm da weg!«, rief die Mutter. Ihre kunstvollen blonden Strähnen ließen darauf schließen, dass in dieser Familie beide Elternteile arbeiteten.

»Er hat uns angesprochen!«, sagte der Tod.

»Was hast du gerade gesagt?« Der Vater näherte

sich, und er wandte eine weitere Kombination an, eine Situation schnell eskalieren zu lassen: das Duzen von fremden Personen verbunden mit Drohgebärden.

Ich sagte: »Nur wer sich siezt, kann sich später duzen.«

Ich verspürte keine Lust mehr, auch nur einen Zentimeter zurückzuweichen.

Er: »Was hast du gesagt?«

»Er hat gesagt: ›Nur wer sich siezt, kann sich später duzen!‹«, wiederholte der Tod.

»Was reden Sie hier überhaupt mit unserem Kind?«, schrie die Mutter hysterisch, aber unsere erste Lektion hatte sie gelernt.

»Ich ruf gleich die Polizei!«

Offenbar war sie doch um eine weitere Eskalation bemüht.

»Aber ich habe die Leute wirklich zuerst angesprochen!«

»Du hältst den Mund. Das geht dich nichts an«, herrschte der Vater seinen Sohn an.

»Das geht dich nichts an!«, äffte der Junge seinen Vater nach.

»Der lässt sich nichts gefallen«, dachte ich.

Der Vater: »Sprecht ihr häufiger kleine Kinder auf Autobahnraststätten an?«

Ich: »Lassen Sie häufiger Ihr Kind alleine, sodass es fremde Männer ansprechen muss?«

Mir war alles scheißegal.

»Denkst du, dass wir dein Kind missbrauchen oder kidnappen wollen? Oder beides?«, fragte ich.

227

»Was heißt ›missbrauchen‹, Mama?«, fragte der Junge.

»Dieses Kind ist wie ein Berg«, dachte ich.

Und der Vater gab seinem Kind eine Ohrfeige, die schallend von den gekachelten Wänden der Tankstelle widerhallte.

»Eh«, rief der Tanklasterfahrer zu uns herüber. »Alles gut bei euch?«

»Und dir hau ich jetzt ein paar auf die Schnauze!«, sagte der Vater und hob seine Fäuste so, wie er es in den Boxkämpfen im Fernsehen von seinem Sofa aus gelernt hatte.

»Das würde ich lassen. Erstens gilt die Unschuldsvermutung.«

Das sagte ich, weil ich das, wiederum selber auf dem Sofa sitzend, in Gerichtssendungen gelernt hatte.

»Und zweitens stirbt jeder sofort, der meinem Kumpel hier eine auf die Omme haut!«

Plötzlich benutzte man ein Wort, das man seit der Zeit auf dem Schulhof nicht mehr verwendet hatte, wenn man in Krisensituation war. »Omme«.

Der Tod ging einen schnellen Schritt auf den Mann zu, fasste ihm an die Kehle, und ich sah, wie die Tankstelle plötzlich in blauen Flammen stand. Nur der Tanklasterfahrer, der kleine Junge und seine Mutter waren wie in einer Blase eingefroren.

Alles um uns herum hatte wieder diese dampfende, brennende Hülle, und ich wusste, dass der Vater genau das hörte, was ich hören konnte: »Ich bin der Tod. Ich kann alle Dinge tun, die ich will. Und wenn ich noch einmal spüre – und geh du mal schön davon aus, dass ich alles spüren kann auf der ganzen Welt –, wenn ich noch einmal spüre, dass du deinen Sohn doller anfasst, als er es will, dann schwöre ich dir, komme ich vorbei, und dann hole ich dich ab. Dann ist das alles hier für dich vorbei. Vorbei! Vorbei!« Und bei jedem »Vorbei« konnte ich sehen, dass der Tod die Kehle des Mannes ein Stück fester zudrückte. Kleine Flammen züngelten zwischen den Knöcheln seiner um die Kehle des Mannes gelegten Hand hervor.

Und als er sie zurückzog, war alles wieder normal.

Der Mann war wie vom Donner gerührt und vom Tode berührt und ließ seine Fäuste fallen.

»Komm, wir gehen jetzt!«, sagte er.

»Ich ruf die Polizei! Das mach ich jetzt!«, sagte die Frau.

Ich: »Und was willst du der Polizei sagen? Dass dein Kind mit zwei Männern geredet hat, während ihr getankt habt? Dass dein Mann uns Prügel angedroht hat, während dein Sohn betont, dass er uns angesprochen hat? Lass mich kurz überlegen, das gibt bestimmt minus zwei Tage Knast!«

Verwirrte Stille.

»Pass mal auf, Kleiner«, sagte der Tod zum Jungen.

»Jetzt hören Sie doch auf, mit unserem Jungen zu reden!«, kreischte die Mutter und versuchte ihren Sohn wegzuziehen, doch der Tod hielt ihn fest, wie man Menschen festhielt, denen man freundschaftlich etwas Ernstes mit auf den Weg geben möchte.

Und er tat das mit einer Aura, gegen die niemand

ankam, weil sie nicht aus dieser Welt war und dennoch so von dieser Welt, weil jeder spüren konnte, dass das, was der Tod sagen wollte, so von dieser Welt war. Er ging in die Knie, und alles war wie in Zeitlupe.

Er sagte: »Du kannst leider nicht mitfahren, was schade ist, denn du würdest gut zu uns passen auf unserer Reise. Ich werde aufpassen auf dich. Und du passt auf deine Eltern auf. Wir werden das hier nie wieder vergessen, und wir werden uns lange nicht sehen, aber wenn wir uns sehen, werden wir uns erkennen.«

Und er reichte dem kleinen Menschen die Hand und schüttelte sie, wie man jemandem die Hand schüttelte, den man lange nicht mehr sehen wird. Er erhob sich aus der Hocke. Die Eltern sagten nichts. Sie hatten keinen Zugriff auf die Situation, die sich gerade vor ihren Augen abgespielt hatte. Der Tod nickte dem Kind noch einmal zu. Die Eltern schoben den Jungen zum Auto.

»Beim nächsten Mal hau ich euch ein paar auf die Fresse, ihr Perversen!«, sagte der Vater, während er das Kind vor uns abschirmend wegführte.

»Mama, was ist pervers?«, hörte ich den kleinen Jungen seine Mutter fragen, der sich immer noch nach uns umdrehte, während er nach hinten ins Auto geschoben wurde. Zum Anschnallen war keine Zeit. Sie stiegen ein, fuhren mit quietschenden Reifen los, an uns vorbei, und wir sahen, wie die Insassen des Autos uns anstarrten.

Als die Heckscheibe auf unserer Augenhöhe war,

konnten wir den Jungen sehen. Er winkte uns ein letztes Mal zu, zeigte nach vorne zu seinem Vater und drehte seinen Zeigefinger schnell an seiner Schläfe, verdrehte die Augen und streckte die Zunge raus.

Der Tod und ich standen nebeneinander, und er fragte: »Was sollte das denn noch bedeuten, dieses Zeichen?«

Ich: »Er denkt, dass sein Vater nicht ganz dicht ist.«

Der Tod imitierte ungeschickt die Geste.

Ich: »Das war ein starker Auftritt gerade.«

Er: »Danke. Du warst aber auch ein guter Assistent. Sieht ganz geil aus mit den Flammen, ne?«

Ich: »Ja nu!«

Er: »Was, ja nu?«

Ich: »Wir sollten da jetzt reingehen.«

30

»Wo bleibt ihr denn?«, rief meine Mutter, nachdem sie durch die Glastür nach draußen getreten war.

»Ja, ja, wir kommen ja!«

Diese Szene erinnerte mich an früher, als die Mütter in den Sommerferien um halb eins durch die Straße riefen »ESSEN!« und man dann noch genau zehn Minuten Fußball spielen konnte, bis die Mütter zum zweiten Mal riefen.

Und wenn man dann nach zehn weiteren Minuten in die Küche gerannt kam, war das Essen schon erkaltet, so dass man es rasch herunterschlingen konnte, um möglichst schnell wieder weiterbolzen zu können.

»Was habt ihr denn so lange da draußen gemacht?«, fragte meine Mutter, und der Tod antwortete: »Wir haben mit einem Jungen geredet, der mit uns mitkommen wollte.«

Sie: »Einfach so?«

Er: »Einfach so!«

»Und du hast auch mit dem geredet?«, fragte mich meine Mutter.

»Nee, ich habe die Geschichte der Hugenotten ge-
lesen. Was denn sonst?«

Sie: »Du redest doch sonst mit keinem. Du redest ja
noch nicht mal mit mir! Weißt du was? Ich glaube,
dein neuer Freund hier tut dir richtig gut.« Sie legte die
Hand auf Mortens Arm, während wir durch das Drehkreuz gingen, das den Tankstellenbereich vom Restaurant trennte.

Ich sah, wie stolz meine Mutter war. Sie ging nicht,
sie schritt.

»Du bist wie verändert. Du bist viel gesprächiger und
freundlicher zurzeit. Nicht mehr so verhangen und mit
dem Kopf in den Wolken. Sonst kam von dir immer
nur ›Ja‹ oder ›Nein‹ oder ein ›Können wir das bitte
nach dem Fußball besprechen!‹ Schön ist das! Schönschönschönschön. Ich weiß ja nicht, was du mit ihm
gemacht hast, Morten, aber du hast es gut gemacht.«

Der Tod: »Ach, du weißt doch, wie er ist.«

Mama: »Wenn einer, dann ich!«

Der Tod: »Manche reden mit der Welt, und andere
reden mit sich.«

Ich: »Was ist das denn für eine Kalenderspruchschei-
ße?«

Der Tod: »Und immer, wenn er sich ertappt fühlt,
fängt er an zu fluchen.«

Mama: »Herrlich. Du bist zu herrlich, Morten.«

Wir erreichten den Tisch am Fenster, an dem sich Sophia schon niedergelassen hatte und konzentriert die
abwischbare Speisekarte studierte.

Wir bestellten unser Essen, schauten hinaus in die hereinbrechende Dämmerung, auf lettische Fernfahrer, die sich zwischen den Türen ihrer LKWs auf Propangasherden eine Suppe aufwärmten.

Meine Mutter erzählte irgendwas von irgendwelchen Leuten aus ihrem Bekanntenkreis. Sophia antwortete, und der Tod streute sich Salz auf einen Teelöffel, den er sich dann in den Mund steckte.

Er: »Mann, ist das salzig! Wie Zucker, nur andersrum.«

»Könnte damit zusammenhängen, dass das Salz ist!«, sagte ich und schämte mich ein wenig, weil das wieder genau diese Art war, von der meine Mutter noch vor wenigen Minuten behauptet hatte, ich hätte sie dank meines neuen Freundes abgelegt.

Der Tod fror von einer Sekunde auf die andere in seiner Bewegung ein und starrte aus dem Fenster.

»Was will denn der Typ mit seinem Schlitten da draußen?«, fragte Sophia. Vor dem Fenster stand ein großer schwarzer Wagen mit laufendem Motor, was wir daran erkannten, dass sich die Kühlerhaube immer wieder aufbäumte.

»Hab ich auch gerade gedacht«, sagte meine Mutter.

Das Fenster der Beifahrertür wurde heruntergefahren und gab den Blick frei auf eine Dunkelheit, die einem pechschwarzen Nachthimmel in nichts nachstand.

»Kannst du irgendwas erkennen?«, fragte meine Mutter Sophia.

»Nichts. Als ob da niemand im Auto sitzt.«

Der Tod und ich konnten sehr wohl etwas sehen. Tief im Auto konnten wir ein Augenpaar erkennen, das in unsere Richtung schaute. In einer unbeschreiblichen Farbe. Rotblau, aber ohne sich zu vermischen. Kalt und glühend zugleich. Tod war zu spüren. Hass zu sehen. Aus dem Auto kam Rauch wie aus einem Mund an einem kalten Wintermorgen, nur dass es für solch ein Phänomen zu warm und feucht draußen war.

Mama: »Kennt ihr den? Gruselig!«

Ich: »Ich kenne nur Menschen mit Autos, die unter zwanzigtausend Euro kosten.«

»Wir sollten los!«, sagte der Tod. »Ich habe sowieso keinen Hunger.«

»Wir haben doch gerade erst bestellt. Also mir knurrt der Magen!«, warf meine Mutter ein.

»Ich geh mal eben raus«, sagte der Tod.

»Wäre ja auch zu schön gewesen, wenn dein Freund ganz normal wäre«, sagte meine Mutter zu mir, als ihre Erbsensuppe gebracht wurde.

»Ich guck mal, was der draußen macht«, sagte ich und stand auf.

»Kann man nicht einmal in Ruhe essen?«

Die gute Laune meiner Mutter schwand zusehends.

»Lass sie. Wir lassen uns das Essen nicht verderben«, sagte Sophia.

Festen Schrittes ging ich dem Tod hinterher, der schon durch das Drehkreuz und die halbe Tankstelle war.

Von hinten hörte ich: »Sie müssen noch bezahlen! He, Sie haben noch nicht bezahlt.«

Der Ober der Raststätte hatte sich an unsere Fersen geheftet.

Als ich mich gerade umdrehen wollte, um ihm zu sagen, dass noch Leute am Tisch saßen, die durchaus in der Lage seien, unsere Rechnung zu begleichen, sah ich, wie der Tod sich umdrehte und dem Ober mit einem Blick in die Augen sah, der diesen in blanker Angst verstummt stehen ließ. Wie in Zeitlupe drehte sich der Tod wieder dem Tankstellenausgang zu. Ich lief ihm hinterher. Blitzschnell bog er rechts um die Ecke und überquerte den kleinen Gehweg, der sich um jede Tank- und Raststätte schlängelte.

Am Auto angekommen, schlug der Tod seine Faust mit übernatürlicher Kraft auf die Kofferraumklappe. Im gleichen Moment wurde im Auto die Bremse gelöst. Quietschend drehten die Reifen durch, und mein Tod versuchte, das Auto an der Kante des Kofferraums festzuhalten. Die Reifen des schwarzen Autos drehten weiter durch. Der Tod hielt es einfach mit der puren Kraft seiner Hände fest, erreichte, seine Finger in das Metall des Auto grabend, das heruntergelassene Fenster und brüllte etwas ins Auto, aber die durchdrehenden Reifen sorgten dafür, dass man nichts verstehen konnte.

Ich wusste nicht, was ich tun sollte, und so tat ich das wohl Dümmste, aber irgendwie auch Logischste, was ich in einer solchen Situation machen konnte: Ich versuchte, das Auto mit festzuhalten.

Der Tod schaute mich fassungslos an: »Was machst du da?«

Ich: »Ich helfe dir.«

Er: »Bist du irre? Lass los! Das geht dich nichts an hier. Das bringt so nichts.«

Ich: »Der im Auto will mein Kind abholen, und du sagst, das geht mich nichts an?«

Er: »Lass los!«

Und dann wusste ich, warum. Um meine Finger hatten sich Eiskristalle gebildet, die schnell von den Kuppen nach oben zogen. Wie ein im Schneesturm gefangener Bergsteiger spürte ich, dass die Kälte in meine Finger kroch und sie absterben ließ.

Innerhalb von Sekunden wurden die Schmerzen so groß, dass ich meine Hände zurückriss, als hätte ich sie auf eine heiße Herdplatte gelegt.

Der Tod spuckte Sätze in einer mir unverständlichen Sprache in das Auto hinein. Die Reifen quietschten noch immer, und dann ließ er das Auto plötzlich los wie eine Zwille. Der Wagen schoss in die Nacht hinaus, und der Tod atmete schwer keuchend Rauch aus, während sich seine Schultern und der Brustkorb hoben und senkten.

Ich schaute auf meine Hände und sah, dass sie krebsrot waren. Als die Normaltemperatur wieder Einzug in meine Knochen hielt, stellte ich fest, dass der Schmerz, den man dabei spürte, gleichzeitig heiß und kalt war.

In der Ferne konnten wir den Wagen aufheulen hören.

»Der hatte richtig schlechte Laune«, sagte der Tod. »Komm, du gehst jetzt essen!«

Ich: »Jetzt?«

Er: »Der wollte nur zeigen, dass er da ist.«

Ich: »Und sonst nichts?«

Er: »Der Typ vorgestern in der Kneipe wollte ja auch nur zeigen, dass er da ist.«

Ich: »Ja, aber das war nicht der Tod!«

Er: »Also, bis jetzt bin immer noch ich der Tod. Er ist bloß ein Bewerber. Der andere hat sich ja auch um Sophia beworben, aber zurzeit bist du noch der Typ von Sophia!«

Ich: »Ich bin der Typ von Sophia? Ich wünschte, es wäre so.«

Er: »Ist sie bei uns dabei?«

Ich: »Ja.«

Er: »Hat sie vorhin deine Hand gehalten?«

Ich: »Woher weißt du das?«

Er: »Habe ich im Rückspiegel gesehen, du Dummkopf!«

Dass der Tod ein so profanes Mittel wie einen Rückspiegel benutzte und nicht irgendwelchen metaphysischen Hokuspokus, beruhigte mich ungemein, und ich dachte an den Satz, der oft auf amerikanischen Rückspiegeln stand: »Objects in the rearview mirror may appear closer than they are.«

»Komm, jetzt geh du mal essen.«

Der Tod legte den Arm um mich, wie es Männer nach einer Kneipenschlägerei tun, die unentschieden ausgegangen war.

»Mann, bringt das Spaß hier. Endlich kann ich mal was mit jemandem zusammen machen. Bin ja sonst auch immer viel alleine.«

»Das bringt der Job wohl so mit sich. Wie lange darf ich eigentlich noch?«

»Hier sein? Warte mal. Also, deine Mutter will heute noch zweihundert Kilometer fahren. Morgen sind wir dann hoffentlich bei deinem Sohn. Das dauert da dann wohl auch ein bisschen. Mal gucken. Na ja, vielleicht etwa noch mal so lange, wie wir uns jetzt kennen. Vielleicht ein bisschen länger.«

Ich: »Also haben wir gerade Bergfest?«

Er: »Hier sind doch gar keine.«

Ich: »Bergfest. Menschen feiern, wenn sie die Hälfte einer Zeitspanne erreicht haben.«

Er: »Ihr feiert auch jeden Scheiß! Freut mich aber, dass mal jemand etwas feiert, das mit mir zu tun hat. Hast du deiner Mutter schon was erzählt?«

Ich: »Kann ich nicht. Es wird ihr das Herz brechen.«

Er: »Ist doch schon gebrochen.«

Ich: »Halt bloß die Klappe. Du bist schließlich der Grund für die finale Enttäuschung im Leben meiner Mutter. Und ich darf ihr diese Nachricht auch noch überbringen. Erst der Mann, jetzt der Sohn, und sie dann im Frühling ganz alleine das Blumenbeet am Jäten. Das ist doch einfach Kacke. Meine Mutter war immer traurig. Hart, gerecht, aber immer traurig. Und das hat sie unter dieser komischen Hugenottenmaske versteckt. Ich konnte sie nicht trösten. Ich hatte keine

Kraft, da ranzukommen. Und dann habe ich zum Schluss fast selber dran geglaubt: ›Wir Hugenotten trösten uns nicht. Trost ist Gott, und der Mensch ist Leid.‹ Was für eine idiotische Idee. Weil jetzt alles, was auf uns wartet, eine Bordelltür ist. Und ich weiß, dass meine Mutter mich schon alleine für diesen Satz ohrfeigen würde. Was ich sogar verdient hätte. Egal, wohin ich mich bewege, überall fallen die Gläser um. Es ist einfach auch so scheiße traurig. Die Arme. Oh, Mann eh! Es bleibt einem auch nichts erspart.«

Er: »Guck, du denkst gar nicht nur an dich.«

Ich: »Ich könnte dich umbringen!«

Er: »Geht nicht.«

Ich: »Ich weiß.«

31

Wir fuhren an diesem Abend noch weitere zweihundert Kilometer, und der Tag, der gar nicht richtig
hell geworden war, hatte sich in eine Nacht verabschiedet, in der zerfetzte Wolken wie panische Schafe
vom Sturm über den Himmel gejagt wurden, als wäre der Wind ein unsichtbarer Wolf. Wir nahmen die
Autobahnausfahrt an einem Ort, der uns groß und
unattraktiv genug schien, dass wir sicher sein konnten, hier noch eine Pension zum Übernachten zu finden.

Mein Körper summte nach dem Tag im Auto.

Wir fuhren auf den Parkplatz einer Pension, vor der
eine Tafel mit der Aufschrift »Zimmer frei« stand. Die
Tafel war flächig grün mit einer roten Umrandung,
und darunter prangte der Cola-Schriftzug.

Und ich fragte mich, warum Kreide, wenn man auf
eine nasse Tafel schrieb, nach dem Trocknen um eini-
ges heller schien, als wenn man damit auf eine trocke-
ne Tafel schrieb. Ich konnte es mir nicht beantworten
und wurde traurig, weil mein Leben nicht mehr lang

genug sein würde, um eine Antwort auf meine Frage zu finden.

Und ich erstellte in meinem Kopf eine Liste von Dingen, die ich vermissen würde:

1. Den gedeckten Apfelkuchen vom Bäcker um die Ecke.

   Und ich bemerkte, dass das ein echt guter Wunsch gewesen wäre für die drei letzten Minuten, die der Tod mir eigentlich gegönnt hatte.

2. Einen Löffel Granulatkaffee essen, wenn man richtig müde war, und dann nicht zu wissen, warum man wach wurde. Wegen des Koffeins oder dieser allumfassenden Bitterkeit auf der Zunge.

   Und ich dachte, dass ich auch Dinge vermissen könnte, die nichts mit Essen zu tun hatten.

3. Ketchup. Ich werde nie mehr klugscheißen können, dass Ketchup Ketchup hieß, weil er damals erfunden wurde, um Geschmack »up zu catchen«, als noch nicht an jeder Straßenecke Basilikum, Rucola und Pommesgewürzsalz wuchsen.

   »Jetzt mal was anderes als Essen!«, dachte ich und kam auf …

4. Eukalyptusbonbons! Die billigen in Grün. Und es fiel mir auf, dass noch nie ein Eukalyptusbonbon meinen Mund unzerkaut verlassen hatte. Ich war immer ein Zerbeißer gewesen. Weiter noch, mir gingen Menschen, die die Ruhe hatten, ein Bonbon komplett im Mund zu zerlutschen, wahnsinnig auf die Nerven. »Mit solchen Leuten ist keine Revolution zu machen!«, dachte ich und mir fiel

auf, dass ich einer der lethargischsten und egoistischsten Menschen war, die ich kannte, und dass Egoismus und Lethargie auch nicht gerade die Kerntugenden sind, die man für eine Revolution braucht.

5. Bier. Okay, das war auch was mit Essen, aber Bier musste nun mal sein. Ich erinnerte mich an eine Brauereibesichtigung im Norden und konnte mir einfach nicht vorstellen, dass schon Menschen vor Tausenden von Jahren so etwas Kompliziertes erfunden hatten wie Bierbrauen. Und vor allen Dingen: Wann war der Abend gewesen, an dem es das erste Bier gegeben hatte? Wann hatte das erste Mal eine Druide gesagt: »Ja, Moin. Ich habe hier was erfunden, das schmeckt komisch, und es schäumt, aber immer noch besser als das Dreckswasser, was wir hier jeden Tag saufen müssen. Aber Obacht, ab dem vierten Trinkhorn wird man paarungswillig und ehrlich.«

Und ich erinnerte mich daran, wie schön es mit dem Tod »Bei Johnny« gewesen war und wie toll ich Sophia fand, wenn sie betrunken war.

»Na, bist du wieder am Denken?«, fragte meine Mutter, als sie meinen leeren, sinnierenden Blick bemerkte.

Wir stiegen aus dem Auto und schauten hoch.

»Der Himmel sieht furchteinflößend aus!«, stellte meine Mutter fest. »Dunkler als sonst!«

Die weißen Vögel in den Bäumen zeichneten sich klar vom Nachthimmel ab, und sie saßen dort stumm im Wind, ohne auch nur mit einer Feder zu zucken.

»Oh, guckt mal, ein Schaf!«, sagte der Tod, als er in die Wolken schaute. »Oh, und ein Auto ohne Dach, und auf der Rückbank hat jemand einen Schal um, der aus dem Auto weht.«

»Wie du einem einfach mit einem Satz alle Furcht nehmen kannst, Morten! Toll! Tolltolltoll!«, sagte meine Mutter mit weicher Stimme.

Natürlich war die Tür, die in die Pension führte, eine Tür aus hellbraunem Holz mit einem Querbalken. Ich ging voran und schaute mit Absicht nicht auf das kleine Schild, das einem mitteilte, ob man die Tür ziehen oder drücken sollte, weil ich mich an die Regel zu erinnern versuchte, die es für Kneipentüren gab.

Ich drückte gegen die Tür, und sie öffnete sich nicht. Sophia bellte von hinten: »Beim Reingehen in Kneipen immer ziehen. Rein kommt man immer, aber beim Verlassen muss man sich nur gegen sie lehnen. Solltest DU eigentlich wissen.«

»Manchmal glaube ich, dass mein Sohn in einem Monat häufiger in der Kneipe war als ich in meinem ganzen Leben«, dachte meine Mutter laut.

»Weil es bei dir zu Hause auch so Spitzenkneipen gibt, in die man gerne geht, ne?«, sagte ich, als ich die Tür aufzog und mir sicher war, es beim nächsten Mal wieder falsch zu machen.

»Du gehst zu Hause natürlich auch nur in internationale Spitzenetablissements der Barkultur!«, erwiderte Sophia.

Es beruhigte mich, dass ich selbst im Angesicht des Todes, der hinter mir ging, immer noch der war, auf den sich alle einigen konnten. Der fußballliebende Altenpfleger, auf dem man nach Lust und Laune rumhacken konnte.

Die Rezeption bestand aus einer kleinen Eichenholztheke, und ich freute mich schon, auf die Klingel zu hauen, weil es eine Geste war, die man aus Filmen kannte, aber selten im Alltag anwandte.

Es machte dumpf »klack«, das Metall des Klingelknopfes reagierte nicht. Es war nur der kaputte, auf das Holz der Klingel klackende Mechanismus zu hören. Es hätte mich gefreut, wenn es in den letzten Tagen meines Lebens noch einmal zu einer hollywoodreifen Situation gekommen wäre, aber warum sollte es jetzt auch groß anders sein als bisher.

Aber wenigstens wollte ich dieses eine Mal die Regie übernehmen und machte, was Menschen in Filmen machen, wenn nicht innerhalb von Sekunden ein eifriger Portier vor einem steht.

»Klack, klack, klack«, haute ich auf die Klingel.

»Wir sind hier auf der Arbeit und nicht auf der Flucht!«, dröhnte es aus dem Hinterzimmer der Rezeption, und durch die sich öffnende Tür zwängte sich ein mächtiger Mann mit einem noch mächtigeren Schnäuzer, der sich zeit seines Lebens offensichtlich nur von Braten, schwarzem Kaffee und Zigaretten ernährt hatte. Das Nikotin verlieh seinem Bart eine dunkelgelbe Nuance.

»Wir wollen hier gerne übernachten«, sagte ich.

»Ach, Sie wollen gar keine Blumen kaufen? Das trifft sich gut. Zimmer hab ich. Einzelzimmer sind ausgebucht. Doppelzimmer kosten 49,– pro Nacht. Frühstück gibt's von sechs bis neun!«

»Ich nehme ein Zimmer mit Sophia«, sagte meine Mutter. »Dann machen wir uns noch einen schönen Mädelsabend! Kann man bei Ihnen noch etwas zu trinken bestellen?«

»Bier, ich kann Ihnen noch ein Bier verkaufen«, sagte der Wirt.

»Bier? Aber mein Herr, wir sind Damen, wir trinken doch kein Bier.«

Ich musste laut lachen, denn Sophia trank Bier wie ein reiner Gott.

»Wir nehmen erst mal zwei Bier«, sagte Sophia.

»Und dann könnt ihr beiden ja auch noch ein bisschen quatschen«, sagte meine Mutter zum Tod und mir. Wie meine Mutter es liebte zu organisieren.

Es war 22 Uhr, und der Tag war lang gewesen. Wir nahmen die Holztreppe, die in den zweiten Stock führte und bei jedem Schritt knarrte. Oben an der Treppe ging Team »Busen« nach links und Team »Tod« nach rechts.

»Gute Nacht«, sagte meine Mutter quietschfidel.

Wir schlossen unsere Hotelzimmertür auf, und der Tod sprang mit einem Satz aufs Bett. Beim Absprung drückte er den Anschaltknopf des Fernsehers. Der Bildschirm begann genau in dem Augenblick zu leuchten, als der Tod auf der Matratze landete und laut »Ah, Fernsehen!« seufzte.

»Du bist richtig gut drauf, ne?«, fragte ich.

246

»Ich bin richtig gut drauf!«, sagte der Tod. »Fernsehen, Alter. Fernsehen. Diese Farben, diese Geschwindigkeit. Kommt ein Krimi?«

»Ich weiß es nicht. Ich weiß nur, dass ich die letzten Tage meines Lebens nicht vor dem Fernseher verbringen will.«

»Wenn es nach mir ginge, würde ich jede freie Sekunde der Zeit, die mir hier bleibt, vor dem Fernseher verbringen. Guck mal! Guck mal! Guck, guck, guck mal.«

In einer amerikanischen Fernsehserie kam es zu einer unrealistischen Verfolgungsjagd. Der Tod sagte: »Guck mal, wie wir heute. Und immer geht es in euren Filmen um mich.«

Ein Auto fuhr in eine Tankstelle und explodierte in einem Feuerball.

Ich: »Ja, weil alle Angst vor dir haben. Herzlichen Glückwunsch.«

Er: »Und weil ich zum Leben aller dazugehöre.«

Ich: »Und weil du brutal und unberechenbar bist.«

Er: »Und weil die Menschen mich spannend und faszinierend finden.«

Ich: »Ja, so faszinierend wie eine explodierende Tankstelle. Da wäre ich doch lieber eine Blumenwiese.«

Er: »Und warum lieben die Menschen eine Blumenwiese?«

Ich: »Weil sie so schön bunt ist.«

Er: »Nein, weil sie nur vier Wochen lang so schön bunt ist. Und dann wird sie gelb, und dann ist sie tot. Ohne mich wäre es einfach nur für immer eine grüne Fläche mit bunten Punkten. Ich mache den ganzen Kram hier zu dem, was er ist. Ich bin der Grund, warum ihr morgens aufsteht. Ich bin die Angst, die euch lieben lässt. Ich bin das Ticken in eurem Kopf. Alles, was ihr am Leben liebt, bekommt durch mich erst seine Form. Die Angst, etwas zu verpassen. Was willst du verpassen, wenn du es immer nachholen kannst?«

Der Tod wandte sich wieder dem Fernseher zu, und sein Oberkörper bewegte sich, als wäre er involvierter Beifahrer der Verfolgungsjagd.

»Gute Fahrt«, sagte ich. »Ich geh noch mal vor die Tür. Bremse ist links.«

»Ja, ja, bis später. Ich schlaf ja eh nicht«, gab mir der Tod zum Abschied mit auf den Weg.

Ich wollte an den letzten Tagen meines Lebens lieber frische kalte Luft atmen, als mit meinem Peiniger und Lebensbeender Autoverfolgungsjagden anzuschauen. Ich ging die knarrende Treppe runter. Aus der Gaststube dröhnte dieselbe Verfolgungsjagd, die der Tod oben schaute.

Ich holte mir in der Gaststube ein Bier, ließ es auf das Zimmer schreiben, ging nach draußen und öffnete es an der Kante eines Kaugummiautomaten, der an der Wand der Pension hing.

Wahrscheinlich hatte der Tod einfach recht. Wind wird auch erst durch den Baum oder die Wolke zum Wind. Erst meine Furcht und meine Sorgen machten den Tod zu diesem seltsamen Beschleuniger, der da oben lag und sich selber im TV anschaute.

Was war geschehen durch die Begrenzung meiner verbleibenden Tage auf dieser Welt?

Meine Mutter hatte gute Laune. Nein, meine Mutter hatte keine gute Laune, meine Mutter war glücklich. Es ging ihr ganz gut. Und zwar nicht im Sinne von »Mir geht es ein bisschen gut«, wie die meisten es meinen. Aus irgendeiner Sprachwendung hatte sich das »ganz« in seiner allumfassenden Definition in ihre Sprache rübergerettet.

Es ging ihr ganz gut. »Ganz« im Sinne von »Es geht mir universalunfassbarfantastisch gut«.

Die Konstellation unserer Reisegruppe ließ sie vollständig bei sich ankommen. Morten als Gegenentwurf zu mir, die Möglichkeit einer neuen Liebe zwischen Sophia und mir, unsere gemeinsame Fahrt und die Tatsache, dass ihr Führerscheinbesitz sie zur Fahrerin prädestiniert hatte, was ihr die Möglichkeit gab, sich als Schäferin der Herde zu fühlen. Sie war der Wind, und wir waren die Wolken, die sie freundlich-bestimmt durch die Gegend pustete. Eine Familie auf Zeit, und sie war Vater und Mutter zugleich.

Und wenn mein Tod dafür der Preis war, dann war dies der Moment, an dem ich bereit war, ihn zu zahlen.

Es gab nicht viele Regeln in meinem Kopf. Eine konnte ich bestimmt nicht mehr einhalten: nach meiner Mutter zu sterben. War es nicht das, was ich in den letzten achtundvierzig Stunden gelernt hatte? Dass es nicht um die Summe der Tage ging, sondern um die Fülle der Gefühle?

Meine Liebe zu Sophia brannte, und der Tod war das Benzin im Motor der guten Laune meiner Mutter.

Ich brachte dafür ein Opfer. Ein gutes Leben für achtundvierzig Stunden eingetauscht gegen ein Dümpeln in Tagen voller bizarr-gleichgültiger Wiederholungen. Eine feste Burg ist unser Gott? Ein Reetdach in Flammen ist unser Tod, und wir wärmten unsere Hände an dem Feuer. Ich hing nicht am Leben, ich wollte nur nicht für Trauer sorgen. Wie ein Fußballspieler, dem der Verein egal ist, der aber die Fans glücklich und jubelnd sehen möchte.

Abtreten wie ein Mann. Dem anderen Tod ins Gesicht spucken.

32

Die Tür öffnete sich knarrend, und Sophia trat in die windige Kälte der Nacht.

»Was machst du denn hier? Ich dachte, ihr macht Mädelsabend?«

»Deine Mutter hat einmal an meinem Bier genippt und ist dann mit Klamotten auf dem Bett eingeschlafen. Jetzt schnurrt sie wie eine Katze.«

Ich: »Nett, wie du ihr Schnarchen umschreibst.«

»Wie geht es dir?«, fragte sie mich.

»In Anbetracht der Tatsache, dass meine Mutter peinlichst genau darauf achtet, weder mit anderen Bestecke noch Gläser teilen zu müssen, erfüllt mich die Vorstellung mit Freude, dass sie von deinem Bier getrunken hat.«

»Wie es DIR geht?«, fragte mich Sophia und wischte mit einem Augenaufschlag meine brillante Antwort einfach weg.

Ich: »Witzig, dass du das fragst. Ich habe gerade überlegt, dass es mir eigentlich den Umständen entsprechend gut geht.«

Sophia: »Das ist so typisch. Du bist wirklich der einzige, der überlegen muss, wie es ihm geht.«

Ich: »Überlegen ist das Schwert im Dschungel der Dummheit.«

Sie: »Und wie stolz du auf diese Weisheiten bist, die du als die deinen ausgibst, wo doch jeder weiß, dass du sie nur irgendwo aufgeschnappt hast. Also: Wie geht es dir?«

Ich: »Ich meine, was willst du? Meine Mutter weiß nicht, dass ich sterbe, dabei bin ich so gut wie tot, wahrscheinlich in ein bis zwei Tagen. Das ist schon mal so scheiße traurig, dass es einen völlig wahnsinnig macht. Und ich muss es ihr irgendwie erzählen, weil ich eine moralische Verpflichtung dazu habe. Und das ist nicht nur scheiße traurig, das ist auch einfach scheiße anstrengend. Ich meine, der eigenen Mutter erzählen, dass man stirbt. Mann, ey. Und dann ist da noch dieser komische neue Freund von uns, der die ganze Zeit mit irgendwelchen neuen Regeln um die Ecke kommt, und man hat panische Angst, dass man irgendwelche Menschen ins Unglück stürzt, wenn man sie bricht. Und ich kann, wenn ich Glück habe, noch einmal meinen Sohn sehen, den ich seit sieben Jahren nicht gesehen habe, was so scheiße traurig ist, dass ich es selber nicht glauben kann. Ich wollte noch mal in die Kneipe, ich wollte noch mal zum Fußball, ich wollte die Küche noch mal neu streichen. Moment, das wollte ich nicht, das hört sich einfach nur gut an, wenn man so was sagt. Ich wollte mir eine neue Arbeitsstelle suchen, was ich jetzt offensichtlich nicht mehr brauche, was wiederum auf eine kranke Art und Weise genial ist. Ich wollte deinen Vater noch mal auf dem Friedhof besuchen, und ich wollte meinen Vater noch mal auf dem Friedhof besuchen. Und dafür habe ich keine Zeit mehr, das macht einen völlig wahnsinnig. Und trotzdem sitzen wir den ganzen Tag in diesem Auto rum, meine Mutter gluckst nur noch vor Freude und ist so glücklich wie schon seit Jahren nicht mehr. Das macht einen doch total wahnsinnig. Und nur weil ich sterbe, nur weil du geklingelt hast, nur weil du mitkommen musstest, nur weil wir meinen Sohn besuchen und nur weil meine Mutter so einen komischen Satz über den Tod gesagt hat, hast du meine Hand genommen. Und dieses Gefühl war so pur und rein wie früher, und ich habe gespürt, wie die Kohlensäure durch meine Adern blubbert. Und seitdem habe ich keine Angst mehr. Seitdem kann es nicht mehr besser werden. Seitdem habe ich alles erlebt, was man an Schönheit erleben kann. Nur die Wiederholung würde es noch besser machen.

Allerdings hat sich in meinem Leben so viel wiederholt, dass ich langsam gespannt bin, wie das wird, mit dem Tod auf die Reise zu gehen. Jetzt, wo ich das hier loslassen muss, kommt es mir vor, als ob ich mein ganzes Leben lang nichts richtig festgehalten hätte.

Vielleicht ist das der Grund, warum ich nicht geliebt werde. Menschen wie mich liebt man nicht. Menschen wie ich sind da, ohne dass man sie groß bemerkt. Wir sind das Gegenteil von den Menschen in der Werbung. Wir sind da, um unseren Job zu machen und um Steuern zu zahlen, damit der ganze Kram hier am Laufen gehalten wird. Das ist okay, aber so viel ist das nun auch nicht. Jetzt ist wenigstens mal etwas Action hier. Jetzt geht's los. Alles ist ganz klar. Die Entscheidung ist gefallen. Die Kugel hat den Lauf verlassen. Das Pferd ist auf der Rennstrecke. Die Sonne kommt hoch, und der Mond steht am Himmel. Der Regenbogen berührt die Erde. Der Wind weht und ...«

»Schlaf mit mir ...«, sagte Sophia.

»Was?«, fragte ich.

»Ist dein Gehör schon tot? Schlaf mit mir!«, sagte Sophia.

»Jetzt?«

»Nein, in drei Tagen. Natürlich jetzt!«, brachte Sophia ihre Idee auf den Punkt.

»Aber wie ..., ich meine ... wo ... in welchem Zimmer?«

»Wir mieten uns noch eins dazu.«

Sophia hatte schon immer die Fähigkeit, dafür zu sorgen, dass ich mich in ihrer Gegenwart als der größte Trottel der Welt empfand. Es war gigantisch.

Wir gingen wieder in den Vorraum der Pension und klackten auf die Klingel. Der Wirt kam aus dem Gastraum und fragte: »Noch ein Bier?«

Und Sophia sagte mit beeindruckender Leichtigkeit: »Nee, noch ein Zimmer. Freunde von uns kommen noch nach. Geben Sie uns doch einfach den Schlüssel, dann müssen Sie nicht wachbleiben.«

»Sehr aufmerksam«, sagte der Riese. »Sehr, sehr aufmerksam, meine Dame. So was hat man gerne. Endlich denkt mal jemand mit. Hier, das ist unsere Hochzeitssuite. Da steht sogar noch eine Flasche Sekt. Ich würde aber mal auf das Ablaufdatum gucken.«

Sophia nahm den Schlüssel und verabschiedete ihren neuen Fan mit einem fröhlichen »Bis morgen!«

Sie zog mich an der Hand die Stufen hinauf, schloss die Tür mit dem altmodischen Schlüssel auf und zog mich hinein. Sie überprüfte die Flasche Sekt und sagte: »Wir haben Glück. Der Sekt läuft diesen Monat ab.«

»Passt ja«, sagte ich.

An den Sektgläsern waren Spülränder, und der Sekt war so süß, dass zehnjährige Kinder ihn als lecker bezeichnet hätten.

»Ja, ich weiß, dass ihr solchen Sekt früher immer als ›Dosenöffner‹ bezeichnet habt«, nahm mir Sophia die Worte aus dem Mund.

Ich: »Siehst du, es klappt sogar!«

Sie: »Zum ersten Mal in deinem Leben.«

Ich: »Und zum letzten Mal!«

Und dann kam sie näher und küsste mich. Sie zog mich an den Hüften zu sich und küsste mich fest am Hals, weil sie wusste, dass das die Stelle war, über die augenblicklich zwei Drittel meines Hirns ausgeschaltet und die Tast- und Fühlsinne aktiviert wurden.

»Die Haut ist ja auch ein Organ« kam mir in den Sinn, und meine Haut fühlte sich an wie die Leber eines trockenen Alkoholikers, der einen tausend Jahre alten Cognac trinken darf. Jede Faser meines Seins erinnerte sich in Sekundenbruchteilen.

Ich wandte meinen Kopf nach links und suchte ihre Lippen, um von ihrem Mund auf diese rabiate, fordernde Art geküsst zu werden.

»Du kannst immer noch besser küssen als andere ficken!«, sagte Sophia zu mir.

»Pscht!«, sagte ich, und wir waren all unsere Erinnerungen unseres ganzen Lebens, die miteinander schlafen wollten.

Wir streiften unsere Klamotten ab, und ich spürte, wie meine Augen größer wurden, als sie ihren Sport-BH öffnete.

»Dass du dabei immer gucken musst wie ein kleiner Junge im Freibad. Du siehst das doch nicht zum ersten Mal.«

»Ja, aber wenn die Fußballmannschaft zum ersten Mal nach langer Zeit wieder ...«

Um meinen Fußballvergleich zu unterbrechen, presste sie ihre weichen Lippen auf meine und steckte mir ihre unvergleichliche, muskulöse Zunge zwischen meine Zähne. Unsere Zungen tanzten wie ein verliebtes, betrunkenes Pärchen, das sich schon sehr lange kennt.

Wir legten uns aufs Bett, und mein Körper zuckte im Fünf-Sekunden-Takt, als sie ihre Hand auf meinen eingezogenen Bauch legte.

»Dicker bist du nicht geworden. Gut!«, erfüllte sie mir einen meiner letzten Wünsche, was ich gerne noch mal gesagt bekommen hätte.

Ich: »Ich hab mir auch echt Mühe gegeben.«

Und jede ihrer Berührungen war so vertraut und zugleich so neu und wie zum allerersten Mal. Und was sie in mir auslösten, erinnerte mich an die kleinen Blitze, die entstanden, wenn man sich in kalter, trockener Winterluft einen Strickpullover mit hohem Polyesteranteil auszog.

»Tu, was du tun musst«, sagte sie zu mir, und ich beugte mich über sie, zog ihre Unterhose über die Hüften und schlug meinen Kopf zwischen ihre Beine. Es fühlte sich an, als könnte ich grammgenau das Gewicht ihrer Oberschenkel bestimmen, die auf meinen Schultern lagen, während ich tat, was ich tun musste. Sonst wäre ich verrückt geworden.

Die Moleküle ihrer Feuchtigkeit schüttelten sich die Hände mit dem, was bei Anbeginn der Zeit als Begehren in die universelle DNA verankert worden war.

»Könnte es das nur als Getränk geben«, stöhnte ich nach oben, weil ich wusste, dass sie das schrecklich und lustig zugleich fand, und weil es meine Meinung war.

Sie kam und zog mich an den Ohren nach oben, um mich leidenschaftlich zu küssen.

Und dann schliefen wir miteinander. Zum allerletzten Mal in meinem Leben.

»Komm, wir machen Kilometergeld«, sagte sie zu mir, weil sie wollte, dass wir uns im Bett stärker bewegten. Sie sah mir fest in die Augen und hielt sich an der knarrenden Rückenlehne des Bettes fest. Sie war wie aus Jade geschlagen schön, und ihr ganzer Körper schimmerte im einfallenden Licht der Straßenlaternen.

Ich kam und blieb. Auf ihr, in ihr, bei ihr, an ihr. Sie streichelte meinen Rücken, der sich im Gegensatz zu meinem Herzschlag ruhig hob und senkte.

Sie sagte: »Der letzte Ritt.«

Ich bettelte wie ein kleines Kind: »Noch mal!«

»Hahahaha!«

Sie wusste, dass das Einzige, was ich jetzt noch reiten könnte, das lahme Pferd des Schlafes war.

»Das hast du gut gemacht! Mein Vater wäre stolz auf dich gewesen.«

»Oh Gooooott!«, sagte ich. Wir mussten beide lachen. Und dann dachte ich, dass auf ihr zu liegen sich anfühlte, als wären wir das kleinste und simpelste Puzzle der Welt.

Und ich zuckte noch zehn Mal, weil ihre Hand sich meinem Hals näherte, und dann schlief ich ein.

33

»Guten Morgen, meine liebe Sophia. Hallo Sohn!«, empfing uns meine Mutter in dem kargen Frühstücksraum der Pension. Die Mode der Komplett-Holzvertäfelung war nicht spurlos daran vorbeigegangen. Das war aber auch das letzte, was hier kosmetisch verändert worden war. Der Innenarchitekt musste unter chronisch schlechtem Geschmack gelitten haben.

»Der Kaffee ist frisch und die Zeitung gut. Du bist aber früh aufgestanden heute. Warst du joggen?«

Meine Mutter hatte, wie manch andere ältere Menschen, keine Ahnung von der Materie, denn wie hätten in Sophias kleine Reisetasche Turn- oder Sportschuhe reinpassen können? Das hatte nichts damit zu tun, dass ältere Menschen doof werden, sondern hing nur damit zusammen, dass meine Mutter zwar wusste, dass es so etwas wie Joggen gab und das jüngere Menschen das auch machten, was sie aber noch nie dazu veranlasst hatte, zur Vertreibung eines wie auch immer gearteten schlechten Gewissens eine gewisse Strecke von A nach B und wieder zurück trabend zurückzulegen.

»Äh ja, genau, ich mach das in letzter Zeit manchmal«, log sie und sah mich unsicher und hilfesuchend an.

»Du warst wirklich schon joggen? Deswegen sieht deine Frisur auch so komisch aus. Toupiert irgendwie.«

Meine Mutter guckte uns an, wie nur Mütter einen anschauen konnten, wenn sie etwas witterten, aber nicht wussten, was.

»Na, setzt euch erst mal hin und esst was.«

Meine Mutter saß vor einem Korb aufgefächerter Graubrotscheiben, die wir zu Hause immer nur Feinbrot nannten, Marmelade in kleinen Aluminiumpäckchen, die sie als Selbsteinmacherin eigentlich hasste, und der lokalen Tageszeitung, die sie dem Wirt abgeschwatzt hatte, der just in diesem Moment an unseren Tisch kam und ein ernst gemeintes »Guten Morgen!« polterte. In seinen riesigen Händen balancierte er verblüffend filigran zwei Tassen samt Untertassen und zwei Frühstücksteller, die er vor uns auf den Tisch stellte.

»Und? Wann sind Ihre Freunde gestern noch gekommen? Ich hab gar nichts mehr gehört. Es war ja ein furchtbares Wetter!«

»Welche Freunde?«, fragte meine Mutter sofort dazwischen.

»Ach, nein. Die sind doch nicht mehr gekommen«, verstrickte sich Sophia in eine unnötige Lüge, denn man hätte das Ganze durch ein: »Ja, sind aber schon wieder weitergefahren«, lösen können. Ich konnte vielleicht nicht viel, aber lügen, das konnte ich.

»Das Zimmer müssen Sie aber trotzdem bezahlen.«

»Aber da hat doch keiner drin geschlafen!«, ritt sich Sophia noch weiter in die Scheiße, oder sie hatte unseren Sex schon wieder vergessen, was ich nicht hoffte, denn ich fand ihn fantastisch und es war mein letzter.

»Welche Freunde denn?«, fragte meine Mutter.

»Gebucht ist gebucht. Ich bekomm sonst Stress mit der Steuer«, sagte der Wirt, dem man die Erfolglosigkeit seiner Pension anmerken konnte und der offensichtlich bereit war, um jedes Geldstück zu kämpfen.

»Jaja, wir zahlen das schon. Keine Sorge«, versuchte ich den Konflikt möglichst schnell zu beenden.

»Du und deine Konfliktfähigkeit«, bewertete mich meine Mutter vor versammelter Mannschaft.

»Oder die Abwesenheit einer eben solchen«, vollendete Sophia.

»Ich mach das mal«, sagte ich und drängte den Wirt sanft mit dem Arm zur Rezeption hinaus, holte die Scheine aus dem Geldbeutel, den meine Mutter mir vor fünf Jahren mit erzieherischer Absicht zu Weihnachten geschenkt hatte und den ich so gut wie nie benutzte. Ich dachte: »Nie mehr Weihnachten feiern und auch keine Scheine mehr aus dem Portemonnaie holen.«

Der Tod kam lächelnd die Treppe runtergetänzelt und sagte: »Ich bin wach. Wer noch?«

»Alle!«, sagte ich.

Der Tod nahm sich ein Bonbon aus dem Glas, das auf jeder Hotelrezeptionstheke des Universums stand, und wir gingen zurück in den Frühstücksraum. Der Tod wickelte das Bonbon knisternd aus dem Papier, steckte es sich in den Mund und sagte: »Süß! Du, sag mal, warum hast du nicht in unserem Zimmern geschlafen? Ich habe die ganze Nacht auf dich gewartet.«

Er schaute mich vorwurfsvoll an, und so langsam dämmerte es auch meiner Mutter, was sich diese Nacht in den Zimmern abgespielt hatte.

»Sophia war schon joggen, und ihre Freunde sind nicht mehr gekommen«, sagte sie, den hugenottischen Anstand unserer Frühstücksrunde wahrend, um mich zu schützen und Sophia in ihrer für sie makellosen Wunderbarkeit zu belassen.

»Willst du noch was frühstücken?«, fragte meine Mutter den Tod.

»Ich bin nicht so der Frühstücker«, sagte er.

»Ihr jungen Leute. Du musst doch was essen!«

»Wir sollten los«, sagte ich.

Wir gingen aus dem Gastraum, nahmen unsere an der Rezeption verwahrten Taschen und wurden vom Wirt mit den Worten: »Beehren Sie uns bald wieder!«, verabschiedet.

Der Tod drehte sich um, ging zum Tresen zurück und hielt dem Wirt die ausgestreckte Hand hin, die dieser unwissend schüttelte.

Der Tod griff mit der anderen Hand fest um den Oberarm des Wirtes und sagte: »Das werde ich. Bis bald.«

Wir standen vor der Pension unter einem dunkelgrauen Morgenhimmel, über den immer noch Sturmböen peitschten, die die Bäume von links nach rechts tanzen ließen. Ich schaute dem Tod fragend ins Gesicht.

»Ja nu, was denn? Hast du gesehen, wie der aussieht?«, entgegnete er empört.

»Also, wenn dicke Leute auch noch rauchen, brauchen sie sich nicht wundern, wenn sie bald sterben«, sagte meine Mutter, die sich eine seltsame, asketische Diät aus viel Kaffee und viel Wintergemüse zusammengebastelt hatte und diese für lebensverlängernd hielt, unbewusst hellsichtig.

Wir stiegen in derselben Aufteilung wie gestern ins Auto. Meine Mutter legte den Rückwärtsgang ein, positionierte das Auto parallel zum Autobahnzubringer, schaute in den Rückspiegel, und erst als vor und hinter uns auch nicht die Idee eines Kühlergrills zu entdecken war, gab sie Gas.

Dinge, die ich heute noch erledigen muss, schoss es mir durch den Kopf:

1. Meiner Mutter erklären, dass ich bald sterbe.
2. Meiner Mutter erklären, dass wir mit dem Tod durch die Gegend fahren.
3. Meinen Sohn vor Unheil bewahren.
4. Dem anderen Tod auf die Schnauze hauen, und zwar so, dass er nicht mehr wiederkommt.

5. Sterben und gucken, was auf der anderen Seite so los ist.
6. Versuchen, dass wir später im Auto die Fußballkonferenz hören können, weil es mein letzten Mal wäre.
7. Eine letzte Postkarte an Johnny schreiben. Auch wenn wir ihn besuchen.

Und ich stellte fest, dass Punkt sieben mir das Wichtigste war. Also nahm ich eine frankierte und adres-

Johnny, alte Panzerhaubitze!
Ich habe heute den dicksten Mann der
Welt gesehen. Und obwohl er so dick
war, konnte er sich ganz elegant
bewegen. Das sah komisch aus.
Zum Glück läuft nachher im
Radio Fußball! Ich freue mich
schon. Oma will den ganzen Tag nur
Klassik hören. Das nervt. Deine Oma
und mein neuer Kumpel verstehen sich
sehr gut. Viele Grüße, Deine alte
Hundelunge Papa. P.S.:
Johnny b. Good

sierte Postkarte und meinen Lieblingsstift aus der Tasche und begann zu schreiben und zeichnen.

Wir hatten ungefähr dreihundert Meter hinter uns gebracht und sahen schon die blauen Hinweisschilder
der Autobahn, als ich bemerkte, wie der Tod plötzlich
kurz, aber abrupt mit seinem Kopf zuckte und zu meiner Mutter sagte: »Ja, du, ich glaube, der Wirt macht
es wirklich nicht mehr lange.«
 Und weil beide nach vorne guckten und in sich ver-

sunken waren, nahm mir Sophia den Stift aus der Hand und legte ihre Hand in meine, sodass es niemand sehen konnte.

34

»Und, wo geht's jetzt hin?«, fragte meine Mutter.

»Ich kenne den Weg!«, sagte der Tod, was mich nicht überraschte, meine Mutter aber schon.

»Woher weiß er das denn?«, fragte sie.

»Ach, ich habe es mir vorher auf der Landkarte angeschaut«, sagte er.

»Na, dann leite mich mal«, sagte meiner Mutter und schaltete einen Gang zurück, was der hügeliger werdenden Landschaft geschuldet war.

Wir hörten Musik und sprachen nicht viel. Es wurde dreizehn Uhr, vierzehn Uhr, fünfzehn Uhr.

»Um halb vier hören wir aber Bundesliga!«

Selbst darauf sagte keiner mehr ein Wort, und ich beschloss, das Thema Fußball ruhen zu lassen.

Wir fuhren noch eine Stunde, dann sagte der Tod:

»Die nächste müssen wir raus.«

Mit losgelassener Kupplung ließ meine Mutter den Wagen die Ausfahrt runterrollen.

»Ich muss mal aufs Klo«, sagte meine Mutter.

»Das trifft sich gut«, sagte der Tod. »Ich muss auch mal für kleine Sargträger.«

267

Keiner konnte über diesen wirklich guten Witz lachen.

Wir fuhren auf einen Autohof. Sophia blieb sitzen, während der Tod, meine Mutter und ich das WC aufsuchten.

Der Tod ging in die Kabine und drehte das Schloss um, und ich hörte, wie er sich sein Jackett auszog und es an einen Haken an der Klotür hängte.

Ich konnte durch den Spalt unter der Klotür sehen, wie er sich seine schwarze Anzughose bis zu den Schuhen runterzog und der Hose sofort die Unterhose folgte. Es sah genauso aus, wie wenn man früher als zehnjähriger Junge hinter Bäume gepinkelt hatte. Alles nach unten auf den Boden. »Hab ich im Fernsehen gesehen, dass man das so macht!«, hallte es durch die Toilettentür.

Dann zog er sich unverrichteter Dinge wieder an, denn der Tod muss keine Dinge verrichten, außer Menschen zu töten. Er spülte, öffnete das Drehschloss, ging rüber zum Pissoir und stellte sich neben mich. Öffnete wieder seine Hose, zog wieder die Hose und seine Unterhose bis auf die Knöchel runter, schaute der Sache zu, die ich tat, und erschuf aus dem Nichts einen satten, dicken Wasserstrahl, der eher an einen Notfalleinsatz der Freiwilligen Feuerwehr denken ließ als an Pinkeln. Nach dreißig Sekunden stoppte der Strahl abrupt, er zog sich seine blütenweiße Unterhose und Anzughose wieder hoch und sagte: »Guck, kann ich auch!«

»Das hab ich gesehen und gehört«, sagte ich.

Er: »Also hör mal. Du musst noch mit deiner Mutter reden. Oder willst du nicht?«

Ich: »Natürlich muss ich noch mit meiner Mutter reden. Oh, Mann, ich weiß echt nicht, wie ich ihr das sagen soll.«

Er: »Du musst das jetzt gleich machen. Da kann sie sich vor Schreck nicht in die Hose pinkeln.«

Ich: »Du bist und bleibst auch einfach ein Praktiker.«

Er: »Jaja, der Ritter ist nichts ohne den Schmied«, sagte der Tod und hatte sich offensichtlich voll auf die Analogiesucht meiner Familie eingelassen.

Ich: »Wenn ich mir das hier so anhöre und -sehe, würden viele Damen den Schmied gerne mal kennenlernen.«

Er: »Warum das denn?«

Ich: »Ach egal, verstehst du nicht.«

»Jetzt rede doch mal mit deiner Mutter«, sagte der Tod ungeduldig.

Wir verließen den Ort der Erkenntnis und trafen meine Mutter vor dem Auto.

»Geh schon mal vor«, sagte ich zum Tod, und der Tod setzte sich zu Sophia ins Auto.

Mutter: »Also, das ist wirklich eine nette Reise. Das hätte ich vorgestern auch noch nicht gedacht, dass ich heute hier mit dir stehe.«

Ich: »Wir müssen reden, Mama.«

Sie: »Und dass du mit Sophia und Morten gekommen bist. Das ist einfach so nett von dir. Wo du doch weißt, wie gerne ich Gäste habe.«

Ich: »Wir müssen reden, Mutter.«

Sie: »Und jetzt auch noch Johnny. Manchmal schaffst es sogar du, mich zu überraschen.«

Ich: »Mutter, wir müssen echt reden.«

»Moment!«, sagte meine Mutter. »Du hast mich seit zehn Jahren nicht mehr Mutter genannt. Jetzt sag bloß nicht, dass was Schlimmes los ist!«

Ich: »Nein, es ist nichts Schlimmes. Also doch. Aber eigentlich nein. Ich meine, ist es nicht verrückt gut, dass wir hier zu viert unterwegs sind?«

Sie: »Was willst du mir sagen? Hast du Stress mit der Polizei?«

Ich: »Nein! Ich meine, haben wir schon mal etwas gemacht, das uns so viel Freude gemacht hat, wie die letzten zwei Tage? Das war doch wirklich mal was anderes als immer nur vom Wurstbrot abbeißen und gleichzeitig einen Schluck Kaffee dazu trinken. Immer nur mit den Nachbarn reden und abends darüber nachdenken, was man morgen einkaufen muss.«

Sie: »Was willst du mir sagen? Hör auf zu brabbeln und komm zum Punkt!«

Ich: »Und ohne das hier hättest du Sophia wahrscheinlich nie wieder getroffen. Nie. Noch nicht mal ICH hätte sie ohne das hier wieder getroffen.«

Sie: »Er spricht in Rätseln. Und zum Rätseln habe ich keine Zeit. Was wolltest du mir sagen?«

Ich: »Du bist doch ganz anders als sonst. Du lachst die ganze Zeit und scherzt die ganze Zeit.« Und ich betonte das »a« bei »lachen« und das »e« bei »scherzen«, weil man das aus irgendeinem Grund macht, wenn man etwas ernst meint.

Sie: »Ja, so ist das eben, wenn du mal ein paar von deinen Freunden mitbringst. Ich bin nämlich gar nicht so schlimm, wie du immer tust.«

Ich wollte meiner Mutter erklären, dass ich sterbe, und jetzt echauffierte sie sich darüber, dass ich sie schlechter machte, als sie eigentlich war. Zeit zu kontern.

Ich: »Du sagst ja auch, dass ich mich nur für Fußball interessiere. Das stimmt auch nicht.«

Sie: »Das ist doch Jahre her!« Und es war jetzt an ihr, das »a« in »Jahre« langzuziehen.

Ich: »Ach, was sind schon Jahre.«

Sie: »Warum bringst du nicht mal häufiger Freunde mit? Sophia ist so eine nette Frau.«

Jetzt wollte sie mich fertigmachen. Sie betonte das »so« so doll und von oben nach unten fallend, als würde ein Formel-1-Wagen mit hohem Tempo an einem vorbeifahren und man würde dabei den Dopplereffekt hören. Während meine Mutter freundlich aus dem Rennauto winkte.

Ich: »Ich weiß.«

Sie: »Ja, das kann man sehen, wie du das weißt. Deine Augen strahlen ja die ganze Zeit.« Meine Mutter, die alte Luchsin. Sieht alles, hört alles. »Ich wusste natürlich auch, dass sie nicht joggen war. Du schon mal gar nicht!«

Ich: »Und warum stellst du dann so dämliche Fragen?«

Sie: »Na ja, nichts sagen geht auch nicht. Ein Mund, der ist zum Reden da, ein Schlitz von Gott, so wunderbar.«

Ich: »Wenn ich einmal diesen Typen treffe, der sich diese ganzen Hugenottensprüche ausgedacht hat, dann breche ich dem die Finger, damit er sie nicht mehr aufschreiben kann.«

Sie: »Ach, der ist doch schon lange tot.« Und ich wusste nicht, ob mich meine Mutter verarschen wollte oder ob sie das ernst meinte.

»Und dieser Morten. Wo findest du denn heutzutage noch solche Menschen? Der ist ja wie aus der Zeit gefallen.«

»Ja, das ist ein bisschen das Problem«, sagte ich, und meine Mutter schaute mich misstrauisch an.

»Wusste ich doch, dass es was mit der Polizei zu tun hat. Kommt der aus dem Rotlichtmilieu? Ich meine, der mit seinem schwarzen Anzug, und wie höflich der ist! Solche Leute kennt man ja aus dem Fernsehen.«

»Gar nicht so schlecht. Sie ist gar nicht so schlecht! Da ist sie schon auf der richtigen Fährte«, dachte ich, und ich dachte, wenn man weiß, dass man bald stirbt, fand man wirklich alles gut. Sich mit seiner Mutter auf einem Parkplatz im Wind über Sex und Sachen zu unterhalten, die man vor Jahren mal gesagt hatte.

Ich: »So stellst du dir also Männer aus dem Rotlichtmilieu vor?«

Sie: »Ich stell mir gar nichts vor. Ich steh hier in der Kälte, und du hast gesagt, dass du mit mir sprechen willst, und das hast du die letzten dreißig Jahre nicht gemacht. Nämlich exakt, seit du mich gefragt hast, warum ausgerechnet dein Vater gestorben ist. Da hast du mich so was das letzte Mal gefragt. Danach hast du einfach nichts mehr gefragt. Also, was ist jetzt?«

Und ich sprang zum ersten und einzigen Mal in meinem Leben über eine Klippe in dem Wissen, nie wieder zurückkehren zu können.

Ich: »Der Typ da im Auto ist der Tod. Und ich werde heute, wie es wohl aussieht, mit ihm gehen müssen.«

Sie zeigte eine nachvollziehbare Reaktion und sagte: »Was?«

Ich: »Das in dem Auto ist der Tod, aber mach dir keine Sorgen, der will nur mich und nicht dich und nicht Sophia. Aber heute, wenn wir von Johnny wieder losfahren, wird er mich wohl mitnehmen.«

Sie: »Du bekommst gleich die erste Ohrfeige deines Lebens und die zweite gleich hinterher. Was redest du denn?«

Ich: »Also er«, und ich zeigte auf den Tod, den ich endlich benennen konnte, und ich genoss das, denn man zeigte gerne auf Freunde, auf die man stolz und die zu kennen man froh ist. »Er wollte mich abholen. Ich hätte was mit dem Herz, sagt er. Und dann war ich schon fast tot. Und dann hat Sophia geklingelt, und das würde eigentlich nicht so gehen, hat er gesagt, weil das nicht geht, wenn er gerade am Arbeiten ist. Und das wäre jetzt für ihn ein bisschen komisch und interessant, weil das jetzt heißen würde, dass ein anderer Tod sich um seine Stelle bewirbt, und deswegen bleibt er erst mal mit uns auf der Welt und mit mir am Leben. Und dann mussten wir zu dritt zu dir, weil ich Tschüss sagen wollte und ...«

Sie: »Du wolltest Tschüss sagen?«

Ich: »Pscht ... und Sophia musste mit, weil sie rausgefunden hat, dass das der Tod ist, mit dem ich in der Wohnung war, als sie geklingelt hat, und dann, als wir bei dir waren, stand der andere Tod plötzlich vor der Tür und hat gesagt, dass er Johnny holen will. Und deswegen müssen wir jetzt zu Johnny und ihn retten, und dann musstest du natürlich auch mit, wer weiß, was sonst passiert wäre, und jetzt sind wir fast schon bei Johnny und dann sagen wir da auch noch Tschüss und dann muss ich mit ihm gehen. Ich kann doch nichts dafür. Es tut mir leid.«

»Ach herrje!«, sagte meine Mutter, und ich wusste, dass sie jetzt nichts so sehr wollte, wie an ihrem Esstisch Platz zu nehmen, sich anzulehnen und eine Tasse Kaffee zu trinken. Und sie blickte von mir weg, irgendwo hoch in den Himmel, sodass ich ihr Gesicht nicht mehr sehen konnte. Und sie wusste, dass ich ein komischer Typ war und dass Typen, die so komisch waren wie ich, sich solchen Scheiß nicht ausdachten.

Und jetzt war es passiert. Ich hatte meine Mutter traurig gemacht. Meine Mutter, die die letzten dreißig Jahre immer beherrscht gewesen war, erlaubte sich den Luxus, eine Träne ihre Wange herunterlaufen zu lassen.

Und ich war dafür verantwortlich, und ich hasste mich dafür. Ich beugte mich zu ihr rüber, nahm sie ungeschickt in den Arm, weil ich sie vorher noch nie in den Arm genommen hatte, und klopfte ihr auf den Rücken.

»Wenn du mich schon in den Arm nehmen musst, dann tu das wenigstens nicht so, als wär ich ein Pferd! Ach herrje!«

Wie man auch einfach nicht aus seiner Hülle kann. Selbst, wenn es um nichts mehr geht, kann man nicht aus seiner Hülle.

»Warum du denn jetzt auch noch?«, sagte sie schluchzend, und ich konnte gar nichts anderes sagen als: »Ich kann doch nichts dafür!«, was überhaupt keine Antwort auf ihre Frage war.

Und dann schüttelte sie sich unwirsch aus meiner missglückten Umarmung und bewegte sich so, als ob sie ihre Knochen im Körper richten würde, und sagte noch einmal, aber kräftiger als eben: »Ach herrje!«

Da war kein Wundern in ihrer Stimme, kein Unglaube und keine Furcht. Das war einfach nur ein trauriges, aber akzeptierendes »Das jetzt auch noch? Was muss ich denn noch alles ertragen? Aber ich hab doch so viel Marmelade eingemacht für nächstes Jahr.«

Meine Mitteilung war wie eine schlechte Nachricht nach einem Tag harter Arbeit auf einem gefrorenen Acker.

Sie: »Also, du hast auch immer Pech. Wie machst du das denn nur? Du hast echt immer Pech!«

Ich: »Endlich sagt das mal jemand!«

Sie: »Und ich soll jetzt keine Nachfragen stellen, richtig?«

Ich: »Richtig.«

Sie: »Man wusste wirklich sofort, als du geboren wurdest, dass irgendwas mit dir komisch ist.«

Ich: »Warum das denn?«

Sie: »Weil du schon als Baby die Augen von einem Erwachsenen hattest. Du hattest nie diese riesigen, niedlichen Rehaugen. Das sah aus, als würde ein alter Mann aus einem kleinen Gesicht gucken.«

Ich: »Na, vielen Dank.«

Sie: »So, als ob du als Baby schon immer nur am Nachdenken gewesen wärst.«

»Ich denke nicht. Ich hab schon seit Jahren nicht gedacht«, sagte ich, und an irgendwas erinnerte mich dieser Satz.

»ICH HAB DIR DOCH SCHON GESAGT, DASS DAS QUATSCH IST!«, sagte Morten laut aus dem heruntergelassenen Fenster.

Noch nie war etwas so Unpassendes so passend und versöhnend.

»Der erzählt eh den ganzen Tag nur Quatsch«, beugte sich Sophia von hinten zwischen die Vordersitze und sprach über die Schulter des Todes zu uns auf den Parkplatz.

Der Schock stand meiner Mutter in den Augen, aber man las ja immer wieder, dass man große Dinge erst später begriff. Weltmeisterschaftstitel, nach Unfällen abgerissene Gliedmaßen oder eben die Nachricht vom Tod des Sohnes, von ihm selbst übermittelt, während seine seltsamen Freunde aus dem Auto schon wieder gute Laune zu verbreiten versuchten.

Und dann stiegen der Tod und Sophia aus dem Auto

aus und nahmen uns beide im Kreis in den Arm. Viel besser, als ich das jemals hätte tun können. Als wären wir das kleinste Fußballteam der Welt und würden uns vor einem wichtigen Spiel Mut zusprechen.

»Es tut mir leid«, sagte der Tod zu meiner Mutter.

»Mit dir rede ich gar nicht mehr. Mir meinen einzigen Sohn zu nehmen. Was denkst du dir eigentlich dabei?«, sagte meine Mutter schluchzend.

»Ich kann doch nichts dafür«, sagte der Tod ehrlich betroffen, und meine Mutter hatte es geschafft, dass der Tod sich vor ihr rechtfertigte.

»Das habe ich eben schon mal gehört«, sagte sie. »Eure Platte hat einen Sprung! Sophia, du passt aber auf mich auf, ja?«

»Aber nur, wenn wir nicht über Fußball reden müssen«, sagte Sophia.

»Hey!«, sagte ich.

»Pscht«, sagte meine Mutter. »Wer an Gott glaubt, muss auch an den Tod glauben. So sehe ich das jedenfalls. Bis auf Weiteres. Morten, du darfst trotzdem noch weiter bei mir vorne sitzen. Aber nur, damit mein Sohn noch mal neben meiner verlorenen Tochter sitzen darf.«

Und alle, die Tränenkanäle hatten, mussten sich ein wenig die Augen wischen.

»So, dann wollen wir mal. Ich würde jetzt gerne endlich mal wieder meinen Enkel sehen, wenn es denn möglich ist.«

»Das sollte möglich sein«, sagte der Tod. »Aber bitte mit Musik!«

Meine Mutter drehte das Radio laut und gab Gas, Sophia nahm meine Hand, schaute mich an wie einen dummen kleinen Jungen und flüsterte mir ins Ohr: »Das war gar nicht schlecht gestern Nacht. Gar nicht schlecht!«

Und ich, ich fühlte mich, als wäre ich der beste Typ auf der ganzen Welt.

35

Wir passierten das Ortsschild des Dorfes, dessen Namen ich auf Hunderte von Postkarten geschrieben hatte, und ich dachte: »Zeig mir ein gelbes Ortsschild und den Namen des Dorfes und ich kann dir alles über die Menschen hinter diesem Ortsschild erzählen. Schreib noch ein ›staatlich anerkannter Kurort‹ darunter und stell ein größeres Schild dahinter, auf dem die Partnerstädte stehen, in denen sich die Töchter der Inhaber des örtlichen Architektenbüros, des örtlichen Heizungsmonteurs, des Schuldirektors und Rechtsanwalts in den ersten zwei Wochen nach den Sommerferien bei einem Schüleraustausch in der achten Klasse zum ersten Mal von einem Ausländer eine Zunge in den Hals schieben lassen, trotz Sprachbarriere. Was der Schülerin besonders gefiel, weil Papa gemeint hatte, dass sie sich auf keinen Fall eine Zunge von einem Ausländer in den Hals schieben lassen sollte, und sie dieses rebellische Zucken in ihrem Wesen nicht einordnen konnte und sie dieses Zucken zum ersten und letzten Mal verspürte, als sie zwei Stunden später mit ihrer besten

Freundin an einem Busch der regionalen Fauna stand, der so seltsam nach Urlaub roch, und sich übergab, nachdem sie zu viel des örtlichen Getränkes, eine Mischung aus Rotwein, Fanta und einem Schnaps, dessen Etikett nicht erkennen ließ, worum es sich genau handelte, zu sich genommen hatte, und ihr späterer Kusspartner den Daumen etwas zu doll gehoben und ihr etwas zu doll in die Augen geschaut und dazu in gebrochenem Englisch gesagt hatte: ›It's good, it's good!‹, als sie das Glas in einem austrank, während seine Freunde im Halbkreis zu ihnen herüberschauten und tuschelten und lachten. Während ihre Zweite-Fremdsprache-Lehrerin mit ihrem männlichen Pendant aus der Partnerstadt am Rande der Tanzfläche in der Aula nicht mehr ihrer Aufsichtspflicht nachkommen konnte, weil sie darüber nachdachte, ob das der Moment war, in dem sich ihr mühsames Studium in der fließenden Unterhaltung mit ihrem Kollegen mehr auszahlte als in dem jährlich scheiternden Versuch, Kindern aus Elternhäusern, die reicher waren als ihr eigenes, die Sprache, die sie so liebte, beizubringen.

›Ich bin die Erste in meiner Familie, die ein Studium abgeschlossen hat‹, dachte sie und übersetze das ihrem Kollegen mit: ›Je be la firsta da ma familia closenco en Studionos.‹ Und ihr Partnerlehrer sagte: ›Tu be mucho mora sensiblus de la Femma vonno hera‹, weil er sich zwei Jahre nach der Scheidung von Frau und zwei Kindern, sechs und zweieinhalb, endlich wieder bereit fühlte, eine Frau in seine Wohnung einziehen zu lassen, um neben ihr einzuschlafen, was er seinen Kollegen vom Lehrerstammtisch später mit: ›Ich habe die Austauschlehrerin gefickt!‹, so unwahr wie gelogen erzählen würde.«

Und ich dachte eben den ganz normalen Scheiß, den man denkt, wenn man ein Ortsschild passiert.

»Ich weiß, wo es langgeht«, sagte der Tod, und meine Mutter sah ihn misstrauisch an.

»Ich bin der Tod! Natürlich weiß ich, wo es langgeht. Ich muss doch die Leute finden!«

»Rede nicht so laut mit mir. Ich bin nicht doof!«, sagte meine Mutter. »Dann sag mal an!«

Der Tod dirigierte meine Mutter durch den Ort, und wir kletterten die Anhöhen hoch auf dem Weg dorthin, wo die reichen Leuten in solchen Orten lebten, um die Ärmeren zu überblicken und um sich selbst jeden Tag zu vergewissern, dass sie nicht dort unten lebten.

36

Die Straße, in der Johnnys Familie wohnte, zog sich leicht einen sanften Hügel hoch und war geprägt von dreistöckigen Villen, die nach dem Zweiten Weltkrieg gebaut worden waren. Grau und wohlhabend mit Erkern, weil man damals eben Erker gebaut hatte.

Nach links und rechts blickend hielten wir Ausschau nach dem Haus mit der Nummer 18. Umständlich parkte meine Mutter das Auto und stellte den Motor ab. Die Luft draußen war so feucht, dass innerhalb von wenigen Sekunden die Scheiben des Autos durch unsere Atemluft beschlugen.

Der Tod versuchte, die Feuchtigkeit mit der Hand von der Windschutzscheibe zu wischen.

»Nicht mit der Hand. Das gibt Schlieren«, fuhr meine Mutter ihn an.

Ich zweifelte daran, dass der Tod wusste, was Schlieren waren, aber er hörte auf zu wischen, auch weil meine Mutter ihm simultan einen gelben Schaumstoffschwamm gab, dessen Gummierung durch die vielen heißen Sommertage im Auto porös abblätterte, den sie aber immer griffbereit hatte, um unter allen Umständen Schlieren zu vermeiden.

»Was machen wir jetzt?«, fragte ich mich laut selbst und meinte damit Sophia und meine Mutter auf der einen Seite und den Tod auf der anderen Seite.

»Wir machen das, was Sophia damals gemacht hat. Klingeln«, sagte der Tod.

»Oder wir gehen erst mal ums Haus«, schlug Sophia vor. »Wir Polen gehen eigentlich immer erst einmal ums Haus.«

Ich: »Du bist unmöglich. Wenn dein Vater das gehört hätte, hätte er mit dir geschimpft!«

Sie: »Wenn mein Vater das gehört hätte, hätte er gelacht und so was gesagt wie: ›Sophia, chab ich dirrr schon mal erzählt, wie wir ...‹«

»Und dann rufen die Nachbarn schön die Polizei, weil vier Leute in die Fenster starren«, gab ich zu bedenken.

»Die Bäume um das Haus herum sind doch viel zu hoch, als dass uns jemand sehen könnte. Du hast für so was auch überhaupt keinen Blick«, sagte meine Mutter. »Die hugenottischen Späher waren ja im Napoleonischen Krieg ...«

»Schon gut, schon gut«, sagte ich.

Wir stiegen aus dem Auto, und der Kies knirschte unter unseren Füßen, als wir die Auffahrt zum Haus hochgingen. Drei Menschen aus dem Norden und einer aus dem Reich des Todes reckten ihre Köpfe und konnten nur erkennen, dass in der Küche niemand saß. Ein opulenter, aber verwelkter Blumenstrauß stand in einer Vase auf der Fensterbank.

»Komisch«, flüsterte meine Mutter. »Reiche Leute mit verwelkten Blumen. So was gibt es doch gar nicht.«

Wir gingen links um das Haus herum, bogen die Büsche weg und versuchten, sie nicht zu laut rascheln zu lassen. Hinter dem Haus erstreckte sich ein großer Garten, in dem eine Schaukel, ein Trampolin und ein kleines Fußballtor standen. »That's my boy!«, dachte ich und dachte darüber nach, warum ich ausgerechnet jetzt auf Englisch dachte.

Ich schaute um die Ecke des Hauses, wie man es lernte, wenn man amerikanische Krimiserien geschaut hatte. Ich hatte Tausende davon gesehen. Kurz hinter der Ecke begann eine bis zum Boden reichende Fensterfront und eine Terrasse aus Marmorplatten. Hinter mir aufgereiht nach Alter: Sophia, meine Mutter und der Tod.

»Was siehst du?«, zischte meine Mutter.

Ich: »Noch gar nichts!«

Ich linste verborgen durch einen Busch in das riesige Wohnzimmer. »Immer diese Reichen!«, dachte ich.

Und da saßen sie. Die Mutter des Kindes, Katharina, deren Namen ich nicht mehr ausgesprochen oder geschrieben hatte, seit ich Johnny das letzte Mal gesehen hatte und das Auto ihrer Eltern mit ihren letzten Sachen und ihm meine Straße gen Süden verschwunden war. Daneben links und rechts ihre Eltern mit dieser

Haut, die nur reiche Menschen und Skandinavier haben. »Mein Vater rasiert sich zweimal am Tag«, hatte die Mutter des Kindes gesagt, als sie noch mit mir sprach, und ich hatte gewusst, dass das einer der idiotischsten Sätze gewesen war, die ich in meinem Leben hören würde, welches bald vorbei war.

Johnnys Füße reichten noch nicht ganz bis zum Boden, und er sah so aus, als ob ihn jemand sehr häufig an seine Körperhaltung erinnerte. Allerdings herrschte unterhalb des Tisches Anarchie, seine Beine wippten wild und rhythmisch vor und zurück.

Uninteressiert hörte er den Gesprächen am Tisch zu und träumte aus dem Fenster in den Garten hinein.

Die Münder der Erwachsenen am Tisch bewegten sich im Gespräch, wodurch sie durch die Scheibe aussahen wie schlecht gelaunte Fische, die auf dem Trockenen um Luft kämpften. Die Mutter meines Kindes ermahnte offenbar meinen Sohn, die Füße stillzuhalten, was er auch für fünf Sekunden befolgte, bis er wieder anfing, mit den Füßen zu wippen. Ungekannter Stolz erfüllte mich.

»Wir sollten da jetzt reingehen«, sagte der Tod. »Sonst geht das hier für uns alle übel aus.«

»Da hast du recht«, stimmte meine Mutter ihm zu. »Komisch. Seit vorhin wundert man sich über gar nichts mehr. Sonst wundert man sich ja über alles.«

»Können wir darüber später sprechen?«, fragte ich sie.

Sie: »Ich dachte, dass du später vielleicht schon tot sein könntest.«

Ich: »Ja, aber wenn wir jetzt nicht reingehen, sind noch ganz andere Menschen tot. So sieht's nämlich aus.«

Sie: »Red nicht so mit mir! Hier wird man als Mensch mit Meinung doch behandelt wie ein dreibeiniger Hund.«

Der Tod übernahm die Führung und drängte uns zurück in Richtung Eingangsbereich. Wir stellten uns vor der Haustür auf, der Tod schaute in unsere Runde, und mit einem Schlag war seine Naivität verflogen.

Er sagte: »Wir gehen da jetzt rein. Und egal, was passiert, wir geben den Ton an. Wir werden uns nicht verstecken. Ich bin älter als die Römer und die Griechen zusammen, und ihr seid meine letzte Linie der Verteidigung. Wir sind die letzten vier.

Du wirst sterben heute. Heute ist dein letzter Tag, aber der Rest wird leben. Dafür stehen wir mit all dem, was wir waren. Und das, was wir waren, wird das sein, was wir morgen sind. Und sollte es regnen und stürmen, so werden wir rufen: ›Mehr Wind, mehr Regen!‹ Und wenn wir bluten und Schmerzen haben, werden wir rufen: ›Mehr Blut und mehr Schmerz!‹ Das ist die Schlacht, und wir sind die Krieger. Wir sind die Unterschiedlichkeit der Leben, die das teilen, was uns gleichmacht: die Liebe und die Hoffnung. Es war mir eine Ehre, die Tage mit euch zu verleben, aber jetzt werden wir das hier beenden mit allem, was wir haben.«

»Junge, Junge!«, dachte ich. »Jetzt haut er noch mal einen raus.«

Und meine Mutter sagte: »Morten, jetzt machst du mir doch ein bisschen Angst.«

Und Sophia sagte: »Melodramatische Männer! Und ich dachte, wenigstens du bist anders«, und boxte ihm auf den Arm, so doll, dass es bei mir einen blauen Fleck gegeben hätte.

37

Wir stiegen die rotgekachelte Treppe hoch und drück-
ten auf den Klingelkopf, der unterhalb des Messing-
schildes mit dem Familiennamen angebracht war. Wir
hörten Schritte, die zur Tür kamen. Herrenschuhe.
Männer, die ihre Schuhe in der Wohnung nicht ausziehen, wollen nur eines mitteilen: »Immer bei der Arbeit. Das sagen schon meine teuren Schuhe, die ich
noch nicht mal zu Hause ausziehen werde. Sie sind
sehr teuer gewesen, deswegen sind sie auch ein wenig
lauter.«

Die Tür öffnete sich, und der Vater der Mutter des
Kindes stand vor uns. Er erkannte mich sofort.

Er: »Oh Gott, was machen Sie denn hier?«

Ich: »Ich wollte Johnny noch einmal besuchen, weil
ich wegmuss. Arbeiten, Ausland!«

»Arbeiten, Ausland!« Das klang souverän. Vor allen
Dingen klang das nach Sachen, die die Leute, die in
diesem Haus wohnten, nicht von mir erwarteten. Das
klang nach Bohrinselarbeiter, Söldner oder Antarktis-

forscher. Es war zwar gelogen, aber warum sollte ich mir in meinen letzten Stunden das Leben nicht so gut machen, wie es ging?

Johnnys Opa hätte man auch für eine Werbung buchen können: Enkel steht im Herbst vor Bonbongeschäft, Opa kommt von der Seite und zieht ihm die Jacke hoch, damit der Schal enger am Hals sitzt, und kauft ihm dann fünfzehntausend Bonbons.

Dann bemerkte er meine Begleiter. Er guckte, als würde er die Tür zu einer Vorstandssitzung aufstoßen und drinnen säßen drei Clowns über Akten und starrten ihn an.

»Wer sind die denn?«, fragte er.

Meine Mutter, immer an die Offenheit der Menschen glaubend, schob ihre ausgestreckte Hand von hinten durch den Wust von Körpern und Schultern und sagte: »Guten Tag, wir kennen uns noch gar nicht. Ich bin Johnnys Großmutter. Wir sind den ganzen Weg gefahren, nur um Johnny zu besuchen. Wir kommen aus dem Norden.«

»›Wir kommen aus dem Norden.‹ Darauf muss man erst mal kommen«, dachte ich.

Johnnys Opa schüttelte völlig verunsichert meiner Mutter die Hand, und zwar so langsam, dass man sehen konnte, dass er beim Schütteln noch nachdachte, wie er die ganze Situation fand.

»Und Sie sind …?«, fragte er den Tod. Und da der Tod einen akkuraten Anzug trug, konnte man sofort hören, dass ihm ein kleines Quäntchen mehr Respekt entgegengebracht wurde.

»Mein Name ist Sarg. Morten de Sarg. Ich komme aus den Niederlanden.«

Die imitierende Ernsthaftigkeit, mit der der Tod in normalen Gesprächssituationen antwortete, war so verwirrend, dass der Hausherr ein Stück zur Seite wich.

»Aus den Niederlanden? Den ganzen weiten Weg? Also, das ist mal wirklich Besuch, wie er im Buche steht. Kommen Sie rein«, sagte er, rückte ein wenig zur Seite und machte eine einladende Handbewegung.

Daumengeste Tod, und wir waren drin.

»Ich bin Sophia. Ich bin nur wegen der Moral mit dabei«, sagte Sophia.

Und der Hausherr rief laut, mit einem Hauch von Freude in seiner Stimme, in das Haus hinein: »Ihr ahnt nicht, wer vor der Tür steht.«

Wir folgten ihm durch den Flur, dessen Wände übersät waren mit Fotos von Johnny.

Johnny im Urlaub, Johnny im Schwimmbad, Johnny auf den Schultern seines Großvaters in den Bergen, Johnny als Cowboy an Karneval.

»Ihr ahnt nicht, wer uns besuchen gekommen ist! Johnny, der Postkartenmann ist da«, rief er noch mal.

»Postkartenmann?«, dachte ich. »Ich war hier nur der Postkartenmann? Fünfzig Prozent meiner beschissenen Gene waren hier ständig vor Ort, und ich war nicht mehr als ›der Postkartenmann‹?«

Andererseits – wie sollte man einem achtjährigen Kind auch das Konzept »Vater, der nicht da ist, der aber die ganze Zeit zeichnet und schreibt« erklären?

Vielleicht war das eine gar nicht so schlechte Umschreibung. Niemand sagt nach sieben Jahren plötzlich: »Dein Vater ist da«, wenn er von dem Phantom sprach, in das ich mich hier in den letzten Jahren verwandelt hatte. Jetzt war ich »der Postkartenmann«!

Superman, Batman, Postkartenman!

Er löst zwar keine Probleme, er hat auch keine Superkräfte, aber er meldet sich bis zum allerletzten Tag.

Und aufgrund meines neuen Kampfnamens war auch klar, dass diese Postkarten, die ich seit Jahr und Tag schrieb, eine gewisse Rolle hier in diesem Haushalt gespielt hatten. In mir stieg eine Peinlichkeit auf, diese Runde zu betreten, mit der ich nicht gerechnet hatte. Ich hatte auf meinen Postkarten alles dokumentiert, was in den ganzen letzten Jahren von Belang gewesen war. Und zwar immer so altersangepasst, dass Johnny das verstehen konnte.

Es war die Unausgeglichenheit des Kenntnisstandes, die mir peinlich war. Sie wussten alles über mich, doch ich wusste nichts über sie.

Hinter mir hörte ich die Stimme meiner Mutter, wie sie den Flur kommentierte: »Schön haben Sie es hier. Schönschönschönschön. Das Foto ist doch bestimmt in Spanien gemacht worden.«

»Nein, das ist Portugal«, sagte der Hausherr freundlich verbessernd, stellte sich neben meine Mutter und begann sofort erklärend auf die Fotos zu zeigen. »Das war letzten Frühling in einer Maurenruine.«

»Ich bin ja Hugenottin«, sagte meine Mutter.

Und wir tasteten uns weiter vorsichtig durch den

Flur in Richtung des Wohnzimmers, und ich hörte, wie Johnnys Opa und meine Mutter das nächste Foto besprachen.

Und ich dachte, dass sich gegenseitig Fotos zu erklären ein kleiner Weg zum Frieden ist, weil die Motive unterschiedlich sind, aber die Intention hinter jedem Foto ist dieselbe. Der Wunsch, sich für immer erinnern zu können. Und wenn jemand nach dem Foto fragte, könnte man immer erklären, warum das Bild mehr ist als die Abbildung der Dinge.

Wir kamen in das ausladende Wohnzimmer, das wir eben noch von draußen betrachtet hatten. Ein langer, ovaler Tisch, auf dem eine Kaffeetafel gedeckt war, wie man sie deckte, wenn man es sich zum Kaffee »so richtig schön« machen wollte.

Es gab wenige Sachen auf der Welt, die es jetzt noch schafften, mich in den Wahnsinn zu treiben, aber es sich »so richtig schön« zu machen war eine davon.

Die Mutter des Kindes, die Hausherrin und Johnny starrten mich an, als ich das Zimmer betrat. Dann kamen hinter mir noch Sophia und der Tod zum Vorschein, und wir standen uns gegenüber wie am Ende eines schlechten Cowboy-Films.

Ich fasste all meine Fähigkeiten des Sprechens und der Höflichkeit zusammen und sagte:

»Hallo!«

»Hallo!«, sagte Johnnys Oma: »Das ist aber eine Überraschung!«

Und es hörte sich so an, als wäre jemand in Hundekacke getreten und würde das mit: »Das ist aber eine Überraschung«, kommentieren.

»Was machst du hier? Du darfst doch gar nicht hier sein!«, sagte die Mutter des Kindes und bezog sich damit auf das bei Gericht abgelehnte Besuchsrecht.

Ich: »Das spielt jetzt nicht so richtig eine Rolle, ich muss weg. Arbeiten, Ausland.«

»Geil!«, dachte ich wieder, »›Arbeiten! Ausland!‹«

Ich: »Und ich wollte Johnny noch einmal sehen und ihm etwas sagen. Nur dieses eine Mal, dann habt ihr wieder Ruhe vor mir.«

»Das ist der Mann mit den Postkarten, Johnny«, sagte Johnnys Oma.

»Aber wir hatten uns doch geeinigt, dass ...«, sagte die Mutter des Kindes.

»Du hattest dich geeinigt. Wobei ich bezweifle, dass man sich alleine einigen kann! Da kann man sich nur alleinigen!«, sagte ich.

Johnny blickte ratlos zwischen unseren sprechenden Köpfen hin und her. Und ich erinnerte mich an Fotoalben in der Schrankwand meiner Mutter, auf denen ich fast genauso aussah.

»Einen DNA-Test brauchst du auf jeden Fall nicht machen«, flüsterte mir Sophia von hinten ins Ohr, genau so laut, dass es jeder hören konnte.

»Und wer sind Sie?«, fragte die Mutter meines Kindes Sophia, und ich sagte stolz: »Das ist meine Freundin Sophia! Und das ist ein Freund von mir. Das ist Morten de Sarg aus den Niederlanden. Er ist in der Sargindustrie tätig. Ist das nicht verrückt? Und draußen, das ist meine Mutter. Wir sind den ganzen Weg gefahren, um ›Tschüss‹ zu sagen. Na ja, und ›Hallo‹«.

Jetzt hatten der Hausherr und meine Mutter auch endlich alle Fotos durchdiskutiert und kamen zu uns ins Wohnzimmer, blieben aber im Türrahmen stehen.

»So, und was machen wir jetzt Schönes? Wollen wir Kaffee trinken? Schön, dass Sie uns mal besuchen kommen«, sagte Johnnys Opa.

»Wir sollten doch nicht ... Das Gericht hat doch ... Und ich wusste ja nicht ...«, druckste meine Mutter herum.

»Ach papperlapapp«, sagte Johnnys Großvater. »Wir trinken jetzt erst mal eine schöne Tasse Kaffee zusammen und machen es uns so richtig schön!«

»Komisch«, dachte ich, »wenn man Teil von ›so richtig schön‹ ist, ist es gar nicht mehr so schlimm.«

»Holst du noch mal vier Garnituren?«, sagte Johnnys Opa zur Mutter des Kindes.

»Muss ich?« Ihre niederträchtige Bockigkeit hatte sie nicht verloren.

»Nein, musst du nicht«, sagte der Tod plötzlich in einem Tonfall, den ich schon von der Autobahnraststätte kannte.

»Ich möchte nichts. Drei Garnituren reichen!« Der Tod redete so, dass die Mutter des Kindes nicht mehr nachfragte, sondern maulend in die Küche ging. Kurz darauf hörten wir Geschirrklappern.

»Also, das ist wirklich schön, dass Sie uns mal besuchen«, plauderte der Hausherr mit meiner Mutter, im-

mer noch an der Schwelle zwischen Flur und Wohnzimmer verweilend.

»Und Sie müssen weg?«, fragte mich die Oma von
Johnny. »Das ist aber schade!«

»Nur wer sich siezt, kann sich später duzen!«, sagte
der Tod.

»Ja, ich muss weg. Für länger, und ich weiß nicht,
wann ich wiederkomme, und deswegen wollte ich
noch mal Tschüss sagen.« Ich hielt inne. »Und mich
vorstellen.«

»Also, muss das jetzt sein? Ihr überfordert den Jungen doch völlig«, sagte die Mutter des Kindes, als sie
mit dem Geschirr wieder zu uns kam.

»Jetzt hör aber mal auf. Der Mann muss sich doch
verabschieden können«, stand mir ihr Vater zur Seite.

Johnny schaute immer noch verwirrt zwischen uns
allen hin und her.

»Und du bist wirklich der Postkartenmann?«, fragte
mich Johnny.

»Das bin ich dann wohl!«, sagte ich. »Haben sie dir
gefallen?«

»Ja, vor allen Dingen alles mit Fußball drauf!«, sagte er.

»Das find ich gut!«, sagte ich, und Johnnys Großmutter goss uns frischen Kaffee ein und gab uns ein
Stück Freud-und-Leid-Kuchen. »Wo wir hier so nett
zusammensitzen, möchte ich noch einmal sagen, wie
schlecht das damals gelaufen ist mit dem Besuchsrecht«, sagte Johnnys Großvater.

»›Schlecht gelaufen?‹ Ich habe sieben Jahre mein Kind nicht gesehen.« Postkartenmann wurde wütend.

»Nicht vor dem Kind«, sagte meine Mutter und »Pscht!«

Und sie hatte recht. Mein Besuchsrecht war für alle Zeit abgelaufen. Das war's. Das war das letzte Mal, dass ich meinen Sohn sah, und ich stritt mich über Besuchsrecht. Wie bescheuert konnte ein Mensch alleine sein?

»Na, dann machen wir dieses Fass mal nicht auf!«, sagte ich und zeigte mit dem Finger auf die Mutter des Kindes, ihren Vater und ihre Mutter. »Aber ich könnte! Aber ich könnte.«

»Nett war das nicht. Der Junge hat ja nur noch Postkarten gemalt«, sagte meine Mutter.

»Es bleibt einem nichts erspart«, dachte ich. »Sogar noch in den letzten Stunden des Lebens muss man sich aufregen.«

»Ich bewahre alle in einer Box auf«, sagte Johnny.

»Du bewahrst sie auf? Das finde ich gut. Es war auch immer eine große Ehre, dir schreiben zu können«, sagte ich.

»Für jedes Jahr eine«, sagte Johnnys Oma. »Er kauft die Schachtel immer am ersten verkaufsoffenen Tag des Jahres.«

»Und er kauft immer alle Blanko-Postkarten am Anfang des Jahres. Ihr seid euch wohl ein bisschen ähnlich. Bist du auch so bockig, Johnny?«, fragte Sophia.

Und Johnny musste kichern, weil Sophia diesen Tonfall draufhatte, auf den alle Kinder der ganzen Welt anspringen.

»Bist du auch so bockig?«, wiederholte Sophia und Johnny sagte: »Neiiiiin.«

»Und ob!«, sagte der Großvater. »Und ob! Jetzt wissen wir wenigstens, woher du das hast.« Und er knuffte meiner Mutter in die Seite.

Der Mutter des Kindes war dieser neue Zustand des Friedens unbehaglich. »Und du musst wirklich für eine lange Zeit weg?«, sagte sie.

»Wir müssen weg!«, sagte der Tod. »Er hilft mir, in einem fernen Land eine neue Sargindustrie aufzubauen.«

Man musste sich wundern, was dem Tod alles so einfiel.

»Sag mal, kann ich mal was mit dir besprechen, ohne die anderen?«, fragte ich meinen Sohn, der sich hilfesuchend umschaute.

»Dauert auch nicht lange!«, sagte ich, und Johnny blickte den Tod an, meinen besten Freund, den ich jemals gehabt hatte, und der nickte ihm zu. Genau auf die gleiche sicherheitsspendende Art, mit der er den Jungen auf dem Rastplatz angesehen hatte, und gab ihm damit in Sekunden das Selbstbewusstsein, Vertrauen und Rückgrat, das es brauchte, um mit Postkartenmann kurz etwas zu besprechen. Alles, was ein Kind brauchen würde, um in der Welt bestehen zu können. Die Hand auf der Schulter bei den ersten Metern auf dem Rad ohne Stützräder. Das anfeuernde Klatschen am Beckenrand beim Schwimmenlernen.

Das »Ja« auf die Frage »Darf ich mir das kaufen?«
und die Überreichung eines Geldstückes. Das tiefbas-
sige Klopfen auf den Rücken eines weinenden Kindes,
das schluchzend zugab: »Das war ich!«

»Wenn du willst. Dann lass uns aber in den Garten
gehen. Da besprechen wir immer alle wichtigen Sachen«, sagte Johnny.

Und er stand auf, und mein Kind, das eigentlich
schon ein ziemlich großer Knirps war, öffnete die riesige Terrassentür, nahm mit dem rechten Fuß einen
Lederfußball auf, der unter dem Tisch gelegen hatte,
und lupfte ihn behände über die Laufschiene der Terrassentür.

Dann klingelte es an der Tür.

38

»Was ist hier denn heute los? Das nimmt ja gar kein Ende mit dem Besuch! Ich mach mal die Tür auf«, sagte Johnnys Opa.

Johnnys Großvater verließ das Wohnzimmer, und mir und dem Tod war klar, was passieren würde. Er war da. Der Andere. Sein Kommen kündigte sich an, indem mein Tod wieder anfing, seinen Körper gezwängt hin und her zu bewegen. Fast unmerklich, aber für mich, als Kenner der Materie, klar zu sehen.

Ich hielt Johnny an der Schulter fest und verharrte an der Terrassentür.

»Wer kommt denn jetzt noch?«, sagte die Mutter des Kindes genervt. »Schlimmer kann es auf jeden Fall nicht werden.«

»Wie konntest du nur so ein schlechterzogenes Tennismädchen schwängern?«, dachte ich und sah Johnny an und dachte: »Ach, scheißegal auch irgendwie.«

Die Tür öffnete sich, und der Großvater trat herein, und neben ihm stand der andere Tod, lächelte süffisant in die Runde und sagte: »Da bin ich wieder.«

»Dieser Mann sagt, er sei von der Steuerbehörde und unser Haus würde gepfändet! Das ist doch Quatsch. Oder weißt du mehr?«, fragte Johnnys Großvater seine Frau.

»Ich kenne Sie doch. Sie sind der Mann, der auch mein Haus pfänden wollte. Sagen Sie mal, sind Sie verrückt?«, rief meine Mutter empört.

Der Andere sagte: »Keine Beleidigungen, bitte.«

Johnnys Großvater sagte: »Ich fordere Sie jetzt freundlich auf zu gehen. Verlassen Sie mein Haus!«

»Auch so ein Satz, den ich nie sagen werde«, dachte ich. »Schade irgendwie.«

»Sie kennen diesen Mann?«, fragte Johnnys Großmutter meine Mutter, und ich dachte: »Schau an, sie kommunizieren. Ist das nicht nett.«

Und ich spürte und sah, wie der Raum sich langsam verfärbte und seine natürlichen Grenzen und Gesetze hinter sich ließ. Die Wände begannen blau zu glühen. Eine Farbe und ein Zustand, der so furchteinflößend war wie beim ersten Mal. Und ich wusste, dass wir uns jetzt wieder in der Zwischenwelt befanden, in der es nur noch die beiden Tode, Johnny und mich gab.

Ich packte Johnny fester an der Schulter und versuchte ihn aus der Tür zu schieben. »Komm mit, wir gehen jetzt nach draußen.«

Und an Johnnys Blick konnte ich erkennen, dass er sah, was ich sah. Mit vor Furcht aufgerissenen Augen schaute er sich hilfesuchend im Raum um. Blitze zuckten durch die Luft, und die panische Kommunikation der anderen war nur noch ein Gemurmel in der Ferne. Die Zeit, wie wir sie kannten, hörte auf zu existieren.

»Komm! Schnell! Wir müssen in den Garten!«, sagte ich zu Johnny und wusste zugleich, dass es vor diesem Kampf kein Entrinnen gab. Aber ich dachte, besser draußen als drinnen, und dachte irgendwie an Porzellanläden und Elefanten.

»Nein!«, schrie der andere Tod und ging festen schnellen Schrittes mit ausgestrecktem Arm auf Johnny zu. Der ganze Raum zerplatzte in blauen Flammen, und jedes Stück der Einrichtung hatte einen funkelnden, schwelenden Rahmen. Tief, wild und roh.

Ich sah aus den Augenwinkeln, dass mein Tod mit seinem glühenden Stab in der Hand kraftvoll in die Hocke ging, und in der Sekunde, bevor der andere Tod mich wegwischen wollte, um nach Johnny zu greifen, sprang mein Tod in die Luft, physikalische Gesetze missachtend, landete mit beiden Beinen auf dem Tisch, wo man es sich bis eben noch so »schön gemacht« hatte, und versetzte dem ausgestreckten Arm seines Kontrahenten einen Stockhieb, der so stark war, dass Teile aus dessen Arm herausplatzten, als wäre er eine Mischung aus glühendem Holz und brennendem Metall.

Ein brennender Tod stand jetzt majestätisch auf dem Tisch. Die Konturen seines Körpers waren umflammt.

Der Andere drehte sich zum Tod nach oben, schaute ihn an und sagte mit einer Stimme, die sämtliche Grausamkeit eines einsamen Todes ahnen ließ: »Das ist meiner!«, und zeigte auf mein Kind.

Ich schaffte es, Johnny nach draußen zu schieben und drängte ihn über die Terrasse hinunter auf den Rasen.

Der andere Tod setze mit festen Schritten seinen Vernichtungsfeldzug fort und folgte Johnny und mir.

Ich schaute mich um und sah, dass der ausufernde Garten sich verwandelt hatte in eine flammende Weide, umrandet von schwarzen Schatten, Schattierungen aus Bäumen, die sich nicht im Wind bewegten, sondern weil alles sich in dieser Hitze bewegte wie ein Stück brennendes Zigarettenpapier.

Johnny sah dasselbe und krallte sich fest an mich.

»Das ist meins!«, schrie der andere Tod in unsere Richtung, zeigte auf Johnny und rief ihn mit seinem Zeigefinger zu sich.

»Das ist kein ›das‹. Das ist ein ›er‹!«, schrie der Tod, und er sprang in die Luft, hob seinen blau brennenden Stock und schlug von oben auf den Kopf des Anderen, der diesen Schlag parierte. Wie kämpfende Skorpione drängten sich der Tod und der Andere in den brennenden Garten.

»Schau dich um. Du kämpfst für eine verloren Sache. Überall auf der Welt bin ich. Und die Leute fragen sich, wo DU bist?«, schrie der Andere.

»Da weißt du wohl mehr als ich. Solange ich noch nicht weg bin, bin ich noch hier! Und jetzt schicke ich dich dahin, wo du hingehörst. Weg!«, schrie mein Tod.

»ICH HABE DIE TÜR GEÖFFNET UND WEISS, WAS DAHINTER IST! DAHINTER IST NICHTS. NUR NIEMALS ENDENDER HUNGER UND NICHT ZU STILLENDER DURST!«, brüllte der Andere.

»DU BIST SOGAR ZU DUMM, DIE RICHTIGE TÜR ZU FINDEN!«, schrie mein Tod, und die Stöcke prallten mit einer solchen Wucht gegeneinander, dass der Druck dieses Geräuschs mich und Johnny dazu zwang, uns die Ohren zuzuhalten.

Der Andere drehte sich zu uns um, und es schien so, als würde er blind kämpfen. Er zeigte mit seinem Finger auf Johnny: »Und dich hole ich jetzt. Du wirst meiner! Wirst weinend sitzen an meiner Seite für immer. Du bist das fehlende Gewicht auf meiner Waagschale!«

Warum gerade mein Kind, dem ich bis jetzt nichts gegeben hatte, bis auf Postkarten, meine Gene und meine Liebe zum Fußball? Ich stellte mich schützend vor Johnny, und ich bemerkte, dass es stimmte, was man über Eltern sagte. Dass ein Gefühl alle anderen überragt und wie aus einer anderen Welt über einen kommt: Das Gefühl, dass man ohne zu zögern sofort sein eigenes Leben für das seines Kindes eintauschen würde.

»Nimm mich!«, schrie ich ihn an.

Und der Andere schaute sich um und sagte mir ins Gesicht: »Totes Fleisch!«, stieß einen Schrei so voller Hass und Wildheit aus, stob auf den Tod zu und sprengte Teile aus dessen Oberschenkel.

Unter dem Anzug leuchtete das Fleisch des Todes

blau und rot, und ein oranges Rinnsal, das wie eine giftige Flüssigkeit aussah, lief sein Bein hinab. Mein Tod hielt sich das Bein und musste es beim Ausweichen und Parieren der Angriffe des Anderen mit beiden Händen stützen.

Ich stand vor Johnny und konnte spüren, wie er hinter meiner Hüfte hervorschaute um zu sehen, was passierte.

Und ich erinnerte mich an ein Fußballspiel, bei dem bekannt war, dass ein Spieler der Gegenmannschaft so viel verdiente wie das gesamte andere Team zusammen. Und an die Giftigkeit, mit der die Spieler der reichen Mannschaft wie Hyänen das Tor der anderen Mannschaft berannten, als wäre es ein alleingelassenes, noch lebendes, aber schutzloses Elefantenbaby. So schlug der Andere auf meinen Tod ein.

Mein Tod konnte nicht mehr. Immer Sekundenbruchteile zu spät missglückte es ihm, die Stöße und Schläge des Anderen zu parieren. Und immer mehr Rinnsale bildeten sich an seinem Körper. Die Stöcke trafen sich über seinem Kopf, und Blitze zuckten aus den Hölzern, die aus einem Material geschnitzt waren, das älter war als die Zeit.

Und dann wirbelte der Andere mit dem Stock herum, und der Stock des Todes war nur noch ein Spielball, der dem Sieg des Anderen im Wege stand. Und er schrie lauter und hässlicher als jedes Geräusch, das die Menschheit je gehört hatte: »Und nun, Tod, stirb!« Und aus weniger als dreißig Zentimetern rammte er dem Tod seinen glühenden Stock genau dahin, wo die Mitte der Brust ist, unter das Herz. Da, wo kleine Kinder hinzeigten, wenn man sie fragte, wo die Seele sei. Der Stock bohrte sich in die Brust, langsam und schmerzhaft, wie ein zu schwacher Bohrer sich in Stahlbeton bohrte. Das dauert, aber stetig höhlt sich der Bohrer seinen Weg. Wie in Zeitlupe sprengte der Stock des Anderen holzähnliche Stücke aus der Brust meines Todes, der langsam aufgab und uns in die Augen schaute mit einer Traurigkeit, als würde er alle Menschen, die er getroffen hatte, darin sehen. Als hätte man überall an seinem Körper Böller gezündet. Sein Anzug hing in Fetzen an ihm herunter.

»Es tut mir leid!«, sagte er, und immer tiefer drang der Stock in ihn ein, und die schwarzen Bäume um uns herum tobten und stürmten, und es war fast so, als würde das Wispern der Bäume zu einem Sturm aus Gemurmel anschwellen. Als würden die uralten Bäume miteinander sprechen, heulen und ächzen.

»Es tut mir leid!«, sagte der Tod wieder voller Schmerz in der Stimme, leise, und doch konnten wir ihn hören, obwohl der Andere brüllte und schrie. Vor Vergnügen, Rausch und Wille.

Und Johnny löste sich von meiner Hüfte und ging auf die zwei Kontrahenten zu. Ich konnte ihn nicht halten. Er entglitt mir. Er schaute mich an wie ein sinnestrunkener Elfmeterschütze, dem man plötzlich den Ball in die Hand gedrückt hatte, obwohl ausgemacht war, dass er nicht schießen sollte, und der nun in Richtung Tor ging und sich ein letztes Mal zu seiner im

Mittelkreis versammelten Mannschaft umschaute. Es war, als ob er stärker wäre als ich. Sein Körper leuchtete in den Flammen, und er stellte sich hinter den Anderen und machte sich so gerade er konnte.

Wie ich damals, als ich noch zur Schule gegangen war und vom Mathelehrer nach vorne zur Tafel gerufen wurde und die Kreide in die Hand nahm, um zu versuchen, die von ihm gestellte Frage mit Zahlen und Strichen auf der Tafel zu beantworten.

Und ich konnte an seiner Haltung ablesen, dass er die Augen schloss, weil auch ich immer die Augen geschlossen hatte, kurz bevor ich die Kreide zum ersten Mal auf die Tafel setzte.

Und dann breitete er seine Arme aus, von denen eben zum fast ersten und letzten Mal meine Hand heruntergerutscht war, und ich dachte, er steht da wie eine Mischung aus kleinem Torwart und kleinem Gott. Und wie jemand, der sich in vollem Bewusstsein einen Abhang hinunterfallen ließ.

Dann öffnete er seine kleine Fäustchen, die vielleicht nie so groß werden würden, um Fäuste genannt zu werden.

Er spreizte die Hände, und selbst an den Gliedern seiner Finger konnte man sehen, dass er in Flammen stand. Und er trat einen Schritt nach vorne. Ganz dicht an den Anderen heran. Und er schrie mit seiner lautesten Stimme:

»Mein Vater ist nicht tot. Und wird es nicht sein!« Und er umarmte den Anderen. Fest, sicher und angstlos.

Johnnys Kopf reichte dem Anderen bis zur Hüfte. Und sofort fing die Haut des Anderen an, unter seiner Umarmung zu platzen. Kreisrund sprangen Stücke von ihm ab. Mit schmerzverzerrtem Gesicht versuchte er, Johnny abzuschütteln, was aber nur dazu führte, dass noch mehr Teile aus ihm herausplatzten und Johnnys Umarmung noch fester zu werden schien. Der Stock verließ die Brust meines Todes, und dessen Kopf erhob sich.

Der Andere schrie den Schrei eines uralten Tieres. Und Johnny ließ nicht los. Er hielt den Anderen so fest, wie ich ihn gerne an mich drücken wollte. Mein Tod kam auf die Knie. Benommen vom Kampf, suchte er mit seinen kaputten, gezeichneten Händen seinen Stock. Fand ihn, griff ihn am Schaft und hielt ihn mit letzter Kraft vertikal vor sein Gesicht.

Der Andere peitschte hin und her wie eine tollwütige Schlange und versuchte Johnny abzuschütteln. Johnnys Arme hatten inzwischen schon eine ringförmige Einkerbung auf Hüfthöhe des Anderen hinterlassen, doch er hielt ihn ohne Unterlass in der Umklammerung. Es war, als ob eine Feder einen Block Eisen zerdrückte.

Mein Tod stützte sich auf seinen Stock. Gebeugt und mühsam kam er zurück in den Stand, während der Andere immer noch versuchte, nach Johnny zu schnappen.

Und dann stand mein Tod, wankend zwar, aber er stand und sagte über das Getöse der Umgebung und die Schreie des Anderen hinweg: »Es ist die Unschuld der Hoffnung in dem Glauben an das Sein, die dich geringer macht als die Idee einer Furcht vor dem Bösen in der Nacht.« Und er stieß mit letzter Kraft seinen Stock in die Mitte des Anderen. Er stieß durch ihn hindurch, und der Stab kam glühend aus dessen Rückgrat wieder heraus, kurz über Johnnys Kopf, der unablässig weiterklammerte.

Und mein Tod schrie, wie Sieger in Filmen schrien, wenn sie sich zum ersten Mal des Sieges bewusst werden nach einem langen Kampf, und die Muskeln seines zerschundenen Körpers zogen sich auf der linken Seite zusammen. Wie die Schlinge einer sehr angespannten Zwille entlud sich die gesamte Kraft des Todes in den Anderen und zerriss ihn oberhalb von Johnnys Kopf in tausend Stücke. Und er explodierte und flog auseinander und pulverisierte sich glühend in der Luft des brennenden Gartens. Und mein Tod ging an der Stelle, wo eben noch der Andere gewesen war, in die Knie, und Johnny stand jetzt mit leeren Armen meinem Tod gegenüber.

Ich rannte zu ihnen hinüber und nahm Johnnys dampfenden leuchtenden Körper von hinten in die Arme. Der Körper des Todes bebte vor Anstrengung und Schmerz. Atemlos und nach Luft schnappend sagte er:

»Das ... wäre ... erst mal ... geklärt. Was ... für ... ein ... Arschloch! Das ... hast ... du ... ziemlich ... gut ... gemacht, mein ... Sohn.«

»Das ist eben mein Sohn«, sagte ich leise.

»Aber wieso hast du das gemacht?«, fragte der, der alles wusste, meinen Jungen.

»Wer umarmt wird, kann nicht schlagen«, sagte Johnny.

»Weißt du, wer ich bin?«, fragte der Tod.

»Ja«, antwortete Johnny.

»Es tut mir leid«, sagte er.

Und die blaurote Korona aller Dinge verschwand, wie langsam weggesogen, aus allen Dingen.

39

Zu dritt standen wir auf der Wiese, und der Boden, wo der Andere eben noch gestanden hatte, dampfte wie ein in der Kälte stehen gelassener heißer Tee.

Die Bäume um uns herum wehten im Herbstwind und bogen sich ruhig und zufrieden.

Es ist seltsam, dass das Gehirn von Kindern so neu und offen ist, dass es ihnen manchmal weit weniger Schwierigkeiten bereitet, Unbegreifliches zu verstehen, als ausgewachsenen Gehirnen.

»Ist der jetzt tot?«, fragte Johnny.

»So was Ähnliches. Er ist auf jeden Fall bis auf Weiteres nicht mehr da.«

»Hier oder da?«, fragte Johnny und zeigte auf den dampfenden Flecken Gras in unserer Mitte.

»Beides«, sagte der Tod.

»Das ist gut«, sagte Johnny.

»Das ist gut? Das ist ganz hervorragend! Das ist so gut wie Erdbeerkuchen bei einem Fußballspiel zu essen. Und Pinkeln im Stehen!«, sagte der Tod.

Johnny guckte irritiert.

Der Tod schaute mich an und sagte: »Das endet jetzt hier. Wir haben nur noch ein paar Minuten.«

Und ich war dankbar, dass er zum ersten Mal »wir« sagte, und eine gefasste Trauer stieg in mir hoch, weil es Zeit war, Abschied zu nehmen, noch bevor ich richtig angekommen war.

»Kannst du bitte hier bei uns stehen bleiben?«, fragte ich den Tod.

»Nichts lieber als das, sonst muss ich ja da drinnen mit den anderen sabbeln.«

»Ich muss los«, sagte ich zu Johnny.

Er: »Kommst du wieder?« Am Tonfall konnte ich schon hören, dass er die Antwort kannte.

»Komme ich wieder?«, fragte ich in Richtung des Todes, und er schüttelte den Kopf so wie der Verkäufer im Elektromarkt, wenn man fragt, ob man noch Garantie auf das kaputte Gerät hat.

»Du stirbst, oder?«, fragte Johnny.

Es brach mir das Herz. Und ich antwortete mit Blick auf die innere Uhr und meine verbleibende Zeit: »Ja, es tut mir leid.«

»Und er nimmt dich mit, richtig?«, fragte er und nickte mit seinem kleinen Kopf in Richtung des Todes.

»Ja«, sagte ich, und wir konnten sehen, wie sein Kinn anfing, sich zu dehnen und zu ziehen, weil er nicht zeigen wollte, dass er weinen musste.

»Warum machen Menschen das manchmal mit dem Kinn?«, fragte der Tod.

»Halt die Schnauze!«, sagte ich, und eine Träne

bahnte sich den Weg von Johnnys linkem Auge in Richtung des dampfenden Stücks Rasen.

»Oh, jetzt verstehe ich!«, sagte der Tod. »Hör zu, mein kleiner Freund. Ich werde auf dich aufpassen. Es wird dir nichts passieren.«

»Spar dir dieses evangelische Gequatsche!«, sagte ich. »Hör zu, Johnny, wir haben nicht mehr viel Zeit. Ich wünschte, es wäre anders gelaufen und wir hätten uns immer gesehen, aber das ging nicht. Aber in jede Karte, in jeden Satz habe ich den Gedanken und die Hoffnung gesteckt, dass du genauso wirst, wie ich dich heute kennengelernt habe. Und ich habe immer an dich gedacht!«

»Und das ist mehr als andere Väter tun!«, sagte der Tod altklug.

Und Johnny schubste den Tod weg und sagte ohne Hoffnung: »Geht bitte nicht!«

»Ist da draußen alles in Ordnung?«, fragte sein Opa durch die offene Terrassentür.

»Jaja!«, sagte Johnny.

»Und erzähle keinem davon!«, wies der Tod auf eine seiner Regeln hin.

»Das glaubt mir doch sowieso keiner. ›Alles stand in Flammen, und wir haben uns mit einem Mann mit einem Stock geprügelt, der dann explodiert ist!‹«, schnauzte Johnny den Tod an.

»Mein Junge!«, sagte ich. »Mein Junge!«

Bei väterlichem Stolz gab es nur eine Regel: Je mehr, desto besser.

Und wir stromerten den Weg über den Rasen hinauf

zur Terrasse und gingen zurück ins Wohnzimmer zum Rest der Familie.

»So, wir müssen dann jetzt auch wieder!«, sagte der Tod und klopfte sich, in der Tür stehend, noch die Ärmel seines Anzugs ab, der seinen Körper jetzt wieder makellos umschmiegte. Meine Mutter und Sophia standen auf.

»Was? Schon? Na dann, beehren Sie uns aber bald alle wieder, wenn Sie zurück sind aus dem Ausland«, sagte Johnnys Opa zu uns.

»Wo ist der Mann von der Steuer hin?«, fragte die Mutter des Kindes, und der Tod wollte zu einem Satz anheben, der sehr wahrscheinlich in die Binsen gegangen wäre, daher sagte ich schnell: »Wir haben ihn totgeschlagen, und dann ist er gegangen.«

Die Mutter des Kindes machte einfach nur: »Tsssss. Wenn du solche Sätze sagst, weiß ich sofort, warum ich mich getrennt habe.«

»Ja nu, man muss was machen«, sagte ich.

»So, nun dann mal los!«, sagte meine Mutter.

Johnny: »Bist du jetzt auch meine Oma?«

Meine Mutter: »Nein. Ich bin deine Grand-maman. Das ist Französisch. Bis bald, Johnny.«

Und sie schaute alle an.

»Bis sehr bald«, sagte Johnnys Opa.

»Tschüss!«, sagte ich in die Runde, und die Mutter des Kindes und ihre Mutter schauten kurz hoch und erwiderten das »Tschüss« in einem Ton, dem man schon anhören konnte, was für ein Sturm des Ärgers gleich über das Familienoberhaupt hereinbrechen wür-

de, und der sich nach »Auf Nimmerwiedersehen« an-
hörte.

Wir gingen den Weg durch den Flur zurück, begleitet
von Johnny und seinem Opa. Der Großvater verabschiedete meine Mutter mit den Worten: »Und bringen Sie beim nächsten Mal bitte ein Glas von der Marmelade mit, von der sie eben erzählt haben.« Was die
Leute alles besprechen können, während man sich mit
dem anderen Tod eine Schlacht lieferte.

»Zwei«, sagte meine Mutter. »Die Eins gehört Gott,
wie wir Hugenotten sagen.« Und der Großvater lachte
vergnügt. Er und meine Mutter hatten offensichtlich
grundlegende Dinge geklärt und sich angefreundet,
was mir das Gefühl gab, mich vollständiger auf den
Weg zur Tür des Bordells zu begeben.

An der Haustür beugte ich mich runter zu Johnny.

»Ein guter Typ bist du. Du machst das gut! Und
wenn hier einer an dich glaubt, dann bin das ich.« Ich
versuchte, einen Satz zu sagen, der ihm für immer im
Gedächtnis bleiben sollte.

»Tschüss! Macht's gut und gute Reise!« Wir vier
winkten, drehten uns um, hinter uns fiel die Holz-
tür ins Schloss, und wir gingen den Weg zurück zur
Straße.

Das waren heute zu viele Abschiede in zu wenigen
Stunden.

Wir blieben auf dem Bürgersteig stehen, während in
der Küche des Hauses die Gardinen ein wenig zur Sei-

te geschoben wurden und Johnny zum Vorschein kam. Wir winkten noch mal.

»Wir müssen echt los«, sagte der Tod. »Sonst bekomm ich noch mehr Ärger als eh schon wegen der letzten drei Tage.«

Ich nahm Sophia in den Arm und atmete so doll es ging ihren Geruch ein, der so gut war, dass, wenn man ihn in Flakons abfüllen könnte, es eines der meistverkauften Parfums der Welt wäre.

»Danke für gestern Nacht, für die Reise und für alles! Und pass auf meine Mutter auf. Und auf dich.«

Sie umarmte mich wie ein Mann und sagte: »Ich hab doch noch nie auf mich aufgepasst!« Und sie gab mir einen Kuss auf die Wange, der schöner und intensiver war, als wenn andere Frauen mich nackt mit Zunge geküsst hätten. Und dann berührte ich sie zum allerletzten Mal.

»Komm her, mein Hugenottenkönig!«, sagte meine Mutter mit feuchten Augen. Und ich sagte: »Mama! Kannst du nicht ...«

Und sie sagte: »Pscht! Ein anstrengender Junge warst du und hast dich immer zurückgehalten. Aber durchgekommen bist du. Das ist die Hauptsache.«

Und dann schaute sie den Tod an, so frei von Hass und Trauer, und sagte: »Morten de Sarg. Uns Hugenotten kann man alles erzählen, aber wer flüchtet, der muss an Wunder glauben, sonst lohnt sich die Flucht nicht. Mir kann man auch alles verkaufen. Der Tod hat mich zur Oma gemacht. Wenn das der Herr Jesus wüsste! Tsstsstss!«

»Er weiß nicht, ob es Jesus gibt«, sagte Sophia.

»Aber ich!«, sagte meine Mutter.

»Was machen wir jetzt?«, fragte ich den Tod.

»Willst du es melodramatisch oder eher dezent?«, fragte er.

»Was glaubst du denn?«, fragte ich zurück.

»Hätte ich mir denken können. Dann würde ich vorschlagen, dass wir da vorne um die Ecke gehen und verschwinden«, schätzte der Tod die Situation richtig ein.

»Es war mir eine Ehre, dich kennenzulernen!«, sagte der Tod altmodisch zu Sophia und reichte ihr die Hand.

»Ich kann leider nicht dasselbe behaupten«, sagte sie. »Darf ich deine Hand denn jetzt überhaupt anfassen oder passiert dann was mit mir?«

»Nein, Hand ist in Ordnung!«, sagte der Tod.

Und Sophia nahm seine Hand und drückte sie, und ich wusste, dass sie das in ihrer ganz bestimmten Art wohlwollend tat.

»So, komm jetzt!«, sagte der Tod und legte mir einen Arm um die Schulter, und wir gingen diese Straße runter wie zwei ganz normale Männer, die sich vor Kurzem kennen- und schätzen gelernt hatten. Wie immer achtete ich darauf, mit den Rändern meiner Schuhe nicht auf die Rillen zwischen den Gehwegplatten zu kommen, und genoss den beruhigenden Rhythmus, den dieser Tick in meinem Gehirn auslöste.

Er: »Dreh dich nicht um. Ist besser so. Zurücklaufen bringt nichts. Weißt du ja!«

Ich: »Hatte ich nicht vor. Mir reicht es jetzt langsam«, sagte ich. »Und? Eine Million?«, fragte ich.

Er: »Kannst du haben. Bringt aber auch nichts.«

Ich: »Ich weiß! Ich kenn mich aus!«

Er: »Ein Scheiß tust du. Du kennst noch nicht mal zehn Prozent.«

Ich: »Aber wenigstens das Fluchen habe ich dir beigebracht!«

Er: »Ja nu! Man muss was machen!«

Ich: »Ja nu. Da hast du recht!«

Er: »Kannst du mal sehen. Hast du dem Tod sogar noch was beigebracht, Scheiße noch mal!«

Und wir bogen um die Ecke und verschwanden aus dem Blickfeld von Sophia und meiner Mutter, und die Umgebung, durch die wir schritten, war menschenleer und fing an, sich in den Farben Blau und Rot flammend zu verfärben.

Ich: »Mann, habt ihr keine größere Farbpalette?«

Er: »Hast du schon mal gehört, dass der Tod ein farbenfrohes Spiel ist?«

»Nein«, sagte ich.

»Na also«, sagte der Tod. »Sieht aber immer wieder ein bisschen geil aus. Scheiße noch eins!«

Die Dinge um uns herum lösten sich auf, sie verloren ihre Form, und wir gingen wie Wanderer auf dem Weg von A nach B und setzten einen Fuß vor den anderen.

Er: »Zum Schluss bist du mir ja doch nicht von der Schippe gesprungen.«

»Nein«, sagte ich. »Es ist, wie es ist. Und keiner kann es ändern.«

Und ich vermisste Johnny schon jetzt, aber wusste, dass ich ihm ohne den Tod nie so nahegekommen wäre.

Und es war, als ob ich in die Länge gezogen würde, als hätte ich keine Knochen, denn es tat nicht weh, aber meine Beine blieben auf dem Boden.

Und es klingelte nicht an der Tür, und es roch nicht nach frisch gebrühtem Kaffee. Der Tod schaute zu mir rüber und stupste mir mit dem Ellenbogen in die Seite. Ich schaute ihn an, und er reichte mir etwas, das in seiner Hand lag.

Ich konnte nicht richtig erkennen, was es war. Es hatte keine Form und Menge.

Es war einfach nur da, und ich griff in seine Hand, um zu sehen, was er mir geben wollte. Und dann konnte ich erkennen, was es war. Es waren Postkarten. Es waren zwei Postkarten. Es waren hundert Postkarten. Es waren so viele Postkarten, wie auf der ganzen Welt für immer.

Ich: »Was soll ich damit?«

Er: »Einfach schreiben und zeichnen!« Sie waren schon adressiert und frankiert.

»Zeit hast du jetzt auf jeden Fall genug«, sagte er. »Auf jeden Fall länger als drei Minuten.«

Und ich starb.

Danksagung

Ich möchte mich für Hilfe, Unterstützung, Glauben, Fachwissen und Freundschaft bei meiner Lektorin und Verlegerin Kerstin Gleba bedanken.

»To write is human, to edit is divine.« – Stephen King